유리의 성벽

———

가미나가 마나부 장편소설
김지윤 옮김

제우미디어

가미나가 마나부 지음
Manabu Kaminaga

김지윤 옮김

유리의 성벽

THE
CASTLE WALL
OF GLASS

JMbooks

목
차
—

높고 견고한 성벽이 다 무슨 소용이야.
우리는 누구든 될 수 있고 어디든 들어갈 수 있는데.

안 그래? 유마.

유마는 철문을 주먹으로 힘껏 쳤다.

차가운 감촉이 느껴지고 주먹만 욱신거릴 뿐 문은 꿈쩍도
안 했다.

문은 바깥에서 잠겼다. 구조적으로 안에서는 열 수 없었다.

창문은 있지만 쇠창살이 박혀 있어서 비좁은 틈새로 탈출
하기란 불가능했다.

역시 이 문을 부수는 것 외에는 탈출할 방법이 없다.

이번에는 발로 문을 찼다.

조금 전보다 크게 쾅 소리만 날 뿐 문을 부술 수는 없었다.

외부와 연락할 수단은 없다. 갇혀 있는 유마를 누군가가 발
견할 가능성은 거의 없다.

음식도 물도 없는 이곳에서 버틸 수 있는 시간은 기껏해야
3일 정도가 아닐까.

곰팡내 나는 감옥 안에서 절망에 빠진 유마는 기력을 잃고

결국 그 자리에 주저앉았다.

그러고는 머리를 움켜쥔 채 작게 탄식했다.

유마를 이 감옥에 가둔 것은 마사유키 패거리였다.

놈들은 그럴만한 죄를 저질렀으니 가둔 거라며 자신들의 행동을 합리화했다.

하지만 유마는 아무 짓도 저지르지 않았다. 저지르지도 않은 죄를 뒤집어쓰고 이렇듯 자유를 빼앗겨 버렸다.

마사유키 패거리는 자신들을 일컬어 법의 집행자인 가드너라 했다.

하지만 놈들은 유마를 공평한 재판에 회부할 생각은 털끝만큼도 없었다. 법을 핑계로 유마 같은 약자를 괴롭히며 평소에 쌓아 두었던 울분을 해소하는 것에 지나지 않았다.

분노가 치밀었다. 놈들에게 복수할 생각도 해 보았지만 꼼짝없이 붙잡힌 신세가 된 현 상황에서는 달리 할 수 있는 일이 없었다.

지금은…….

그렇다. 지금은 아무것도 할 수 없지만 그것도 영원하지는 않다.

기회는 반드시 돌아온다.

왜냐하면 자신은 머지않아 이 나라를 지배할 자. 왕이 되어야 하는 숙명을 짊어진 사람이니까.

결의를 다진 유마는 곧장 행동에 나섰다.

감옥 안을 휘 둘러보며 쓸 만한 것을 찾았다.

―저거다.

유마는 감옥 벽에 세워 놓은 나무 막대기에 시선을 고정했다. 오른손으로 그것을 쥐고 한 번 휙 휘둘러 보았다.

손에 착 감기는 느낌이다. 길이는 조금 부족한 감이 있지만 이렇게 좁은 공간에서는 오히려 이 편이 더 유리하다.

유마는 나무 막대기를 양손으로 쥐고 손을 내밀며 자세를 취했다.

물론 이 막대기로 문을 부수겠다는 뜻이 아니다. 그건 어떻게 봐도 불가능한 일이니까. 그놈들은 반드시 이 감옥을 다시 찾아올 것이다.

그때가 기회다.

이 막대기를 검처럼 휘둘러 녀석들을 쓰러뜨리고 탈출을 꾀하는 정도는 가능하리라. 설마 그 녀석들도 붙잡힌 신세에 처한 유마가 반격할 기회를 노리고 있으리라고는 상상도 못 할 것이다.

그렇다고는 하나 방심할 수는 없다. 가드너라는 이름에 걸맞게 놈들은 만만치가 않다. 더욱이 상대는 한 사람이 아니다. 어렵고 힘든 싸움이 될 것은 자명한 일이다.

그러니 당장 지금부터 단련을 해 두어야 한다.

유마는 정면을 향해 나무 막대기를 힘껏 내리쳤다. 그러고는 곧장 한 손으로 바꿔 들어 일직선이 되도록 가로로 휘둘렀다.

　—이로써 두 명은 처치했고.

　숨을 돌릴 새도 없이 뒤에서 다른 가드너가 달려들었다.

　유마는 몸을 휙 돌려 손안에 든 검을 능숙하게 고쳐 쥐고 그대로 상대방의 목에 찌르기 한 방을 먹였다. 덤벼들었던 가드너가 벌러덩 쓰러지더니 더 이상은 움직이지 않았다.

　—세 명.

　"오, 제법인데. 뭐, 그렇다고 나한테까지 통하겠냐마는."

　가드너의 수장 마사유키가 허리에 찬 칼을 쑥 뽑았다.

　온몸에 강렬한 패기를 두르고 있어서 그런지 한층 더 우람하게 느껴졌다. 아니, 실제로 몸집이 더 커졌다. 그 증거로 마사유키의 반신은 유마의 머리 위로 우뚝 솟았고, 가드너 제복은 갈가리 찢겨 강철 같은 근육이 모습을 드러냈다.

　"비스트를 썼구나."

　유마는 불쾌한 감정을 드러내며 말했다.

　"잘 아네. 이제부터 널 산산조각 내 줄 테니까 기대해."

　비스트는 육체 기능을 극한까지 끌어올리는 약물이다. 부작용으로 비정상적인 공격성을 발현시키기 때문에 사용이 금지되어 있다.

　법을 집행한다는 가드너가, 그것도 수장씩이나 되는 인간이 금지된 약물을 사용하다니. 이 나라는 완전히 썩었다.

　그러니 더욱 자신이 나서 구해야만 한다. 그것이 진정한 왕인 자신의 의무다.

"법의 집행자는 무슨."

"닥쳐!"

마사유키가 유마를 향해 돌진했다.

인간을 초월한 속도였지만 유마가 당황하는 일은 없었다. 유폐되었던 동안 단련을 거듭하며 필살기를 만들어 냈기 때문이다.

유마가 검을 머리 위로 높이 들자 파지직 소리와 함께 전기가 샘솟더니 서서히 검에 집약되기 시작했다.

"받아라! 나의 필살기……."

유마의 외침을 뚝 끊으며 갑자기 문이 열렸다.

그 순간 눈앞에 있던 마사유키는 물론, 다른 가드너들의 모습도 현실이라는 파도에 삼켜져 단숨에 소멸됐다.

"너, 지금 체육관 창고에서 뭐해?"

정신을 차리고 보니 눈앞에 교복을 입은 소년이 서 있었다.

소년이 말한 대로 이곳은 감옥이 아닌 체육관 창고다. 가드너 같은 건 존재하지 않고 자신은 왕이 아니다. 평범한 중학생이다.

그 사실을 자각함과 동시에 빗자루를 들고 괴상한 자세를 취하고 있는 자신이 갑자기 창피해졌다.

"어, 아니, 그러니까 이건……."

유마는 자세를 풀고 뒷걸음질을 치며 그럴싸한 핑곗거리를 찾았지만 무슨 말을 어떻게 해야 할지 몰라 난감했다.

소년은 그런 유마를 보고 뭔가 납득한 듯 손뼉을 가볍게 한 번 쳤다.

"아, 알겠다. 넌 에릭 단테스구나."

"어?"

"그 왜 있잖아, 캐슬에 나오는, 맞지?"

조금 전까지 의심으로 가득하던 소년의 눈이 호기심으로 빛났다. 목소리도 열기를 띤다.

'캐슬'은 요즘 유행하는 온라인 게임이다.

그 안에 왕족으로 태어났지만 모략에 빠져 끝내 유폐되고 마는 캐릭터가 나온다. 바로 그가 에릭 단테스다.

"어, 마, 맞아……."

"역시 그럴 줄 알았어. 나도 맨날 해. 근데 랭킹은 잘 안 오르더라. 저번에는 겨우 소대장으로 진급해서 몬스터 토벌에 나섰더니 싹 전멸해 가지고. 와, 그때까지 노력한 게 전부 날아간 거야. 역시 현질을 해야 하나……."

소년은 잔뜩 흥분해서 떠들어 대다가 마지막 한 마디 때는 턱에 손을 괴고서 고민하는 모습을 보였다.

뭔가 표정이 풍부한 아이다.

"꼭 그렇진 않아."

평소에는 낯을 많이 가리는 성격이라 누가 말을 걸어도 제대로 대답 못 했지만 소년의 열정에 이끌린 것인지 자연스럽게 대답이 나왔다.

캐슬에 관한 이야기라 그랬는지도 모른다.

"뭐 방법 있어?"

"어. 그렇게 궁금하면 얘기해 주고."

유마는 자신이 말하고도 놀랐다.

이런 식으로 누군가와 얘기를 나눈 것은 정말 오랜만이다. 그리고 말을 더듬지 않는 것도 신기했다.

"아싸! 고마워!"

소년은 뛸 듯이 기뻐했다.

자기가 한 말에 누군가가 이런 식으로 반응하다니. 유마에게는 커다란 충격이었다.

"앞으로 친하게 지내자."

소년이 악수를 청하며 손을 내밀었다.

"어, 그래. 난 2학년 4반……."

"유마지? 알아."

"어?"

이 소년이 어떻게 자기를 아는지 궁금했다. 유마 쪽에서는 그를 모르는데.

"우리 같은 반이잖아."

—그랬나?

반에서 이런 아이는 보지 못했던 것 같다.

"그러니까, 이름이……."

"아, 뭐야. 기억 안 나? 아키토잖아. 오늘 전학 와서 인사했는데."

그가 키득대며 웃었다.

붙임성 있는 그의 표정을 보고 유마는 갑자기 생각났다.

그랬다. 그러고 보니 오늘 2학기 개학식이 끝난 후에 전학생이 들어와서는 인사를 했다. 유마는 마사유키 패거리에게 괴롭힘을 당하느라 계속 엎드려 있어서 그 모습을 제대로 보지 못했다.

"미안. 내가……."

"괜찮아. 앞으로 잘 지내보자."

아키토가 온화한 미소를 지으며 다시 한번 오른손을 내밀었다.

유마는 머뭇거리며 그의 악수에 화답했다.

이것이 두 사람의 첫 만남이었다.

제1장
두 사람의 왕국

1

유마가 교실에 들어서자 순간 교실 전체가 술렁였다.

오늘이야말로 당당하게 앞을 보자. 분명 들어오기 전까지는 그렇게 생각했는데 중력에 끌려가듯 유마의 시선은 자연스럽게 아래로 향했다.

발끝에 시선을 고정한 채 자기 자리로 향하려 했지만, 그것을 방해하듯 둔탁한 소리를 내며 무언가가 어깨에 부딪혔다.

고개를 들어보니 마사유키가 그곳에 서 있었다.

"이상하다. 범죄자가 학교에 와도 돼?"

마사유키가 유마의 얼굴을 들여다본다.

"나, 나…… 는, 범죄자가…….."

"부모가 저지르나 자식이 저지르나 그게 그거지. 어디서 말대꾸야."

마사유키가 유마의 배에 주먹을 꽂아 넣었다.

유마는 자기도 모르게 순간 숨을 헉 들이켰다. 균형을 잃은 유마가 근처에 있던 책상에 손을 짚었다.

그 순간 그 자리에 앉아 있던 여학생이 더러운 것이라도 보는 듯한 시선으로 유마를 보더니 책상을 뒤로 슥 물렸다.

이 교실에 네가 있을 곳은 없다고 다시금 일러 주는 것 같았다. 역시 오는 게 아니었다.

"계속 거기 서 있을 거야?"

바로 뒤에서 목소리가 들렸다.

반사적으로 몸을 돌렸다가 한 여학생과 눈이 마주쳤다.

이름은 모르지만 낯이 익다. 분명 유마의 앞자리에 앉던 학생이다.

여학생은 "좀 비켜 줄래?" 하고 담담한 목소리로 말했다. 거침없는 그 올곧은 목소리에 압도되었는지, 마사유키는 "어, 그래. 미안." 하고 사과하며 유마에게서 떨어져 자기 자리로 돌아갔다.

유마도 비틀대며 길을 비켰다.

"안녕."

여학생은 유마의 눈을 똑바로 쳐다보며 그렇게 말했다.

방금 자신에게 인사한 걸까?

아니, 그럴 리 없다. 자신에게 인사하는 인간은 이 교실에 없다. 단 한 사람을 제외하고는.

유마가 우물쭈물하는 사이 여학생은 아무 일도 없었다는 듯 교실 구석으로 바쁘게 걸어가 버렸다.

인사할 타이밍을 놓친 유마는 그대로 비틀비틀 자리로 돌아갔다.

한 걸음 또 한 걸음을 내디딜 때마다 중력이 증가하는 것 같은 감각에 빠져들며 숨을 쉬기가 힘들어졌다.

간신히 맨 뒤에 있는 자기 자리에 도착한 후 모든 걸 차단하듯 책상에 푹 엎드렸다.

그러고는 그대로 짜부라졌다.

유마에게 학교란 블랙홀이나 다름없었다. 강렬한 중력으로 빛마저 흡수하는 공간.

그런 상황에서도 유마는 어머니를 위해 등교했다.

그 사건이 일어난 후 마음에 상처를 입고 무기력에 빠진 어머니. 그런 어머니에게 괴롭힘을 당하고 있다는 말은 도저히 할 수 없었고, 집에 틀어박히는 짓은 더더욱 할 수 없었다.

매일 똑같이 등교하고 거짓으로 도배된 학교에서의 일상을 어머니에게 얘기하는 것이 자신에게 주어진 책무라고 생각했기 때문이다.

문득 자기 옆에 서 있는 누군가의 기척이 느껴졌다.

"안녕."

자신에게 하는 인사에 유마는 허둥지둥 고개를 들었다.

그곳에는 평소와 다름없이 온화한 미소를 짓고 있는 아키토의 모습이 보였다.

"응, 왔어?"

유마는 안도의 한숨을 내쉬며 들릴락 말락 한 목소리로 대답했다.

이상한 일이었다. 아키토만 오면 조금 마음이 편안해진다. 마치 중력에서 해방된 것처럼.

"어제 네가 말한 그거. 시험해 봤어."

아키토가 유마 옆에 앉으며 주위에 들키지 않도록 소곤소곤 말을 걸었다.

"어땠어?"

유마는 흥분을 억누르며 되물었다.

"완벽했지. 덕분에 랭킹도 제법 오르고."

"잘됐다."

"근데 너, 그런 것도 할 줄 알고 진짜 대단하다."

"다른 사람한테는 말하지 마. 그거 위법이니까."

유마는 주위를 슥 둘러보며 아키토에게 주의를 주었다.

위법이라고 할 만큼 거창한 일은 아니지만 운영진에게 발각되면 계정 삭제 등의 제재를 받을 가능성이 있다.

그렇게 되면 기껏 강해져봤자 아무 소용없다.

"참, 그랬지. 미안."

아키토가 몹시 미안해하며 사과했다.

"아냐, 괜찮아."

"자세한 이야기는 나중에 하자."

아키토는 그대로 자리에 앉더니 입을 닫았다.

교실 안에서는 되도록 아키토와 대화를 나누지 않으려고

노력했다. 유마가 그러자고 제안했다.

괜히 자기 같은 사람과 친하다는 사실이 알려지면 아키토마저 괴롭힘의 대상이 될 테니까.

그런 일은 도저히 참을 수 없었다.

아키토는 한 줄기 빛이다.

지금껏 유마에게 학교란 그저 고통스럽기만 한 장소였다. 그러나 아키토의 전학을 계기로 학교에 대한 인식은 완전히 뒤바뀌었다.

마사유키 패거리의 괴롭힘은 여전히 계속됐지만 자신을 이해해 주는 사람이 있다는 사실은 그 자체만으로 마음에 평온을 가져다주었다.

어떤 어려움도 이겨 낼 수 있는 용기를 얻었다.

"얘."

앞자리에 앉은 여학생이 유마 쪽으로 뒤돌아봤다.

조금 전 문 앞에 있던 아이다. 다만 여전히 이름은 기억이 안 났다.

유마가 같은 반이라 인식하고 이름을 기억하고 있는 사람은 직접적으로 자신을 괴롭히는 마사유키 패거리뿐이었다.

유마에게 말조차 걸지 않는 다른 학생들은 풍경이나 마찬가지였다.

그래서 이런 식으로 말을 걸어오리라고는 생각지도 못했다. 아니, 그게 아니다. 이 여학생은 아키토를 부른 것이다.

아키토는 유마와 달리 외모도 뛰어나고 운동도 잘한다. 무엇보다 누구에게나 공평하게 친절하다.

그러니 여학생이 아키토에게 호감을 가지는 것은 당연한 일이다. 자신이 여자라도 아키토라는 존재에게 마음이 끌렸을 것이다.

유마가 대답이 없자 여학생은 다시 한번 "얘." 하고 그를 불렀다.

그 눈은 유마를 빤히 보고 있는 것처럼 보였다.

"어? 나?"

"그래. 너."

"나, 나는 왜?"

유마는 뜻밖의 대답에 당황했다.

상대가 여자라서가 아니다. 타인이 자신에게 말을 건다는 행위 자체가 유마에게는 생경했다.

"있잖아, 너⋯⋯."

말을 꺼내려던 소녀를 방해하듯 교실 문이 열리고 담임인 사카모토가 교실로 들어왔다.

"출석 부르겠습니다."

보컬로이드처럼 무기력하고 일방적인 목소리가 교실에 울려 퍼졌다.

여학생은 결국 하려던 말을 삼키고 다시 앞을 봤다.

차례차례 학생들의 이름을 불렀다. 이윽고 '아이카와 스즈

네'라고 불렀을 때 조금 전 말을 걸었던 여학생이 "네." 하고
대답했다.

이름이 스즈네였구나, 하고 그제야 알게 됐다.

조례는 간단한 전달 사항 몇 가지를 전한 후 끝이 났고 스
즈네는 유마 쪽으로 한 번 뒤돌아보기는 했지만 그걸로 끝이
었다.

조금 전에 하던 이야기를 이어 하지는 않고 곧장 앞을 봤
다.

수업이 시작되자 아키토는 네모나게 접은 쪽지를 몰래 건
넸다.

유마는 들키지 않게 슬며시 쪽지를 받아 들고는 책상 아래
에 숨겨 펼쳐 보았다.

쪽지에는 알파벳과 숫자가 빼곡히 나열되어 있었다. 아무
렇게나 써 놓은 것처럼 보이지만 실제로는 그렇지 않다.

나열된 알파벳과 숫자에는 의미가 있다.

특정 규칙에 따라 쪽지에 적힌 영숫자의 위치를 바꾸면 문
장으로 전환된다. 즉, 이것은 암호다.

〈오늘 마치고 같이 가자. 늘 보던 거기로 와.〉

이렇게 암호로 쪽지를 주고받는 방식은 유마가 아키토에게
가르쳐 준 것이다.

처음에는 아키토도 암호를 익히느라 꽤 애를 먹었지만 지금은 보다시피 문장으로 대화를 주고받을 수 있게 됐다.

유마는 암호로 〈알았어.〉라고 적은 쪽지를 아키토에게 건넸다.

슬쩍 보고도 단숨에 내용을 이해한 아키토가 엄지손가락을 치켜들고 활짝 웃어 보였다.

2

"여전히 미우세요?"

심리상담사 하무라 가오리가 진나이 히로토의 얼굴을 응시하며 말했다.

창문을 통해 방 안으로 쏟아지는 햇살처럼 부드럽고 맑은 하무라의 목소리가 진나이에게는 부담스럽게 느껴졌다.

듣기로는 30대 초반이라고 했는데, 하무라는 실제 나이보다 훨씬 어려 보였다.

언뜻 순수한 소녀처럼 보이는 외모는 진나이의 심리적 안정에 도움이 되지 못했다. 오히려 비난받는 느낌이었다.

바람이 살랑살랑 불어 들어와 커튼을 흔든다.

"네."

진나이는 쓸쓸하게 웃으며 대답했다.

하무라가 긴 속눈썹을 내리깔며 조금 슬픈 표정을 짓는다.

어쩌면 그 안에는 값싼 동정도 포함되어 있는지 모른다.

하무라 본인에게 그런 의도는 없겠지만 내려다보는 것 같아 불쾌하다.

"지금 어떤 심정이실지 백번 이해해요. 만약에 저도 진나이 씨 같은 상황이었으면 상대를 미워했을지도 몰라요."

하무라의 말에 진나이는 무심코 폭소를 터트릴 뻔했다.

백번 이해한다고 단언하더니 곧장 뒤이어 한다는 얘기가 '만약'으로 시작하는 가정이다. 표면적으로만 동정하고 있을 뿐 하무라의 말에 진심이라고는 없다.

애초에 생각이나 감정을 타인이 이해하기란 불가능하다.

상사가 하도 추천을 해서 상담을 받으러 오기는 했는데, 이런 시간이 대체 무슨 의미가 있다는 말인가.

무엇보다 하무라는 엄청난 착각을 하고 있다. 진나이가 미워하는 대상은 상대가 아닌 오히려 자기 자신이었다.

"그렇습니까."

진나이는 적당히 맞장구를 쳤다.

시계를 봤다. 햇빛이 반사돼서 문자판은 잘 안 보이지만 대략 5분만 더 있으면 상담 시간은 끝날 것이다.

이런 생각 하면 자기 자신을 비웃는 꼴밖에 안 되겠지만, 시간당 요금을 받는 시스템으로 대체 다른 사람의 마음을 어떻게 치유하겠다는 말인지 모르겠다.

문득 머릿속에 그날의 광경이 선명하게 재현됐다.

콘크리트 바닥 위에 시체가 놓여 있다. 사지는 기괴한 방향으로 뒤틀리고 깨진 머리에서는 피가 흘러나왔다.

그나마 시체가 엎드린 상태여서 다행이었다.

죽기 직전의 표정을 보지 않아도 됐으니까. 사람이 죽기 직전에 가졌던 감정을 직접 목도했다면 제정신을 유지하기란 어려웠을 것이다.

조금씩 가슴속에서 강렬한 열기를 띤 감정이 끓어올랐다.

분노와 원망이 뒤섞인 거무충충한 감정이다.

귀중한 목숨을 앗아간 직접적인 원인은 그놈들이지만, 더 근본적인 원인을 찾아 나아가다 보면 진나이에게 다다른다.

자신은 너무나 무관심했다.

이제 와서 후회해 봤자 이미 때는 늦었지만 자꾸만 그런 생각이 들었다.

—미안하구나.

진나이는 머릿속으로 좀처럼 나오지 않는 사과의 말을 힘겹게 꺼냈다.

하지만 그 말은 닿지 않는다. 전부 늦어 버렸다. 이런 사죄는 자기만족에 지나지 않는다.

대체 언제부터, 무엇을 어떻게 잘못한 걸까?

생각해 보았지만 명확한 답을 내기가 어려웠다. 분기점은 많았다. 그때 그랬더라면, 그때 이랬더라면…….

그때…….

고칠 수 있는 기회는 많았지만 진나이는 그 기회를 전부 날려 버렸다.

자신을 기준으로 세상만사를 해석하고 어쩔 수 없다는 말을 면죄부로 쓰며 현실을 외면했다.

일이 바빴던 건 사실이다. 보람 있는 일이라느니 어쩌느니 그런 이유보다, 누군가 해야 하는 일이라는 의무감에 떠밀려 억지로 하는 경향도 있었다.

일이 너무 바쁘다 보니 집에 들어가지 못하는 일이 빈번했다.

약속은 꿈도 꿀 수 없고 일반적인 가정처럼 연휴에 여가를 즐기러 관광을 떠나는 일도 없었다.

갑자기 불려 나가는 일은 일상다반사였다.

처음에는 괜찮았다. 하지만 결혼 생활이 길어질수록 아내는 그 일에 불만을 토로하기 시작했다.

놀면서 시간을 허비한 게 아니다. 가정을 지키려고 주어진 일을 묵묵히 처리했을 뿐인데 피폐해진 상태로 집에 돌아가면 잔소리부터 들으니 맥이 탁 풀려 버렸다.

그러다 보니 점점 집으로 돌아가는 발길이 뜸해졌다.

실제로는 집에 돌아갈 수 있는 시간대였지만 직장에서 자고 가는 일이 많아졌다.

아무리 지쳤어도 조금은 아내의 이야기에 귀를 기울였어야 했는데, 진나이는 그러지 않고 그저 피해 다니기만 했다.

아내가 이혼이라는 결론을 내린 것은 필연이었는지도 모른다.

그리고 그 결과가 이거다.

진나이는 사직서를 제출했다. 상사는 너무 성급하게 판단 내리지 말라며 일단은 휴직으로 처리할 테니 그 후 부서 이동을 생각해 보자고 하며 이야기는 일단락됐다.

하지만 이야기를 그렇게 마무리 지은 것은 상사가 끝까지 물고 늘어지며 만류했기 때문이다. 본래는 진나이도 상사가 끝까지 만류해 주는 이런 상황을 기쁘게 받아들였겠지만 무기력함에 빠진 상태에서는 성가시기만 했다.

더불어 뜻하지 않게 상담까지 받게 됐다.

부서를 이동하면 상사도 바뀔 테니 사직서는 적당히 때를 봐서 다시 제출하기로 했다.

"진나이 씨."

갑자기 큰 소리로 이름을 불린 진나이는 퍼뜩 정신을 차리고 고개를 들었다.

"왜 그러시죠?"

진나이는 물음으로 답했다.

중간부터 아무것도 듣지 않았다. 하무라도 그 정도는 알았으리라. 그래서 진나이를 부른 것이다.

하지만 하무라는 진나이를 책망하지 않았다.

상담 지침서나 그런 유의 책에 이럴 때는 책망해선 안 된다고 적혀 있어서 그런 것일지도 모른다.

"조급하게 생각하실 필요 없어요. 우리, 시간을 들여서 천천히 마주하도록 해요. 저도 진나이 씨와 가까워질 수 있도록 노력할게요."

하무라의 다정한 말은 진나이를 그저 짜증 나게 하기만 했다.

이런 짓을 반복해 봤자 아무 의미도 없다. 빼앗긴 목숨을 되찾을 수 있다고 하면 뭐든 하겠다. 하지만 그게 아니다.

진나이가 고개를 들어보니 나비 한 마리가 창틀에 앉아 날갯짓을 쉬고 있었다.

콘크리트 건물 창에 나비가 앉아 있는 모습은 어딘가 부자연스러워 보였다.

저 나비도 뭔가 착각한 거다. 진나이처럼…….

진나이는 계속되는 하무라의 동정을 흘려들으며 나비를 응시했고, 가볍게 날아오른 나비는 파란 날개를 팔랑이며 하늘을 날아갔다.

진나이는 날아가는 나비를 눈으로 좇았지만 얼마 안 가 나비는 시야에서 사라졌다.

혹시 나비가 되어 이곳에 왔던 것은 아닐까 했지만, 그 생각은 이내 머릿속에서 지웠다.

죽은 사람이 다른 무언가의 모습으로 나타난다는 이야기는 현세에 남겨진 자들의 염원이 집적된 형태에 지나지 않는다.

후회를 덜기 위해 만들어 낸 망상이다.

진나이는 고통에서 벗어날 수 없었다. 아니, 벗어나서는 안 되었다.

하무라에게는 미안하지만 진나이는 그 사건에서 해방되기를 바라지 않았다. 무거운 짐을 내려놓을 생각은 처음부터 없었다.

오히려 자신에게 정신적인 고통을 주려고 이곳에 있었다.

3

유마는 층계참에서 거북이처럼 웅크렸다.

그럼으로써 모든 감각을 차단하려고 했다. 감정조차도.

다만 인간에게는 그것이 불가능했다. 게임에서는 가드만 올리고 있어도 체력 게이지가 유지되는데 현실 세계는 그렇지 않았다.

원치 않아도 차일 때의 고통은 피부를 통해 전해졌고, 분하고 비참한 마음은 끝도 없이 흘러넘쳤다.

"야, 인마. 내가 가져오라고 했지."

마사유키가 말했다.

웅크리고 있어서 얼굴은 보이지 않지만, 보나 마나 더러운 것을 보듯 경멸에 찬 시선을 보내고 있을 게 뻔했다.

"이 자식이 귀가 먹었나."

옆구리 부근에 둔탁한 소리가 나며 무언가가 닿았다. 또 차인 것이다.

유마는 대답도 하지 않고 방어 자세를 더 견고히 했다.

"쯧. 내일까지 꼭 가져와라, 응?"

마사유키는 유마의 머리를 거칠게 움켜쥐고 번쩍 들어 올렸다.

보고 싶지도 않은 마사유키의 얼굴이 시야에 들어왔다.

그 얼굴은 이미 인간의 것이 아니었다. 송곳니는 턱 끝까지 자라나고 이마에는 코뿔소처럼 거대한 뿔이 솟아 있었다.

어디 그뿐이랴. 몸 전체가 바위처럼 울퉁불퉁했다.

또다시 금지된 약물인 비스트를 쓴 것이다.

"혼자서 뭐라고 중얼거리는 거야!"

마사유키가 땅이 울릴 듯이 쩌렁쩌렁한 목소리로 말했다.

"……."

"난 말이야, 너만 보면 기분이 더러워져. 볼 때마다 뭔 알아먹지도 못할 소리만 해 대잖아."

"……."

"잘 들어. 내일은 꼭 가져와라, 알았냐?"

유마는 기어들어 가는 목소리로 알았다고 대답하는 수밖에 없었다.

마사유키는 그제야 유마에게서 손을 떼더니 다른 가드너들을 거느리고 유쾌하게 웃으며 계단을 내려갔다.

유마가 그 모습을 지켜보고 있을 때 마침 계단 아래 복도를 담임인 사카모토가 지나갔다.

마사유키 패거리와 우연히 마주친 사카모토는 계단 층계참에 납작 엎드려 있는 유마를 흘깃 쳐다봤다.

굳이 설명하지 않아도 이 상황을 보면 무슨 일이 벌어졌는지는 바보라도 알 수 있다.

사카모토가 마사유키 패거리를 꾸짖고 유마에게 자세한 사정을 물어보지는 않을까 하는 기대가 머리를 스쳤지만 헛된 바람이었다.

사카모토는 아무 말 없이 그저 묵묵히 그곳을 지나갔다.

쓸데없는 일을 늘리고 싶지 않다. 사카모토의 얼굴에는 그렇게 적혀 있었다. 못 본 셈 치고 전부 묵인하는 것이 사카모토의 방식이었다.

하지만 사카모토의 그런 방식을 비난하고 싶지는 않았다.

특별히 사카모토만 그런 것은 아니다. 교사라고 해 봐야 결국 직업에 지나지 않는다. 결코 정의의 편이 아니다. 같은 월급이면 편한 쪽을 선택하는 것이 인간이란 존재다.

유마는 천천히 몸을 일으켰다.

하지만 다리가 휘청거려서 이내 엉덩방아를 찧고 말았다.

참고 있던 눈물이 왈칵 쏟아졌다.

참기 힘든 울분이 끓어올라 온몸을 관통했다. 무엇보다 자기 자신의 무력함에 분통이 터졌다.

저항할 수단이 하나도 없는 나약한 자신.

안타깝지만 지금 유마에게는 마사유키를 쓰러트릴 힘이 없다. 지금은 참고 견뎌야 할 때다. 머지않아 마사유키가 이끄는 가드너를 쓰러뜨리고 세계에 평온을 가져오기 위해.

"뭐해?"

갑자기 들린 목소리에 유마는 당황하며 소리가 들린 쪽으로 고개를 돌렸다.

계단 아래. 조금 전 사카모토가 있던 곳에 스즈네가 서 있었다.

"시, 신경 꺼."

유마는 황급히 일어나 스즈네에게 등을 돌렸다. 비참하게 울고 있는 모습을 보이고 싶지 않았다.

상대가 여자라서 그런 게 아니다. 누구라도 싫었다.

"아, 그래? 네가 좋다는데 내가 뭐라고 하겠어."

스즈네가 혼잣말처럼 말했다.

유마라고 좋아서 이러는 게 아니다. 하지만 현실적으로 벗어날 방법이 없었다. 유마는 고개를 푹 숙이고 들키지 않게 눈물을 훔쳤다.

거울로 확인하지는 않았지만 눈이 새빨갛게 퉁퉁 부어 있을 게 뻔했다.

―내가 왜 이런 꼴을 겪어야 하지.

유마는 실내화를 내려다보며 속으로 중얼거렸다.

답은 이미 안다. 아니까 더 속이 탄다. 해결할 방법이 전혀 없다.

살아 있는 동안 이대로 쭉 참고 견뎌야 한다고 생각하니 마음이 무겁고 또다시 눈물이 나오려고 했다.

―운다고 해결되진 않아.

유마는 자신을 다독이며 교복에 묻은 먼지를 털고 가방을 든 뒤 계단을 내려가려고 했다.

"어?"

엉겁결에 소리를 질렀다.

당연히 떠난 줄 알았던 스즈네가 여전히 그 자리에 서 있었다.

―뭐야 얘는?

유마는 스즈네의 목적이 궁금했지만 울어서 퉁퉁 부은 얼굴을 보여주기가 창피해 얼른 고개를 돌렸다.

"뭐 하나만 물어봐도 돼?"

스즈네가 말했다.

고개를 돌리고 있어도 똑바로 유마를 응시하는 스즈네의 시선이 느껴졌다.

"뭐, 뭔데?"

유마는 되물으면서도 도망칠 기회만 엿봤다.

스즈네가 하려는 질문이 뭔지 모르겠지만 지금은 이 자리를 벗어나고 싶은 마음이 더 컸다.

"이거, 뭐라고 쓴 거야?"

스즈네는 중간까지 계단을 올라와 고개를 돌린 유마도 볼 수 있게끔 쪽지를 내밀었다.

유마는 그것을 보고 깜짝 놀랐다.

그 쪽지에는 영숫자가 나열되어 있었다. 아키토와 주고받는 암호문 종이였다.

―이걸 얘가 왜?

유마는 순간 놀랐지만 이내 그 답을 찾았다.

오늘 수업 시간에 아키토와 쪽지를 교환하다 실수로 떨어뜨렸고 그것을 스즈네가 주운 것이다.

무슨 내용인지 설명하다니, 당치도 않은 일이다. 아키토와 비밀리에 주고받는 대화 속에 누군가가 끼어들다니, 그런 일은 절대 용납할 수 없다.

그러나 이 상황에서 벗어날 마땅한 핑계가 떠오르지 않았다.

"아, 아, 알 거 없어."

결국 유마는 그렇게만 말하고서 스즈네의 옆을 스치듯 빠져나가 계단을 뛰어 내려갔다.

도중에 다리가 휘청거려 넘어질 뻔했지만 간신히 버텨 내며 복도를 뛰어갔다.

뒤돌아보았지만 스즈네가 쫓아오는 낌새는 보이지 않았다. 마음이 놓이면서도 한편으로는 서운한, 설명하기 어려운 기분이 들었다.

4

좁다란 골목 길가에는 피안화가 피어 있었다.

빨갛게 물든 피안화 주위를 한 마리 나비가 날아다녔다.

스즈네는 일단 걸음을 멈추고 휴대폰을 꺼내 메시지를 확인했다. 이 통로의 끝이 자신이 가야 할 장소인 듯했다.

마음 같아서는 더 빨리 오고 싶었고 마땅히 그래야 했다. 장례식에 참석해 사람들과 밤새 고인을 추모하고 고별식에도 참석하는 게 나았을지도 모른다.

하지만 스즈네가 장례식에 참석하는 일은 없었다. 아는 사람과 마주치고 싶지 않았기 때문이다.

그 사람의 사망 소식은 텔레비전 뉴스를 보다 알았다.

이름을 보고 순간 멍해졌다.

그동안 연락 한번 없었다. 애초에 연락을 주고받을 만한 관계는 아니었다. 그래도 전하고 싶은 말이 산더미처럼 많았다.

그런 스즈네의 마음은 무참히 산산조각이 나고 말았다.

텔레비전이나 인터넷 뉴스 등을 보고 무슨 일이 벌어졌는지는 이해했다. 그러나 한 가지만은 도무지 이해할 수 없었다.

—왜?

그랬다, 이유. 그 사람이 죽어야만 했던 이유가 뭘까?

그 물음이 스즈네의 머릿속에 박혀 아무리 떨쳐 내려 애를 써도 지울 수 없었다.

이제 와서 무슨 일이 벌어졌는지 알아 봤자 과거를 바꿀 수는 없다. 잃어버린 목숨은 두 번 다시 되돌릴 수 없다. 그래도 알고 싶었다.

그래서 이렇게 무덤을 찾았다.

목적지인 묘비 근처까지 왔을 때쯤 스즈네는 문득 걸음을 멈췄다.

누군가 있다. 머리를 숙인 채 합장하고 있는 남자가 보인다.

남자는 꼭 맞는 양복을 입고 떡 벌어진 어깨가 보이도록 뒤돌아서 있었다.

말을 걸어야 할지 말지 망설였다. 하지만 스즈네가 목소리를 내는 일은 없었다. 이 남자가 무덤 속에 잠든 인물과 어떤 관계인지조차 몰랐다.

잠시 후 남자가 뒤돌아섰다.

남자와 시선이 마주친 순간, 스즈네는 자기도 모르게 흠칫했다. 남자는 어디를 보고 있는지조차 모를 정도로 눈에 초점이 없었다.

우울하고 생기가 없는 눈이다.

남자는 말 없이 고개만 까딱인 뒤 천천히 스즈네의 옆을 지나 걸어갔다. 스즈네는 홀린 듯이 남자의 뒷모습을 눈으로 좇았다.

—역시 무슨 말이라도 할 걸 그랬나?

그러나 생각만 할 뿐 결국 아무 말도 할 수 없었다. 애초에 무슨 질문을 해야 할지도 몰랐다.

이윽고 남자의 모습은 보이지 않았다.

스즈네는 가볍게 한숨을 내쉬고 묘비 앞에 섰다.

묘비에는 고인의 얼굴을 새긴 석판이 붙어 있었다. 미소 짓는 그 얼굴을 보고 그 사람이 정말 죽었구나, 하고 새삼 실감했다. 물론 죽었다는 사실은 알고 있었다. 묘지도 그런 이유에서 찾았으니까.

그래도 마음 한구석으로는 뭔가 착오가 있었던 게 아닐까 했다.

하지만 아니었다.

그 사람은 이제 이 세상에 존재하지 않는다. 전해야만 했던 말은 무엇 하나 전할 수 없었다.

이럴 줄 알았으면 그때 고맙다고 말해 둘 걸 그랬다. 직성이 풀릴 때까지 사과할 걸 그랬다.

아무것도 못 한 게 후회스러웠다.

불쾌한 기억을 봉인하기 위해서라고는 하나 모든 관계를 끊고 거짓된 세계에서 살기를 선택한 자신이 한심하게 느껴졌다.

두 손을 모으고 묘비 앞에 섰지만 이럴 때 마음속으로 무엇을 빌어야 할지 몰랐다.

스즈네는 복잡한 표정으로 고개를 들어 하늘을 올려다봤다.

어느새 하늘은 붉게 물들어 있었다. 피안화와 같은 색이라고 생각하니 이상하게 슬퍼졌다.

5

유마는 학교 교문을 빠져나와 오른쪽 모퉁이 끝에 있는 버스 정류장으로 걸음을 옮겼다.

정류장에는 아치형 비 가림막이 설치되어 있고 그 아래에는 벤치가 있었다. 30분 간격으로 마을버스가 운행되었는데 학생들은 아무도 이용하지 않아서 다른 사람 눈에 띌 염려는 없었다.

이곳이 아키토와 늘 만나는 장소였다.

"여기야, 유마—."

벤치에 앉아 있던 아키토가 벌떡 일어섰다.

반가워하는 그 얼굴을 보고 유마는 아랫입술을 세게 깨물며 고개를 돌렸다.

아키토의 얼굴을 보면 기분이 조금 풀린다. 그건 안다. 하지만 그렇다고 거기에 기대면 또 눈물이 나올 것 같았다.

그런 비참한 모습을 아키토에게 보여주고 싶지는 않았다.

"너, 괜찮아?"

곁으로 뛰어온 아키토가 조심스럽게 유마의 어깨에 손을 얹었다.

말은 안 했지만 유마의 모습을 보고 무슨 일이 일어났는지 알아챈 듯했다.

어깨에 닿은 따뜻한 손의 감촉이 유마의 상처 입은 마음을 어루만져 주는 것 같았다. 실제로 아키토에게는 그런 능력이 있는 것 같다.

캐슬로 치면 승려다.

아무리 체력이 줄어들어도 승려의 주문 하나면 빠르게 회복된다.

"응."

유마는 살짝 고개를 끄덕였다.

"마사유키 패거리 짓이구나. 이 자식들 가만 안 둬."

유마의 어깨에 올려진 아키토의 손에 불끈 힘이 들어갔다.

아키토가 놈들에게 보복하러 갈 생각이라는 게 피부를 통해 전해졌다.

"아냐. 그냥 넘어졌어."

유마는 고개를 들어 아키토에게 생긋 웃어 보였다.

아키토가 가 봤자 마사유키 패거리에게는 못 당한다. 자기 때문에 소중한 친구가 다치는 꼴은 도저히 볼 수 없었다.

유마가 교실에서는 암호로 대화를 주고받고, 구태여 버스 정류장에서 아키토와 만나는 것도 아키토에게 위해가 가해지지 않도록 하기 위해서였다.

유마와 친하다는 사실이 마사유키 패거리에게 알려지면 아키토까지 해를 입게 될 게 뻔했다.

유일한 희망인 아키토를 잃을 수는 없었다. 유마만 참으면 끝날 일이었다.

"아까는 아파 죽는 줄 알았는데 이젠 괜찮아. 걱정해 줘서 고마워."

유마는 웃으며 대답했다.

아키토의 눈은 전혀 납득하고 있지 않았다. 유마의 거짓말을 꿰뚫어 본 것이다. 그뿐 아니라 거짓말을 하는 이유까지 알고 있는 듯했다.

한동안 잠자코 유마를 응시하던 아키토는 이윽고 굳었던 표정을 풀었다.

"야, 큰일 나면 어쩌려고 그러냐."

아키토는 유마의 거짓말에 맞장구치며 활짝 웃었다.

유마의 의사를 존중해 준 것이다. 정말 기뻤다.

"그러게."

"그나저나 이만 가자."

평소와 다름없는 표정으로 돌아온 아키토가 유마를 재촉했다.

"응, 그러자."

유마는 아키토의 말에 곧장 대답하고서 함께 걷기 시작했다.

여기서 집으로 돌아갈 때는 일단 학교 쪽으로 돌아간 다음 가는 편이 더 빨랐지만 두 사람은 구태여 다른 길로 갔다.

같은 반 아이들에게 이 모습을 들키고 싶지 않을뿐더러 아키토와 느긋하게 얘기를 나눌 수 있어서 이러는 편이 더 좋았다.

"저기 있잖아."

"응?"

"걔 말이야, 무슨 말이 하고 싶었던 걸까?"

"걔?"

유마는 아키토가 가리키는 사람이 누구인지 몰라 되물었다.

"스즈네 말이야."

그 이름이 나오자 유마는 가슴이 덜컹했다.

그것이 어떤 감정에서 비롯되었는지는 모르지만 동요하는 모습을 들키지 않으려고 유마는 시선을 피했다.

"아하. 앞자리 걔……."

유마는 지금 막 알아차렸다는 듯이 말했다. 조금 어색해 보였을지도 모른다.

"왜, 오늘 있잖아. 뭔가 하고 싶은 말이 있는 것 같던데."

아키토는 조례 후에 스즈네가 말을 걸었을 때의 일을 가리키는 것이다.

스즈네는 암호로 적힌 쪽지의 내용을 알고 싶어 했다. 이유는 모르겠지만.

다만 그 일을 설명하려면 계단에서 무슨 일이 있었는지 이야기해야만 했다.

"아, 그러게. 뭘까?"

유마는 일부러 시치미를 뗐다.

"너도 궁금하지?"

"글쎄, 별로 신경 쓸 일은 아닐 것 같은데…….."

"그런가? 내 눈에는 엄청 중요한 얘기를 하려던 것 같았는데."

아키토는 여전히 그 화제에 연연했지만 유마는 못 들은 척을 했다.

그 아이가, 스즈네가 어떤 이유로 암호문에 관심을 가지게 되었는지는 모르겠지만 되도록 엮이지 않는 편이 낫다고 판단했다.

아키토도 유마가 이 화제를 피하고 있다는 사실을 깨달았는지 평소처럼 캐슬로 화제를 돌렸다.

"정말이지 네 덕분에 랭킹 작업이 수월해졌어."

"잘됐다."

신나게 얘기하는 아키토를 보고 유마도 가슴이 뛰었다.

유마는 아키토가 사용하는 캐릭터의 데이터를 개조해 주었다.

데이터를 개조해서 게임을 즐기는 방식이 비열하게 보일지도 모르지만, 돈을 쓰지 않으면 이길 수 없게 게임을 만든 운영진에게도 문제는 있다.

게다가 유마가 한 개조는 밸런스 조정 정도다.

게임 데이터 안에서 캐릭터 능력치가 설정된 부분을 찾아 그곳을 수정했다.

기본 능력치를 각각 10%씩 늘렸다.

이 10%가 핵심이다. 욕심을 내서 2배, 3배로 설정하면 누구나 이상하다는 사실을 눈치챘다.

로컬 플레이 게임이면 문제없지만 캐슬은 인터넷을 연결해서 진행하는 게임이다.

주변 플레이어가 부자연스럽다는 인상을 받으면 운영진 측에 신고할 가능성도 있다. 10% 정도면 의심할 사람은 없다.

"근데 너 진짜 대단하다. 게임 데이터도 개조할 줄 알잖아."

"별로 어려운 일도 아닌데, 뭘."

아키토의 칭찬에 유마는 어깨를 움츠렸다.

겸손이 아니다. 데이터를 수정하는 일 자체는 별로 어렵지 않다. 게임 데이터를 들여다보는 정도는 누구나 할 수 있다.

그 안에서 캐릭터의 능력치가 담긴 데이터를 찾아 수치를 입력해 수정하기만 하면 끝이다.

하지만 운영진 측도 그런 식으로 데이터 개조가 행해질 수 있다는 사실을 안다. 그래서 특수한 암호 조합으로 각 수치를 파악하기 힘들게 만든다.

유마가 여기까지 설명하자 아키토는 으음, 하고 신음하며 복잡한 표정을 지었다.

"그건 알겠는데, 데이터가 암호화되어 있다면서 능력치 값은 어떻게 찾은 거야? 그게 중요한 거 아냐?"

아키토의 질문은 정확히 핵심을 찔렀다.

다만 '어떻게'라는 부분은 설명하기가 어려웠다.

"굳이 말하자면 감, 으로."

"감?"

"응. 데이터를 가만히 보고 있으면 조금씩 거기 숨겨진 규칙이 보이기 시작해."

유마가 그렇게 말하자 아키토는 가던 길을 멈추고 입을 떡 벌렸다.

"역시 넌 대단해."

"아니라니까."

고개를 저으며 부정했지만 칭찬 자체는 기뻤다.

유마는 이 모든 지식을 아버지에게 배웠다. 자신뿐만 아니라 아버지까지 높이 평가받은 기분이었다.

"저기 있잖아."

아키토는 조금 전과는 달리 경직된 목소리로 말했다.

"왜?"

"그 정도 실력이면 너희 아버지 사건의 진범도 잡을 수 있는 거 아냐?"

아키토는 순전히 떠오르는 대로 말했을 뿐이지만 유마 입장에서는 충격적인 질문이었다.

─진범을 잡는다.

여태껏 그런 생각은 한 번도 해 본 적이 없었다.

"내 실력으로는 어림도 없어. 그리고 애초에 그건 경찰이 할 일이잖아."

웃고는 있었지만 본인도 느낄 수 있을 정도로 굳어 있었다.

─정말 그럴까?

"그렇구나…… . 진범을 찾으면 지금 상황이 조금은 달라지지 않을까 해서…… ."

낙담에 찬 아키토의 목소리가 가슴 깊이 꽂혔다.

아키토는 괴롭힘을 당하고 있는 유마의 환경을 바꿀 방법이 없는지 모색하고 있는 것이다.

말로 표현하지 않아도 그런 식으로 걱정해 주고 있다는 사실에 유마는 마음이 든든했다.

"다 소용없어. 걔들은 그냥 괴롭힐 사람이 필요해서 그러는 거니까."

─그래. 누구든 상관없지.

본인들의 울분을 배출할 수만 있다면 상대는 유마가 아니어도 된다. 아버지 사건은 단순한 계기에 불과하다.

아무리 발버둥 쳐 봤자 현실은 변하지 않는다.

게임 데이터는 능력치를 수정할 수 있지만 현실 속에서는 역할을 한 번 배정받으면 절대로 바꿀 수 없다.

아무리 부당한 설정이라도 주어진 대로 현실을 살아갈 수밖에 없다.

"그럼 내일 보자."

한참을 걸어가다 아키토가 손을 흔들며 앞으로 뛰어나갔다.

"그래. 잘 가."

유마는 손을 흔들어 답한 후 집을 향해 걷기 시작했다.

발걸음이 무거웠다.

조금 전 아키토가 한 말이 자꾸 머릿속을 맴돌았다.

유마의 아버지는 한 사건의 용의자로 오인 체포 됐다. 그 일을 계기로 무언가가 어긋나기 시작했다.

마사유키 패거리가 괴롭히기 시작한 것도 같은 시기다.

어쩌면 아키토가 한 말이 맞을지도 모른다. 자신이 아버지 사건의 진범을 잡으면 뭔가가 달라질지도 모른다. 마사유키 패거리에게 자신이 가진 힘을 보여 줄 수 있다.

그렇게만 되면 현재 자신의 설정을 완전히 뒤바꿀 수 있을지도 모른다.

현관 앞에 서서 문을 열려고 하던 유마는 순간 멈칫했다.

뒤편에 누군가 서 있는 기척이 느껴졌기 때문이다.

유마는 재빨리 뒤돌아봤다.

낯선 중년 남성이 바로 근처 골목에 서 있는 모습이 보였다.

남자는 검은 양복에다 단정하게 넥타이까지 갖춰 맸다. 복장만 보면 퇴근하는 회사원처럼 보였지만 뭔가 달랐다.

남자는 짐 하나 없는 양손을 주머니에 찔러 넣고 날카로운 눈빛으로 유마를 노려봤다.

마치 캐슬에 나오는 암흑 기사, 다크 나이트 같았다.

남자는 유마와 눈이 마주치자 턱을 쭉 내밀고는 입가에 웃음을 띠었다.

그런데도 미간은 찌푸린 것처럼 깊은 주름이 파였다.

이윽고 남자는 오른손을 주머니에서 꺼내 천천히 유마를 가리켰다.

─뭐지?

너무나 소름 끼치는 남자의 행동에 부르르 몸이 떨렸다. 유마는 몹시 당황하며 서둘러 문을 열고 안으로 들어갔다.

뒤로 손을 돌려 문을 닫은 유마는 그 자리에 주르륵 주저앉았다.

─방금 그 남자, 정체가 뭐야?

곰곰이 생각해 보았지만 짐작 가는 것은 하나도 없었다.

6

진나이는 현관문을 열었다.

집 안은 어둡고 쥐 죽은 듯 고요했다.

이상한 기분이었다. 지금까지도 혼자서 살아왔다. 그래서 집이 어둡든 조용하든 전부 당연한 일이었다.

그런데 이 공간이 무섭게 느껴졌다.

고독하다는 현실을 강제로 들이미는 것 같아서 숨조차 쉴 수 없었다.

불을 켜자 이번에는 강한 빛에 눈앞이 아찔해졌다.

몇 번 눈을 깜박인 후 진나이는 구두를 벗고 집 안으로 들어갔다.

겉옷을 옷걸이에 걸고 그대로 바닥에 주저앉아 돌아오는 길에 사 온 편의점 도시락을 먹었다.

편의점 도시락이 간이 싱거운 편도 아닌데 맛이 전혀 느껴지지 않았다. 무미 무취의 고형물을 씹고 있으려니 구토감마저 밀려왔다.

그래도 페트병에 든 차로 어떻게든 간신히 목구멍에 흘려넣었다.

이렇게 괴로워하면서도 여전히 살려고 몸부림치는 자신이 너무나도 우습게 느껴졌다.

문득 고개를 들었다가 찬장에 걸어 둔 액자에 눈이 갔다.

그 안에 든 사진을 보고 있으려니 위를 꽉 쥐어짜는 듯한 고통이 느껴졌다. 참지 못하고 고개를 돌려 천장을 바라봤다.

3년 전에는 자신이 이렇게 될 줄 꿈에도 몰랐다.

인생은 얼마든지 다시 시작할 수 있다며 근거 없는 자신감도 가졌었다. 하지만 그것이야말로 착각이었다.

인생은 게임처럼 자기 입맛에 맞게 처음부터 다시 시작할 수는 없다.

잘못을 없던 일로 만들 수는 없다. 당연하다. 아무리 발버둥 쳐도 시간을 되돌리는 일은 불가능하니까.

배를 채운 진나이는 다시 구두를 신고 집을 나섰다.

그저 묵묵히 밤길을 걸었다.

오가는 사람들의 시선이 전부 자신에게 향하는 것 같았다. 진나이가 무슨 짓을 했는지 알고, 그를 무시하고 조롱하고 매도하는 것처럼 느껴지기까지 했다.

터무니없는 망상이지만 머릿속에서 떨쳐 낼 수가 없었다. 그 정도로 자신의 죄는 무거웠다.

머릿속에서는 내내 그날의 일이 반복해서 떠올랐다.

콘크리트 바닥 위에 생긴 피 웅덩이.

그곳에 비친 달.

빠르게 멀어져 가는 구급차 사이렌 소리.

그것을 호기심 가득한 표정으로 쳐다보는 구경꾼들의 눈.

그 모든 것이 기억 속에 선명하게 남았다. 신기하게도 두 달 가까이 지난 지금, 기억의 정확도는 그때보다 높아진 것 같았다.

한동안 묵묵히 걷기를 계속하던 진나이는 자그마한 공원에 이르렀다.

공원에는 미끄럼틀과 벤치가 놓여 있었다.

진나이는 공원 안으로 들어가 벤치에 걸터앉았다.

─대체 이게 뭐 하는 짓이지?

이런 식으로 정처 없이 거리를 떠돌아 봤자 해결되는 것은 없다. 자신도 안다. 하지만 집에 혼자 있을 수도 없었다.

잠시 쉬고 오면 괜찮을 거라는 상사의 판단은 잘못된 것일지도 모른다.

시간이 남아돌면 떠올리고 싶지 않은 일만 떠오르고 결국에는 자신을 나무라게 된다. 정신이 조금씩 깎여 나가는 기분이다.

그렇다고 직장에 돌아가서 이전처럼 일에 몰두할 수 있겠느냐고 물으면 솔직히 자신이 없다.

"빈껍데기가 따로 없네."

진나이는 혼자 작게 중얼거리며 자리에서 일어났다. 그대로 왔던 길을 되돌아갈까 하던 차에 전화가 왔다.

휴대폰 화면에는 예전 동료인 후지다의 이름이 떴다.

순간 받아야 할지 망설였다. 어떤 말을 할지 대략 짐작이 갔기 때문이다. 네 잘못이 아니라는 둥 기운 내라는 둥 이런 식의 위로는 솔직히 듣기 괴로웠다.

하지만 얼마나 괴로운 일인지를 알기에 진나이는 구태여 전화를 받았다. 자신에게 고통을 주려고…….

"여보세요."

〈우리 오랜만이지?〉

후지다의 목소리는 여전히 쾌활했다.

타인을 배려할 줄 아는 마음이 유달리 강한 후지다. 숱하게 고민한 끝에 평소와 다름없는 말투로 얘기하자고 마음먹은 것이다.

"그러게."

진나이는 애써 밝은 목소리로 대답했다.

〈지금 잠깐 통화돼?〉

진나이는 발걸음을 떼며 "뭐 할 말 있어?"라고 답했다.

대답이 망설여지는지 후지다는 뜸을 들였다.

"뭔데 그래?"

진나이가 한 번 더 물었다.

〈실은, 너한테 물어보고 싶은 게 좀 있어서…….〉

"그러니까 그게 뭔데."

진나이는 웃음기를 띠며 말했다.

〈너 SNS는 해?〉

"아니."

〈그렇구나. 아니 뭐, 그럼 됐으니까 신경 쓰지 마. 네가 아니라는 건 알았으니까…….〉

후지다가 요점을 흐리며 말하는 통에 살짝 짜증이 났다.

"내가 아니라니, 그게 무슨 말이야?"

〈아냐, 그냥 잊어.〉

전화를 끊으려고 하는 후지다를 진나이가 다급히 불렀다.

이야기를 하다 말면 뒷이야기가 궁금해지는 것이 인간의 습성이다.

"잊으라니, 뭘? 애초에 전화는 왜 했는데?"

〈미안. 별건 아니고, 내가 SNS에서 좀 이상한 걸 봐서……. 나는 또 네가 그런 줄 알고 걱정돼서 전화했지.〉

후지다의 당황한 말투가 괜히 진나이의 불신감을 더욱 부추기는 꼴이 됐다.

"할 말 있으면 똑바로 해."

참으려고 했지만 진나이는 자기도 모르게 따지는 투로 말했다.

〈말로 설명하는 것보다 네가 직접 보는 게 빠를 거야. 내가 바로 주소 보낼 테니까 확인해 봐.〉

후지다는 그렇게 말하고서 전화를 끊었다.

어쩌다 보니 묘한 대화를 나누게 됐다. 찜찜한 기분이 들었지만 다시 전화를 걸고 싶지는 않았다.

다시 걸음을 옮기려고 하던 그때, 휴대폰이 울렸다.

전화가 아니라 문자였다. 발신인은 후지다다. 제목도 인사도 없이 그저 URL만 첨부되어 있다.

진나이는 화면을 두드려 문자에 첨부된 URL을 열었다.

잠시 후 화면에 뜬 것을 본 진나이는 경악했다. 얼굴에 핏기가 가시며 그 자리에 주저앉을 뻔했다.

동시에 후지다가 하려던 말이 무엇인지 이해했다.

7

4인용 식탁에 두 사람이 서로 마주 보고 앉아 있다. 예전에는 세 사람이었다.

아버지가 세상을 떠나며 두 사람이 됐다.

고작 한 사람이 줄었을 뿐인데 이리도 빈자리가 커 보이는 이유는 뭘까.

아버지의 사망으로 주택 대출금을 갚을 의무는 사라졌다. 이 집을 팔고 작은 연립 주택 같은 곳으로 이사를 하면 조금은 생활이 나아질 텐데 어머니는 그러지 않았다.

물어보지 않아서 정확한 이유는 모르지만 분명 어머니는 아직도 아버지의 죽음을 극복하지 못한 것이다.

"오늘 학교에선 어땠어?"

어머니에게 질문을 받은 유마는 말이 끝나기가 무섭게 즐거웠다고 대답했다.

"그러니."

어머니가 희미하게 웃었다.

뜻하지 않게 유마는 그것이 만들어진 미소임을 알아차렸다. 어머니는 지친 기색이 역력했고 뭔가를 고민하는 것처럼 보이기도 했다.

그래도 유마는 모르는 척 시치미를 뗐다.

이 자리에서 시치미를 떼는 사람은 유마만이 아니었다. 유마의 학교생활이 결코 즐겁지 않다는 사실은 어머니도 어렴풋이 알았다.

하지만 아무 말도 하지 않았다.

서로가 서로에게.

유마는 예전에 자신이 태어나기도 전에 발매됐던 게임을 해본 적이 있다. 폴리곤이 막 사용되기 시작했을 무렵에 나온 게임이었다. 그것이 떠올랐다.

캐릭터가 입을 뻐끔뻐끔 움직이며 대화를 나누는데 표정에는 변화가 없었다. 죽을 때조차 무표정했다.

지금 상황이 꼭 그 게임 같았다.

이 상황을 아버지가 본다면 뭐라고 하실까, 하는 의문이 떠오름과 동시에 어머니의 옆자리에 덩그러니 놓여 있는 유골함에 눈이 갔다.

아버지가 죽은 후 화장까지 끝냈지만 어머니는 여전히 아버지의 유골함을 놓지 못했다.

"잘 먹었습니다."

식사를 끝낸 유마는 싱크대에 자기 몫의 식기를 옮겨 두고 숨 막히는 분위기에서 벗어나려 계단을 올라갔다.

자기 방으로 들어가려던 유마는 문득 아버지가 서재로 썼던 방이 눈에 들어와 걸음을 멈췄다.

아버지가 사용했던 물건은 정리하지 않고 그대로 남겨 두었을 터였다.

—네가 진범도 잡을 수 있는 거 아냐?

아키토의 말이 뇌리를 스쳤다.

그때는 어림도 없다고 대답했지만 가능하냐 아니냐를 따지면 진범을 찾아내는 정도는 불가능한 일이 아니다.

아버지는 해킹 범죄 용의자로 체포되었다.

갑작스럽게 벌어진 일이었다.

여느 때와 다름없는 어느 아침, 느닷없이 경찰이 들이닥쳤다.

난폭하게 인터폰을 울리며 집으로 들어오더니 곧장 수색영장을 들이밀며 일방적으로 내용을 전달하고 가택 수색을 시작했다.

아버지는 영문도 모른 채 임의 동행을 요구받았고, 경찰과 함께 집을 떠났다.

아버지는 범죄 혐의를 부인했지만 그대로 체포되고 말았다. 아버지가 받은 혐의는 인터넷 사기였다.

자택 컴퓨터로 근무했던 회사의 경리 시스템에 침입. 데이터를 조작해 회사 공금을 부당하게 본인 계좌로 이체했다는 혐의였다.

물론 아버지는 그런 짓을 하지 않았다.

추가 수사에서 아버지의 컴퓨터를 누군가가 해킹했고 원격으로 조작해 범죄를 저질렀다는 사실이 밝혀졌다.

아버지는 인터넷 보안 컨설턴트 일을 했다. 그런 범죄를 저지른다 해도 침입한 흔적을 남길 만큼 어설픈 사람이 아니다.

애초에 자기 명의로 된 계좌에 돈을 이체하는 행동은 의심해 달라고 말하는 것이나 다름없다.

하지만 경찰은 그 사실을 알아주지 않았다.

경찰은 올바른 정보를 수집했지만 정보를 분석하는 데 오류가 있었다.

아버지는 석방되었지만 집으로 돌아왔을 때는 초췌해져 몰라볼 지경이었다.

전문 지식이 부족했던 경찰은 단순히 캐시 기억 장치에 저장된 정보만을 보고 아버지를 범인이라 단정 지었고, 자백을 끌어내려 밤낮을 가리지 않고 아버지를 몰아세웠다고 한다.

생각해 보면 이미 그때부터 아버지의 상태는 정상이 아니었다.

문제는 그뿐만이 아니었다. 아버지가 체포되었다는 소식은 곧장 이웃 주민 사이에 돌았고 얼마 안 가 온 동네로 퍼졌다.

텔레비전으로 보도되기도 했으니 당연하다면 당연한 일이었다.

하지만 그 후에 아버지가 오인 체포 되었던 일에 대해서는 눈곱만큼도 이야기가 퍼지지 않았다.

사람들이 원하는 것은 올바른 정보가 아닌 본인의 입맛에 맞는 정보임을 유마는 똑똑히 알게 됐다.

그리고 여론은 누군가가 서서히 추락하는 모습을 원했다.

결과적으로 아버지는 까닭 없는 비방에 노출되어 중상을 입게 되었다. 인터넷에 박제되는 것은 물론 장난 전화도 빈번히 걸려 왔다.

누군가 돌을 던져 창문이 깨지기도 하고 우편함에 오물이 들어 있었던 적도 있다.

그런 행동을 하는 놈들은 당하는 상대가 누구든 신경 쓰지 않는다. 그저 평소에 쌓인 울분을 해소할 상대가 필요할 뿐이다.

범죄자는 그런 놈들의 입맛에 딱 맞는 대상이었다.

유마가 학교에서 괴롭힘을 당하게 된 시기도 그쯤이었다.

그래도 직장만은 잃지 않았던 아버지는 우울증을 앓으며 업무에 지장이 생기게 되자 결국 휴직을 하게 됐다.

어느 날 전철 플랫폼에서 떨어진 아버지는 마침 들어오던 급행열차에 치여 사망했다.

사고로 처리되었지만 유마는 자살이라 확신했다.

지금도 아버지 일만 생각하면 분노가 치밀어 오른다. 원래는 아직도 잡히지 않은 진범에 대한 분노였지만, 제대로 된 수사도 없이 체포를 감행했을 뿐 아니라 사과 한 번 하러 오지 않는 경찰, 무죄임을 알면서도 괴롭힘을 멈추지 않는 후안무치한 무리, 나아가 그 일을 구실로 끊임없이 유마를 괴롭히는 마사유키 패거리에게도 분노를 느꼈다.

순간 유마는 아랫배가 후끈 달아오르며 몸이 부들부들 떨렸다. 이 분노를 잠재우려면 아키토가 말한 것처럼 진범을 잡아야 할 필요가 있을지도 모른다.

"아냐."

제 생각을 부정하는 말이 저절로 입 밖으로 나왔다.

진범을 잡아 봤자 상황은 조금도 달라지지 않는다.

아버지가 무죄임은 이미 모두 밝혀졌다. 그런데도 여전히 주위의 괴롭힘은 계속됐고 유마를 향한 괴롭힘도 끝나지 않았다.

이제 와서 진범을 붙잡는다고 달라질 게 있는 것도 아닌데 굳이 해야 할 필요는 없다.

유마는 아버지의 서재에 등을 돌리고 자기 방으로 들어갔다.

책상에 앉은 유마는 노트북 전원을 켰다. 노트북이 켜지기를 기다리는 동안, 휴대폰으로 아키토의 트위터 계정을 봤다.

그곳에는 평범한 일상들이 담겨 있었다. 학교에 갔다느니,

밥을 먹었다느니, 그리고 캐슬 랭킹이 올랐다느니, 대수롭지 않은 이야기들이지만 유마는 그것을 보는 게 좋았다.

그 사건만 없었더라면 자신도 아키토처럼 평범한 일상을 트위터에 올리고 있을지도 모른다.

그렇게 생각하자 가슴이 욱신거렸다.

그때 기회를 엿본 것처럼 아키토에게서 메시지가 왔다. 드래곤을 못 잡겠다는 내용이었다.

캐슬은 랭킹이 오르면 그만큼 모험할 수 있는 지역이 늘어나지만 동시에 상대하기 까다로운 적이 비약적으로 늘어난다.

운영진은 그런 식으로 현질의 악순환 속에 이용자를 끌어들인다. 기본적으로 캐슬은 무료로 진행할 수 있기 때문에 게임을 운영하는 회사 입장에서는 돈을 쓰도록 유도하는 것이 당연하다.

이번에도 데이터를 개조해 볼까 했지만 이 이상 아키토의 능력치를 올렸다가는 운영진 측에 발각될 염려가 있다. 다른 방법을 찾아보는 게 좋지 않을까.

유마는 그런 식으로 답장을 적어 보내고 노트북 쪽으로 몸을 돌렸다.

노트북에다 캐슬의 게임 데이터 소스를 띄운 유마는 그것을 빤히 응시했다.

유마는 이렇게 방대한 영숫자가 나열된 모습을 보는 게 좋았다.

인터넷 보안 컨설턴트 일을 했던 아버지는 그 영숫자가 무엇을 뜻하는지 자상하게 가르쳐 주었다. 불규칙적으로 보여도 그 안에는 규칙이 있고 질서가 있다.

모든 데이터에는 의미가 있다.

아버지가 자주 했던 말이다. 배열된 모든 데이터에는 반드시 그 역할이 있다. 그것이 데이터의 세계다.

냉담할지는 몰라도 부당하지는 않다. 유마에게는 현실 사회보다 훨씬 합리적으로 느껴졌다.

유마가 그런 영숫자의 바다에서 숨겨진 규칙을 찾으면 아버지는 "유마한테는 센스가 있구나." 하고 칭찬해 주었다.

그럴 때마다 유마는 보물이라도 찾은 것처럼 흥분을 느꼈다.

잠시 감회에 젖어 있던 유마는 문득 나열된 영숫자 속에서 이상한 점을 발견했다. 그것은 알아차리기도 힘들 만큼 사소한 부분이었다.

현실 세계였다면 무심코 지나쳤겠지만 데이터 세계에서는 그럴 수 없었다.

"버그인가?"

유마는 그렇게 중얼거리면서도 데이터의 바다에 푹 빠져들었다.

8

"학교 다녀왔습니다."

아무도 없다는 걸 알고 있는 스즈네는 혼잣말처럼 대충 웅얼거렸다.

물론 돌아오는 대답은 없었다.

한때는 외롭다고 느낀 적도 있지만 지금은 아무렇지도 않다. 그런데도 아무도 없는 집에 돌아와서 꼬박꼬박 인사를 하는 이유는 단순히 습관 때문이다.

─정말 그럴까?

문득 그런 의문이 뇌리를 스쳤다.

어쩌면 돌아올 리 없는 과거의 평범한 일상에 집착하고 있는 것일지도 모른다.

이곳은 스즈네가 나고 자란 집이 아니다. 2년 전에 이사 온 임대 아파트다. 그때와는 환경이 달라졌으니 집착해 봤자 아무 의미도 없는데…….

그런 생각이나 하는 자신에게 어이없어하며 스즈네는 현관에다 신발을 벗어 놓고 곧장 자기 방으로 향했다.

침대와 책상, 그리고 책장이 전부인 단조로운 방.

자신의 취향은 완전히 배제되었다. 그 일 이후 또래 여자애들처럼 뭔가에 푹 빠져 본 적이 없다.

누가 강요한 것도 아닌데 자기의 삶을 즐기면 안 된다는 생각이 자꾸 들었다.

스즈네는 책상 위에 가방을 내려놓고 의자에 걸터앉았다.

초등학교에 입학하며 구입한 책상인데 높이는 조절할 수 있지만 중학생이 된 스즈네에게는 너무 작았다.

아무렇게나 붙여 놓은 스티커에다 낙서한 흔적도 남아 있어 썩 보기 좋은 상태는 아니었지만 그래도 스즈네는 이 책상을 계속 사용했다.

역시 과거에 집착하고 있는 것일지도 모른다.

가방에서 휴대폰을 꺼내 확인해 보니 메시지 앱에 메시지 몇 개가 와 있다.

메시지는 여자애들 사이에 돌고 있는 시답잖은 소문이 대부분이었다. 솔직히 별 관심은 없었다.

그래도 스즈네는 크게 튀지 않는 이모티콘을 골라 송신했다.

아무 반응도 없으면 무리에서 따돌림을 당하기 때문이다.

학교라는 공동체는 약육강식의 세계다. 틈을 보이면 곧바로 먹이가 되어 버린다.

이유는 뭐든 상관없다. 굶주려 있기 때문이다. 아이들은 눈을 번뜩이며 평소에 쌓인 울분을 쏟아 낼 장소를 찾았다.

같은 반인 유마가 좋은 예다.

그 아이 자신은 아무것도 하지 않았다. 그저 남들보다 조금 얌전할 뿐.

그러나 그 아이의 아버지가 어떤 사건을 일으켰다.

그 아이는 아무 잘못도 하지 않았다.

그런데도 마사유키를 시작으로 한 패가 되어 버린 아이들은 유마에 대한 괴롭힘을 집요하게 반복했다.

자세한 내용은 모르지만 유마의 아버지는 무죄임이 밝혀졌다.

그래도 괴롭힘은 끝나지 않았다.

아이들에게 물꼬를 터 주고 만 것이다. 나중에야 본인들의 잘못을 알게 되었지만 이미 괴롭힘은 한참 진행된 후였다.

한 번 시작된 괴롭힘은 다음 사냥감이 발견될 때까지 절대로 끝나지 않는다.

스즈네는 유마의 답답한 마음을 백번 이해했다. 어떻게든 도와주고 싶었다.

하지만 방법을 몰랐다. 담임조차 묵인하는 일을 스즈네가 어떻게 할 수는 없었다.

오늘 계단에서 본 유마의 얼굴이 떠올랐다.

퉁퉁 부은 눈으로 굴욕을 견뎌 내는 모습은 보기 힘들 정도였다. 그렇다면 그저 안타까워할 게 아니라 나서서 뭐든 해야 하지 않았을까?

스즈네는 머릿속에 그런 의문이 들며 가슴이 욱신거렸다.

스즈네는 두려웠다. 유마를 감싸다 본인에게 불똥이 튈까 봐 겁이 났다.

이런 고민을 방해하듯 메시지 수신음이 울렸다.

〈스즈, 오늘 왜 먼저 갔어?〉

반에서 함께 어울려 다니는 아이 중 하나. 우두머리 격인 에미였다.

평범한 이름이 싫다며 친구들에게 에메론이라고 부르라 하질 않나, 스스로도 자신을 그렇게 부르는 불쾌한 계집애다.

수업이 끝나고 누가 어디서 뭘 하든 그것은 본인의 자유일 텐데 무리를 형성하는 인간들은 사사건건 알고 싶어 안달을 낸다.

상대의 행동을 알아야만 마음이 놓이기 때문이다.

〈미안. 집에 부탁받은 일이 있어서 먼저 갔어.〉

스즈네는 또 무난한 핑계를 골라 메시지를 보냈다.

친구들에게 사실대로 얘기할 마음은 없었다. 어차피 설명해 봤자 이해 못 할 테니까.

애초에 설명 따위를 했다가는 사냥감이 될 뿐이다.

〈아, 그랬어? 무슨 일?〉

곧바로 답장이 왔다.

"하, 짜증 나……."

스즈네는 저도 모르게 소리 내어 불평했다.

그렇게도 남 일이 궁금해? 알아서 뭐 하게? 너 나랑 사귀니?

―아니지, 사귀는 사이라도 이런 식으로 뭘 하는지 꼬치꼬치 캐물으면 못 참지.

차라리 방금 그 말을 그대로 메시지로 보낼까도 했지만 쓴 웃음과 함께 그 생각은 머릿속에서 완전히 지웠다.

그랬다가는 어찌 될지 불 보듯 뻔했다.

지금 속한 무리에서 제외되고 스즈네를 향한 온갖 욕설이 휴대폰 사이를 오갈 것이다.

그 정도는 무시하면 그만이지만 직접적으로 괴롭힘을 당하게 되면 골치 아프다. 순간 불쾌한 기억이 스즈네의 뇌리를 스쳤다.

〈오늘 집에 엄마가 안 계셔서 나 아니면 집안일을 할 사람이 없었어.〉

진실을 왜곡한 표현이었지만 거짓말은 아니었다.

〈그렇구나. 스즈, 너 되게 착하다.〉

—마음에도 없는 소리를.

〈아냐, 내가 뭘.〉

—나 역시 마음에도 없는 메시지를 보내고 있지만.

전자화된 데이터로 주고받는 메시지는 어쩜 이렇듯 거짓말투성이일까 생각하니 저절로 헛웃음이 나왔다.

하지만 이것은 휴대폰 메시지에 국한된 이야기가 아니다. 세상은 거짓말로 넘쳐 난다. 스즈네 자신도 교실에서 친구들에게 들려주는 가정 환경은 거짓말로 도배되어 있다.

쓸데없는 탐색을 피하는 한편 친구들 사이에서 튀지 않으려고 스즈네는 거짓말로 자기 주위를 단단히 감쌌다. 그런 식으로 진정한 자신을 지켰다.

휴대폰을 손에서 놓으려던 그때 또다시 메시지 수신음이 올렸다.

당연히 에미일 줄 알았지만 아니었다. 같은 반인 마사유키였다.

〈지난번 내 얘기, 생각해 봤어?〉

스즈네는 그 메시지를 보자 진저리가 났다.

대략 일주일 전에 보낸 메시지에 답을 해 달라고 재촉하는 메시지였다.

〈혹시 남자 친구 없으면 나랑 사귀지 않을래? 히로도 그렇고 애들이 너하고 내가 잘 어울린대. 갑작스러울 텐데 천천히 생각해 봐.〉

그것이 마사유키가 보낸 메시지의 내용이었다.

분명 마사유키의 화면에도 읽음 표시는 떠 있을 터다. 메시지를 읽었는데도 답장 한 번이 없다면 그걸로 대충 무슨 뜻인지 눈치채 주길 바랐다.

마사유키는 제법 외모가 괜찮은 만큼 지나칠 정도로 자신감이 넘쳤다. 다만 그에 비해 알맹이는 형편없었다.

늘 뭐라도 되는 양 허세를 부리지만 유마를 괴롭히는 일 말고는 달리 할 짓이 없는 쓰레기 같은 놈이다.

차라리 좋아한다고 고백하면 또 모를까, 친구한테 잘 어울린다는 말을 들었다며 타인에게 책임을 전가하다니 불쾌하기

짝이 없는 인간이다.

스즈네는 그런 남자를 좋아하는 여자의 마음을 도저히 이해할 수가 없었다.

천천히 생각해 보라며 본인이 먼저 나서 답장 기한을 연장한 것도 차여서 충격받고 싶지 않으니 신중하게 대답하라는 뜻이다.

갑작스러울 텐데, 라며 도망칠 구석부터 만들어 놓고 이야기를 시작한 점도 화가 난다.

기껏 상처 입지 말라고 무시해 주었으면 그대로 서로 모른 척 넘어가면 됐을 텐데, 이런 식으로 재촉하면 확실하게 거절할 수밖에 없다.

〈거절할게.〉

단 한마디, 그렇게 적어 보내려던 스즈네는 잠시 멈칫했다.

에미가 마사유키를 좋아한다는 사실이 떠올랐기 때문이다. 괜한 짓을 해서 에미의 귀에 들어가기라도 하면 여러모로 일이 복잡해질 것 같았다.

에미와 마사유키는 제법 잘 어울린다고 생각했지만 그렇다고 해서 두 사람을 맺어 주겠다고 나섰다가는 상황이 더 복잡해질 수도 있었다.

결국 스즈네는 다시 메시지를 무시하기로 했다.

그보다 스즈네에게는 꼭 해야만 하는 일이 있었다.

교복 주머니에서 영숫자가 나열된 종이를 꺼냈다. 방과 후 집으로 돌아가려다 유마의 책상 밑에 떨어져 있던 쪽지 하나를 발견했다.

의미를 알 수 없는 영숫자로 보이지만 그게 아니라는 사실은 어렴풋이 알 수 있었다.

이것은 암호로 된 메시지다.

책상 안을 확인해 보니 비슷한 쪽지가 대량으로 박혀 있었다.

무슨 이유에서인지 그 정체가 몹시 궁금해진 스즈네는 책상 안에 박혀 있던 쪽지까지 전부 꺼내 집으로 가지고 돌아왔다.

조례 후 유마에게 쪽지에 관해 물어보려고 했지만 기회를 놓치고 말았다. 계단에서는 답을 듣기도 전에 유마 쪽에서 피했다.

암호의 내용을 알아낸다고 해서 달라지는 것은 없다. 그걸 알면서도 스즈네는 그 쪽지를 마주했다.

9

다시 집으로 돌아온 진나이는 거의 장식용으로 쓰던 노트북을 열어 후지다에게 들었던 SNS를 다시 조사하기 시작했다.

거기에는 일상의 모습이 담겨 있었다.

하지만 그 자체가 진나이에게는 충격적이었다.

진나이는 무심결에 손을 뻗어 모니터를 어루만졌다. 그런 다고 상대에게 닿을 리가 없는데 그러지 않고서는 참을 수 없었다.

—이건 일종의 장난 같은 건가?

아니, 장난이라도 상관없었다. 허구이든 뭐든 이것이 무엇 이든 간에 돌이킬 수 없는 자신의 잘못을 바로잡을 수 있을 것 같았다.

시야가 뿌예졌다.

무슨 일인가 하고 눈에 손을 대 보니 손끝이 조금 축축하다. 무의식중에 울고 있었던 모양이다.

진나이는 팔로 눈물을 대충 닦고 휴대폰을 들어 후지다에 게 전화했다.

〈여보세요.〉

곧장 후지다가 전화를 받는다.

"아까 그 일로 전화했어."

진나이가 빠르게 말했다.

〈봤어?〉

"응, 봤어."

〈그건…….〉

"우선 너한테 몇 가지만 물어볼게."

진나이는 후지다의 말을 가로막으며 말했다.

미안하지만 후지다의 감상은 지금 안중에도 없다. 서로 잡다한 감상을 늘어놓는다고 해서 무언가가 달라지지는 않는다.

〈뭔데?〉

"이 SNS 말이야, 어디서 알게 됐어?"

우연히 발견했다고 생각하기는 어렵다. 누군가가 정보를 가져다준 것이 틀림없다.

후지다가 조금 고민하는 듯 뜸을 들였다.

〈그 녀석들이 알려줬어.〉

신중한 표현이었다.

'그 녀석들'이 누구인지는 일일이 묻지 않아도 안다. 가슴 밑바닥에 침전되어 있던 증오가 단숨에 부풀어 올라 이대로 몸이 터져 버리는 게 아닐까 하는 생각조차 들었다.

"자세히 얘기해 봐."

〈그 녀석이, 또 범행을 부인했어. 자기들이 한 짓이 아니래. 그러더니 너한테 가르쳐 준 SNS 얘기를 꺼내면서 거기다 글을 올리고 있는 놈이 범인이라고 그러는 거야.〉

후지다의 이야기를 듣고 있자니 손바닥에 땀이 흥건히 배어 나왔다.

이 마당에 이르러 여전히 시치미를 떼다니. 그 뻔뻔함에 분노를 느낀다. 정말 인간이 맞는지 의심스러울 정도다.

"그렇구나……."

휴직 중이라 사건에 관여할 수 없는 진나이로서는 그렇게 대답할 수밖에 없었다.

〈일단 조사는 해 볼게. 근데 사건하고는 상관없을 거야.〉

"아마 그렇겠지."

〈미안하다. 더 빨리 체포할 수 있을 줄 알았는데 생각보다 증거가 모이질 않아서.〉

후지다의 목소리는 굴욕으로 범벅이 되어 있었다.

동료들이 진지하게 수사하고 있다는 사실은 누구보다 진나이가 잘 알았다. 이런 사건은 증거를 모으기가 어렵다는 점도 충분히 이해했다.

그래서 비난할 생각은 털끝만큼도 없었다.

"그럼, 알지."

〈실은 너한테 얘기할까 말까 고민했어.〉

"이왕 여기까지 얘기한 거 부탁 한 가지만 해도 될까?"

진나이는 꿀꺽 소리가 나도록 침을 삼키며 말을 꺼냈다.

〈뭔데?〉

그렇게 물었지만 후지다는 이미 진나이의 생각을 알고 있는 것처럼 보였다.

오히려 이런 전개를 예측하고 일부러 진나이에게 정보를 제공한 것은 아닐까 하는 생각마저 들었다.

진나이는 여전히 자신이 어떻게 해야 할지 판단이 서지 않았다. 하지만 이대로 계속 입을 다문다고 해서 달라지는 건 없다.

"지금까지 알아낸 정보, 나한테도 가르쳐 줘. 이 SNS 건도 포함해서."

진나이의 말에 휴대폰 너머로 후지다가 입을 꾹 다물었다.

판단을 망설이는 것이다. 그렇게 되는 마음은 이해했다. 진나이가 같은 입장이었어도 곧바로 알았다고 할 수는 없었을 테니까.

아무리 동료라지만 담당도 아닌 데다 휴직 중인 형사에게 수사 정보를 흘리기에는 꺼려질 것이다. 게다가 정보를 알아낸 뒤에 진나이가 어떻게 행동할지 예측할 수 없기 때문이었다.

"부탁할게."

어려운 일인지는 알지만 그래도 진나이는 한 번 더 부탁했다.

휴대폰을 쥔 손에 저절로 힘이 들어갔다. 그대로 부서뜨리는 게 아닐까 싶을 정도였다.

〈그래.〉

긴 침묵 끝에 후지다가 대답했다.

후지다의 목소리에는 체념이 섞여 있었다.

10

유마는 서둘러 학교로 향했다.

어젯밤에 발견한 사실을 한시라도 빨리 아키토에게 전하고 싶었다. 아직 해석을 끝내지는 못했지만 꽤 중요한 데이터일 것 같은 예감이 들었다.

흥분 때문인지 평소보다 발걸음이 가볍다.

다음 모퉁이만 돌면 학교 교문이다.

모퉁이를 돈 순간 유마는 정지 버튼을 누른 것처럼 움직임을 멈추었다.

교문 근처에 서성이는 남자의 모습이 보였다.

검은 양복을 입고, 또렷한 이목구비로 강한 인상을 주는 남자. 낯익은 얼굴이었다. 어제 유마의 집 앞에 서 있던 남자다.

"다크 나이트."

남자는 어제와 마찬가지로 주머니에 양손을 찔러 넣은 채 무언가를 찾는 듯 주위를 두리번거렸다.

—뭘 찾느라 저러는 거지?

유마는 자신을 찾고 있을지도 모른다고 잠깐 생각했다가 이내 그 생각은 머릿속에서 지웠다.

일부러 자신을 찾아올 만큼 특이한 사람은 이 세상에 존재하지 않는다.

유마는 천천히 교문을 향해 걷기 시작했다.

하지만 이내 누군가가 유마의 팔을 잡아당겼다.

"엇?"

깜짝 놀라 뒤돌아보니 그곳에는 아키토가 서 있었다.

아키토는 쉿, 하고 입 앞에 검지를 가져다 대더니 그대로 유마를 끌고 학교 반대 방향으로 향했다.

모퉁이를 돌고 나서야 아키토는 걸음을 멈추고 유마를 잡은 손을 놓으며 휴, 하고 안도의 한숨을 내쉬었다.

"갑자기 뭐야?"

유마가 당황하며 묻자 아키토는 잠깐 기다려 보라는 식으로 손을 들어 제지한 뒤 모퉁이 너머로 교문의 상황을 살폈다.

―대체 뭐가 걱정돼서 저러는 거야?

"이제 안심해도 돼."

아키토가 유마 쪽으로 몸을 돌리며 말했다.

"무슨 일 있었어?"

유마가 묻자 아키토의 얼굴이 순식간에 굳었다.

"교문 앞에 검은 양복 입은 남자 봤지?"

"응."

"그 남자가 너에 대해 이것저것 묻고 다녔어."

아키토의 말이 강한 충격이 되어 유마 안에 퍼졌다.

역시 착각이 아니었다. 그 남자는 어제부터 유마를 쫓아다녔다.

"나, 나를 왜……."

유마는 쥐어짜듯 겨우 말을 꺼냈다.

아무리 생각해도 쫓길 만한 이유가 없다. 자신을 쫓아다녀 봤자 얻을 수 있는 이득은 없다.

"나도 몰라. 근데……."

아키토가 도중에 말을 끊었다.

아무래도 아키토는 유마가 쫓기는 이유로 짐작 가는 것이 있는 듯했다.

"근데 뭐?"

유마는 거의 매달리듯이 물었다.

아키토는 이야기를 해야 할지 망설이는 모습을 보이다가 이윽고 "이건 어디까지나 내 감인데." 하고 운을 뗀 후 이야 기를 시작했다.

"그냥 짐작일 뿐이지만 네 아버지 사건에 관련된 사람일지 도 몰라."

"우리 아버지 일에?"

유마는 너무 놀라 목소리가 뒤집혔다.

"응. 그래서 널 찾고 있는 거 아닐까?"

"그, 근데 그 사건은 이미 끝이 난 데다……."

유마의 아버지는 원격 조작으로 컴퓨터가 범죄에 이용되어 경찰에 오인 체포됐다.

혐의는 풀렸지만 진범은 아직도 잡히지 않았다.

미제 사건이지만 그래도 유마가 쫓겨 다닐 이유는 전혀 없었다.

"아직 끝난 게 아니라면 어쩔래?"

아키토가 어두운 목소리로 말했다.

이런 표정을 한 아키토는 처음 봤다.

"끝난 게 아니라니, 그게 무슨 소리야?"

"예를 들면, 너희 아버지께서 본인도 모르는 사이에 어마어마한 비밀을 알게 되신 거야. 그 비밀을 묻으려고 일을 꾸며서 해킹 사기 사건 범인으로 몬 거라고 생각할 수도 있지 않을까?"

아키토가 진지한 눈빛으로 유마를 응시한다.

하고 싶은 말이 뭔지는 알겠지만 아무리 그래도 그건 비약이 지나친 것 같다. 그리고 그 추론에는 한 가지 허점이 있다.

"만약 그렇다 쳐도 아버지는 이미⋯⋯."

─돌아가셨잖아.

아버지의 죽음으로 비밀은 영원히 지켜질 테니 이제 와서 유마가 쫓겨 다닐 이유로는 적합하지 않다.

하지만 아키토에게는 다른 생각이 있는지 포기하지 않았다.

"나도 알지 그럼. 근데 가령, 집에 있는 컴퓨터에 아직 그 비밀이 남아 있다고 하면 어때?"

어젯밤 아버지의 서재 앞에 내내 서 있었던 일이 떠오른다.

아버지가 죽은 후로 서재에는 한 번도 발을 들이지 않았다. 그 문 너머에 정말 뭔가 숨겨져 있는 걸까?

—그럴 리 없어.

유마는 마음속으로 강하게 부정했지만 그것을 말로 할 수는 없었다.

그 이유는 금세 찾았다. 어젯밤 유마가 발견했던 데이터. 해석은 덜 끝났지만 그 데이터는 명백히 이상했다.

그 데이터 안에 아키토가 말한 것처럼 뭔가 중대한 비밀이 숨겨져 있다면?

생각과 동시에 두려움이 밀려왔다.

"맙소사!"

유마에게 더 이상 생각하지 말라는 듯 아키토가 날카롭게 외쳤다.

"어?"

어리둥절해하는 사이, 아키토가 유마의 팔을 잡고 그대로 달리기 시작했다.

유마는 연행당하듯 달리는 수밖에 없었다.

"우리 왜 뛰는 거야?"

유마가 묻자 아키토는 그대로 달리면서 뒤돌아봤다. 아키토의 얼굴은 섬뜩할 정도로 진지했다.

"아까 그 남자가 쫓아오고 있어."

—말도 안 돼.

유마는 믿을 수 없다는 듯 뒤돌아보았다가 자기도 모르게 등골이 오싹해졌다.

아키토가 지적한 대로 교문 앞에 서 있던 검은 양복을 입은 남자, 그러니까 다크 나이트가 두 사람의 뒤를 곧장 쫓아오고 있었다.

―아니, 왜? 대체 무슨 이유로?

온갖 의문만이 머릿속을 어지럽혔다. 너무나 비현실적인 상황에 정신을 놓을 뻔했지만 아키토가 잡은 팔에서 전해지는 손의 감촉이 혼란에 빠지지 않도록 진정시켜 주었다.

아직 풀리지 않은 의문은 많지만 지금은 도망치는 것이 우선이다.

유마는 아키토의 뒤를 바짝 쫓으며 그저 쉼 없이 달리기를 계속했다.

얼마나 달렸을까.

이윽고 아키토가 "이쪽." 하고 유마의 팔을 잡아당겨 비닐 시트에 싸인 철거 도중의 건물 속으로 뛰어들었다.

어디를 얼마나 달렸는지도 알 수 없었다. 그저 아키토가 잡아끄는 대로 쉬지 않고 다리를 움직였다.

"숨어."

아키토의 지시에 따라 유마는 근처에 있던 폐자재 뒤로 몸을 숨겼다.

호흡이 거칠어서 말이 제대로 나오지 않았다.

아키토는 목을 쭉 빼고 바깥 상황을 살피는 듯하더니 얼마 가지 않아 숨을 휴 내뱉으며 그 자리에 주저앉았다.

"잘 넘어간 것 같아."

아키토는 이제야 좀 안심이 되는 듯했다.

―고마워.

유마는 고맙다는 말이 하고 싶었지만 계속 달린 탓인지 입이 바싹 마르고 목구멍이 달라붙어서 목소리가 나오지 않았다.

아키토도 쉽게 호흡이 가다듬어지지 않는지 몇 번이고 심호흡을 반복했다.

유마는 그 모습을 지켜보다 문득 미안한 마음이 들었다.

쫓기고 있는 사람은 자신이지 아키토가 아니다. 그런데도 아키토는 함께 도망쳐 주었다. 유마를 구해주려고…….

"나 때문에 괜히……. 미안……."

유마가 우물거리며 사과하자 아키토는 의아하다는 듯 고개를 갸웃거렸다.

"네가 왜 사과해?"

"그야……. 나 때문에 너까지…….."

"친구가 곤경에 처했잖아. 그럼 당연히 도와야지."

"친구?"

"응, 친구. 어? 아냐? 난 우리가 친구인 줄 알았는데…….."

망설임 없는 아키토의 그 말이 가슴속에 스몄다.

학교에서 괴롭힘이 시작된 후로 자신을 친구라 불러 준 사람은 아무도 없었다.

마음 한구석으로는 서글프다고 느끼면서도 어쩔 수 없는 일이라며 포기하고 자신은 원래 혼자라며 마음에다 온통 벽을 쳤다.

하지만 이제부터는 아니다.

유마는 자신을 친구라고 불러 준 사람이 있다는 사실이 더할 나위 없이 기뻤다.

황폐했던 유마의 마음은 아키토의 한마디에 찬란하고 따스한 것으로 변모한 것 같았다.

꼭 마법 같았다.

"고마워……."

유마는 두 손으로 얼굴을 감싸며 말했다.

눈물이 끝도 없이 흘러넘쳤다.

자신이 이 세상에 존재해도 된다고 처음으로 인정받은 기분이었다.

"그보다, 이대로 도망치기만 해서는 아무것도 안 돼. 우리, 진상을 밝혀내자."

"진상?"

"그래, 진상. 화이트해커로서 오히려 녀석들을 궁지로 몰아넣는 거야."

화이트해커란 해킹 지식이나 기술을 선한 일에 활용하는

사람을 가리키는 말이다.

아키토는 유마에게 화이트해커로서 싸우라고 했다.

"그, 근데……. 나 혼자서는 좀……."

"혼자가 아냐."

"어?"

"나도 있잖아. 내가 뭘 할 수 있을지는 모르겠지만, 너랑 같이 진상을 좇을게."

아키토가 씩 웃어 보였다.

이제껏 유마의 가슴속에 고여 있던 무언가가 전부 씻겨 내려가는 기분이었다. 다만, 그래도 여전히 불안은 남았다.

경찰조차 잡지 못한 범죄자를 고작 중학생 둘이서 잡겠다니, 아무리 봐도 너무 무모한 얘기다.

유마는 그렇게 주장했지만 아키토의 얼굴에서 미소가 사라지는 일은 없었다.

"걱정하지 마. 인터넷 안에서 우리는 누구든 될 수 있고 뭐든 할 수 있으니까. 안 그래? 유마."

아키토의 말이 유마의 마음을 자극했다.

솔직히 진상을 밝히는 일에 그만한 가치를 느끼지는 못했다. 하지만 아키토를 위해 할 수 있는 다 해 보자고 결심했다.

제2장
여행의 시작

1

유마는 문 앞에 섰다.

아득히 먼 옛날, 마도사의 손에 봉인된 문이다.

예언에 의하면 이 문을 열 수 있는 자는 이 나라를 통치할 힘이 있는 화이트해커뿐이라고 한다.

이제껏 많은 용사가 문을 열려고 도전하다 그 목숨을 잃었다.

―과연 내가 이 문을 열 수 있을까?

유마는 손잡이에 손을 뻗으려고 했지만 좀처럼 몸이 움직이지 않았다.

두려움 때문이었다.

자신에게 정말 그런 자질이 있는지 솔직히 자신이 없었다. 다크 나이트를 쓰러트릴 화이트해커가 될 수 있을까?

"걱정하지 마, 유마."

곁에 나란히 선 아키토가 살며시 유마의 어깨에 손을 얹었다.

"그래."

답은 했지만 그래도 몸은 움직이지 않았다.

분명 조금 전에 진상을 밝히리라 각오를 다졌는데 막상 아버지의 서재를 눈앞에 두니 덜컥 겁이 났다.

진범을 잡으려면 아버지가 사용했던 노트북에 남겨진 캐시 데이터를 반드시 해석해야 했다.

그러려면 이 문을 열고 안으로 들어가야만 한다.

하지만······.

"알았어. 그럼 내가 열고 들어가서 노트북을 가지고 나올게."

아키토는 대수롭지 않은 일처럼 명랑하게 말했다.

유마는 그러라고 고개를 끄덕이려다 서둘러 고개를 좌우로 저었다.

―그래서는 안 돼.

마음속에서 그런 목소리가 들렸다.

그랬다. 여기서 아키토에게 문을 열어 달라고 하면 진정한 의미에서 사건과 마주하는 일은 불가능했다.

바로 자신이 화이트해커임을 증명해야만 했다.

"아냐, 괜찮아. 내가 할게. 아니, 이건 내가 꼭 해야 하는 일이야."

힘주어 말하는 유마를 보며 아키토는 흐뭇한 미소를 지었다.

"너라면 그렇게 말할 줄 알았어."

아키토의 말에 유마는 자기도 모르게 가슴이 선뜩했다.

아무래도 아키토는 유마를 시험했던 모양이다. 만약 유마가 아키토에게 문을 열어 달라고 부탁했더라면 그대로 돌아가 버렸을지도 모른다.

무슨 심술인가 싶을 수도 있겠지만 유마는 거기서 아키토의 배려를 느꼈다.

진심으로 각오가 서자 이제껏 경직되어 있던 온몸의 근육이 단숨에 이완되는 기분이었다.

유마는 천천히 손을 뻗어 손잡이를 돌렸다.

철컥, 하는 희미한 금속음이 들리며 스르륵 문이 열렸다.

빈틈없이 커튼이 쳐진 방 안은 어둑했고 정체된 공기로 가득했다.

흡사 결계를 쳐 놓은 것 같은 느낌에 다리가 얼어붙었다. 그런 유마의 등을 아키토가 가볍게 밀어주었다.

유마는 그 힘을 거스르지 않고 순순히 방 안으로 걸음을 내디뎠다.

아버지의 체취가 느껴졌다.

밤새 아버지의 관을 지키고 장례를 치를 때는 아버지에게서 어떤 냄새도 맡을 수 없었는데 돌아가신 후에야 방 안에서 아버지의 체취를 느끼다니 정말 이상한 일이었다.

유마는 아버지의 체취가 풍기는 공기를 폐 속까지 깊이 들이쉬며 방 안을 둘러보았다.

입구 바로 옆에 세워진 책장에는 컴퓨터 관련 전문 서적이 빼곡했고, 방 안쪽에는 강화 유리 책상이 창문과 마주 보게 놓여 있었다.

그곳에 코드를 뺀 노트북이 덩그러니 놓여 있었다.

유마는 꿀꺽 침을 삼키고 숨을 참으며 천천히 책상 쪽으로 걸음을 옮겼다.

책상 앞에 있는 게이밍 의자를 빼고 일단 그곳에 앉았다.

오랜만에 느껴 보는 익숙한 감촉이었다.

곧잘 이곳에 앉아 아버지에게 컴퓨터 조작 방법을 배우고는 했다.

처음에는 단순히 입력하는 방법을 배우는 정도였지만 조금씩 그 내용도 복잡해져서 시스템을 구성하는 방법까지 배우게 됐다.

이제 와서 생각해 보면 아버지가 초등학생인 아들에게 가르칠 법한 내용은 아니었지만 그래도 유마는 마냥 즐거웠다.

아버지는 그런 유마를 보며 흐뭇하게 웃었다.

어머니는 그런 두 사람을 보며 어이없다는 듯 한숨을 내쉬었다.

하지만 그러면서도 그 표정은 어쩐지 즐거워 보였다.

유마의 눈에 슬며시 눈물이 고였다.

"괜찮아?"

아키토가 물었다.

"응, 괜찮아."

유마는 팔로 대충 눈꺼풀을 쓱쓱 문질렀다.

왜 진작에 이 방에 들어오지 않았을까, 하는 후회가 밀려왔다.

이곳에 오면 아버지와 함께했던 즐거운 추억 속에 잠길 수가 있는데…….

분명 감상에 빠지는 것이 두려웠으리라. 그것은 아버지가 두 번 다시 돌아오실 수 없음을 인정하는 행위이기도 했다.

자신도 모르게 마음 한구석으로는 아버지가 다시 돌아오시는 게 아닐까 하고 기대했던 것 같다.

그렇기에 유마는 이 방을 계속 피했다. 안에 들어가서 아버지의 죽음을 실감하고 싶지는 않았다.

하지만 이제는 현실을 받아들여야만 한다.

"우리, 커튼 걷자."

아키토가 말했다.

유마는 조금 망설였다.

커튼을 걷거나 창문을 열면 아버지의 체취가 사라질까 두려웠다.

하지만 분명 언젠가는 열어야만 하는 때가 온다. 지금은 잔향이 남아 있다지만 얼마 안 가 그것도 사라질 테니까.

"그래, 그러자."

유마는 힘차게 고개를 끄덕이고 커튼을 걷었다.

쏟아지는 햇살에 저절로 눈이 찡그려졌다.

원래 햇살이 이렇게나 강했나…….

잠금장치를 풀고 창문도 열었다.

훅 불어 들어온 바람이 방 안을 이리저리 휘젓더니 아버지의 체취와 함께 사라졌다.

"너희 아버지도 다 보고 계실 거야."

아키토가 겨우 들릴 만한 목소리로 속삭였다.

마치 유마의 생각이 전부 전해지고 있다는 것처럼 말했다.

"그래."

유마는 그렇게 대답하고서 곧장 작업에 착수했다.

아버지의 노트북은 경찰이 가택 수사를 했을 때 한 번 압수되었다. 상자에서 꺼내두기만 하고 전원 코드는 빼놓은 상태였다.

노트북에 코드를 연결하고 스위칭 허브를 켰다.

로그인을 하는 데 필요한 비밀번호는 이미 알고 있었다. 매번 아버지가 입력하실 때마다 곁에서 직접 봤기 때문이다.

노트북을 부팅했다.

다만, 고작 그 정도에도 아키토는 "와!" 하고 환호성을 질렀다.

유마도 같은 심정이었다.

드디어 시작이구나, 하고 가슴이 들떴다.

지금까지는 그저 속절없이 당하기만 했다. 하지만 이제부터는 다르다. 아버지를 계략에 빠뜨리고 괴롭힘이 시작되게 한 범인을 조금씩 궁지로 몰아넣을 것이다.

유마는 자신의 그런 모습이 마치 캐슬의 캐릭터, 에릭 단테스 같아 보였다.

"나의 왕국을 되찾기 위해."

유마의 입에서 자연스럽게 그 말이 흘러나왔다.

하지만 이내 너무 허세를 부렸나 하는 생각에 창피해졌다. 아키토에게 비웃음을 사지는 않을까 걱정했지만 반응은 정반대였다.

"그거 좋다! 나의 왕국을 되찾기 위해."

아키토가 잔뜩 들뜬 표정으로 말하며 유마를 향해 주먹을 내밀었다.

"나의 왕국을 되찾기 위해."

유마는 그 말을 한 번 더 반복하며 아키토와 주먹을 맞부딪쳤다.

2

스즈네는 턱을 괸 채 한숨을 쉬었다.

지루한 수업이 계속됐다. 대체 어떻게 하면 사람이 이렇게 졸리도록 말을 할 수 있는지 신기할 정도였다.

실제로 꾸벅꾸벅 졸고 있는 학생의 모습이 여기저기 보였다.

스즈네는 슬쩍 뒤돌아보았다. 아무도 앉아 있지 않은 책상이 덩그러니 놓여 있다. 책상 위에는 마사유키 패거리가 쓴 것으로 보이는 짓궂은 낙서가 남아 있었다.

오늘은 꼭 모든 궁금증을 풀어야겠다고 생각했던 만큼 유마가 보이지 않는다는 사실에 맥이 탁 풀려 버렸다.

이제는 몇 번째인지도 모를 한숨을 내쉬던 그때, "아이카와." 하고 이름이 불렸다.

보아하니 사카모토가 학생들에게 질문을 하고 있었던 모양이다.

수업을 전혀 듣고 있지 않았으니 무슨 질문을 받았는지도 몰랐다. 칠판에 답이 비어 있는 수식이 있으니 그걸 풀면 대답을 할 수도 있겠지만 영 내키지가 않았다.

"모르겠습니다."

모른다는 말을 당당하게도 하니 사카모토는 불만스러운 듯 미간을 찌푸렸지만 단지 그뿐이었다. 다른 학생을 지명해 질문에 답하도록 했다.

무사안일주의야말로 정의라고 믿고 있는 것 같은 대응이다.

사카모토는 늘 그런 식으로 모든 문제를 외면하고 계속해서 아무 일도 없었던 것처럼 행동했다. 이 반에서 학교 폭력

문제가 일어나고 있다는 사실을 인지하고 있으면서도 결코 그것을 꾸짖으려고 하지 않았다.

성가신 일에 참견하기를 꺼리기 때문이다.

그런 식으로 문제를 방치하면 결국 수습하기 힘든 큰 사건을 불러일으킬 수도 있다는 사실을 중학생인 스즈네도 알았지만 정작 어른인 사카모토는 그 사실을 모르는 듯했다.

보고 있기만 해도 넌더리가 났다.

스즈네는 슬쩍 창밖으로 눈을 돌렸다.

교문 근처에 은색 세단 한 대가 세워져 있는 모습이 교실에서도 확인됐다. 아침부터 쭉 그 자리에서 한 번도 움직이지 않았다.

그 아이, 그러니까 유마가 등교하지 않은 이유와 뭔가 관련이 있는 걸까?

스즈네가 골똘히 생각하는 사이 종소리가 울렸다.

수업은 아직 한창 계속되는 중이었지만 사카모토는 종이 울림과 동시에 하던 이야기를 멈추고 수업이 끝났음을 알렸다.

스즈네는 자리에서 일어나 형식뿐인 "감사합니다."를 구령에 맞춰 외쳤다.

사카모토가 교실을 나가자마자 스즈네는 자리에 앉는 시간도 아까워하며 가방을 손에 들었다. 그대로 교실을 빠져나가려고 했지만 하필이면 그때 마사유키가 말을 걸어왔다.

마사유키를 그림자처럼 따라다니는 남학생 둘도 보인다.

혼자서는 말도 못 붙이는구나 싶어 어이가 없었다.

"저기 있잖아, 어제 내가 메시지 보냈는데, 제대로 갔어?"

우르르 몰려가 유마를 괴롭힐 때하고는 딴판으로 우물쭈물하며 말을 거는 모습이 역겨웠다.

애초에 메시지에는 읽음 표시가 떠 있을 터. 그런데도 도착 여부를 확인하다니, 멍청하다는 말밖에 할 말이 없다.

스즈네는 대답도 귀찮아 그냥 입을 다물었다. 그러자 마사유키가 쑥스러움을 감추려는 듯 머리를 긁적였다.

"네가 믿을지는 모르겠지만 그 메시지, 꽤 진지하게 쓴 거야. 한번 고려해 봐. 너도 막상 사귀면 좋을걸."

스즈네는 자기 귀를 의심했다.

마사유키는 자신이 진지하게 보이지 않았기 때문에 스즈네가 답을 하지 않은 거라고 생각하는 모양이었다. 굳이 스즈네를 찾아와 전한 이유도 그래서였다.

마사유키의 태도에는 이미 스즈네가 자신을 좋아한다는 전제가 깔려 있었다.

─자기애가 아주 철철 넘치셔.

스즈네는 하마터면 튀어나올 뻔한 말을 겨우 삼켰다. 속에서 신물이 올라오는 것 같았다.

"나, 남친 있어."

스즈네는 나직이 중얼거렸다.

물론 거짓말이다. 다만 이 성가신 남자를 피하기에는 가장 효과적일 것 같았다.

효과는 곧바로 나타났다. 마사유키의 표정은 완전히 굳어 버렸다.

스즈네는 잠자코 그 옆을 지나가려다 말고 문득 걸음을 멈췄다.

"너희, 유마한테 무슨 짓 했어?"

유마는 괴롭힘을 당하면서도 등교만은 매일 했다. 그랬던 유마가 오늘은 모습을 보이지 않았다.

어쩌면 마사유키 패거리가 이전까지 저질렀던 것보다 심한 짓을 했을지도 모른다.

한동안 얼빠진 표정으로 잠자코 있던 마사유키는 이제야 분노를 느꼈는지 얼굴을 붉혔다.

"왜 하필 유마야. 그 녀석은 범죄자라고."

정말 터무니없는 논리다.

유마는 범죄자가 아니다. 경찰에 체포된 사람은 그의 아버지다. 그리고 그 아버지도 무죄였음이 밝혀졌다.

여하튼 마사유키는 단단히 착각하고 있다.

하지만 스즈네는 그것을 정정하고 싶은 마음조차 들지 않았다. 정정하게 되면 또다시 사귈지 말지로 같은 질문을 반복하게 될 뿐이다.

스즈네는 그 이상 아무 말도 하지 않고 교실을 나갔다.

복도를 걸어가고 있는데 에미가 얼굴을 붉으락푸르락하며 자기 쪽으로 뛰어왔다.

"야!"

무시하고 싶은 마음이 가득했지만 어쩔 수 없이 멈춰 섰다.

"왜?"

"너, 방금 마사유키랑 무슨 얘기 했어?"

못마땅한 눈빛과 분노로 가득한 말투. 정말 지긋지긋하다.

마사유키는 내 남자다, 그렇게 주장하고 싶은 것이다. 그렇다면 질질 끌지 말고 얼른 고백하면 될 텐데 어중간하게 마음을 숨기고 유사 연애나 하고 있으니까 일이 복잡해지는 거다.

"너한테 좋아하는 사람 있냐고 물어보던데?"

스즈네의 말을 듣고 에미의 표정이 확 변했다.

행복에 가득 찬 달콤한 미소.

"뭐? 정말 그랬어?"

"응, 정말."

─거짓말이다.

"있잖아, 마사유키가 왜 그런 걸 물어봤을까?"

헤실헤실 누그러진 표정으로 에미가 물어본다.

에미는 꼭 이런 식으로 이미 알고 있는 답을 타인의 입으로 듣고 싶어 한다. 그런 뻔뻔함이 사람을 질리게 한다.

"글쎄? 본인한테 물어보는 게 낫지 않을까? 난 일이 있어서 먼저 갈게."

스즈네는 빠르게 말을 끝내고 자신을 쳐다보는 에미를 무시한 채 출발했다.

계단을 내려가 신발장에서 구두를 꺼내 갈아 신고 밖으로 나갔다. 빠르게 교문 주변을 살펴보니 여전히 같은 자리에 주차된 은색 세단이 보였다.

스즈네는 교문을 빠져나가 세단 쪽으로 걸어갔다.

운전석에 앉아 있는 남자의 얼굴이 보였다.

알고 있는 얼굴이다. 이 사람이 무슨 이유로 여기서 얼쩡거리는 걸까?

순간 운전석에 있던 남자와 눈이 마주쳤다.

스즈네는 남자의 눈을 똑바로 응시하며 차 옆으로 다가가 차창을 똑똑 두드렸다.

남자는 의아한 표정으로 스즈네 쪽을 한 번 보더니 아무 말 없이 차를 출발시켰다.

"아니, 저……."

스즈네는 황급히 남자를 불렀지만 들리지 않았는지 차는 순식간에 사라져 버렸다.

스즈네는 점점 멀어지는 자동차 꼬리등을 바라보며 조그맣게 한숨을 내쉬었다.

3

다음 날도 유마는 아버지의 서재에 틀어박혀 컴퓨터 해석 작업에 몰두했다.

교문 앞에 서 있던 남자가 누군지 여전히 모른다. 그런 만큼 함부로 학교에 접근해서는 안 된다.

이것이 아키토의 의견이었다.

유마도 그 의견에는 동의했다.

어머니에게는 몸이 아프다고 거짓말했다. 어머니는 오후 내내 일 때문에 집을 비워서 이렇게 작업을 하고 있어도 의심받을 일이 없다.

예전 같았으면 유마의 꾀병을 알아챘을지도 모른다. 하지만 지금 어머니의 눈에는 아무것도 보이지 않을 것이다.

그리고 어머니는 아버지가 죽은 후 2층에 올라가기를 꺼렸다. 마치 금단의 땅인 것처럼.

문득 책상 위에 놓인 스노볼에 눈길이 갔다.

디즈니랜드에나 있을 것 같은 성이 들어 있다. 분명 크리스마스 때 어머니가 아버지에게 선물했던 것이다.

한 번 완전히 뒤집어 눈을 스노볼의 천장에다 모은 후 다시 원래대로 뒤집었다.

눈이 하늘하늘 춤을 추며 떨어지는 모습은 환상적이고 아름다웠다.

하지만 이렇게 다시 보니 스노볼 윗부분에 희미하게 실금이 가 있다.

멀리서 볼 때 티가 나지 않는다고 해서 그곳에 존재하지 않는 것은 아니다.

유리에 생긴 금은 다시는 없앨 수 없다. 아무리 고쳐 봤자 완전히 감출 수는 없다.

금은 점점 벌어질 테고 언젠가는 유리 전체를 덮게 될 것이다. 그리고 약간의 충격에도 산산이 조각날 것이다.

지금 생각해 보면 경찰이 찾아왔던 그 날, 유마의 집에는 금이 갔다.

아무도 알아채지 못한 사이 금은 점점 벌어져 되돌릴 수 없는 지경에 이르렀다.

이제 와서 본모습을 되찾으려고 기를 써 봤자 엎질러진 물은 주워 담을 수 없다.

그렇게 생각하면 지금 자신이 하는 작업은 아주 무의미한 것일지도 모른다. 진범을 잡아 봤자 유리에 난 금은 사라지지 않는다.

기분이 우울해지려던 그때, 아키토에게서 메시지가 왔다.

〈진전은 있어?〉

시계를 보니 정확히 수업이 끝났을 시간이었다.

유마가 우울해질 때를 가늠해서 보내기라도 한 것처럼 메시지는 적절한 때에 도착했다. 그만큼 유마를 걱정하는 것이리라.

아키토의 그런 다정한 마음씨가 유마의 가슴속에 살며시

스며들었다.

아무리 괴롭고 슬프더라도 아키토가 곁에 있으면 앞으로 나아갈 수 있을 것 같다.

혼자서는 아무것도 할 수 없다. 하지만 아키토가 함께한다면 뭐든 할 수 있다.

〈물어봐 줘서 고마워. 아직 시작한 지는 얼마 안 됐지만 몇 가지 사실을 알아냈어. 자세한 이야기는 나중에 자세히 할게.〉

유마는 그렇게 답을 했다.

실제로는 지금까지 한 해석으로 알아낸 사실은 많지 않다.

아버지의 노트북에 남은 캐시를 조사한 결과, 확실히 회사 서버에 접속했던 흔적을 확인할 수 있었다.

경찰은 이것을 근거로 아버지를 용의자로 보고 가택 수색을 단행했다.

하지만 그 후 추가 수사에서 접속한 시간대를 전부 낱낱이 조사해 본 결과, 아버지가 회사에서 근무 중인 시간대나 출장을 나가 있는 동안에도 접속된 사실이 밝혀졌다.

즉, 아버지가 노트북을 건드리지 않는 동안에도 아버지의 컴퓨터는 작업을 수행하고 있었다는 뜻이다.

그뿐만이 아니라 아버지의 컴퓨터에 누군가가 부정한 방법으로 접속했던 흔적이 남아 있었다.

아버지의 혐의는 모두 풀렸다.

하지만 진범은 끝내 잡히지 않았다.

범인은 외부에서도 손쉽게 접속할 수 있도록 아버지의 컴퓨터에 바이러스를 심어 보안 허점을 만들었다.

경찰은 그 흔적을 쫓았지만 해외 서버와 선불폰을 경유했기에 범인을 특정할 수는 없었다고 한다.

사이버 범죄에서는 흔한 일이다.

경찰은 근래 사이버 대책반 등을 구성해 사이버 범죄 대처에 나섰지만 노하우가 부족하고 인원도 부족해서 대책이 제때 효과를 발휘하지 못하고 대부분의 사이버 범죄가 방치됐다.

그렇다고 아버지의 노트북 속 데이터를 허술하게 조사하지는 않았을 것이다. 그런데도 경찰은 진범과 관련된 단서를 발견하지 못했다.

―정말 내가 할 수 있을까?

불안이 고개를 들려던 찰나, 다시 아키토에게서 메시지가 왔다.

〈힘내! 나의 왕국을 되찾기 위해.〉

유마는 메시지를 보자 저절로 웃음이 나왔다.

정말 노리고 보낸 것 같은 타이밍이다. 근처에서 보고 있는 게 아닐까 싶을 정도로.

아키토는 늘 그런 면이 있다.

감이 좋다고 해야 하나, 유마의 생각을 적확하게 꿰뚫어 보고 절묘한 타이밍에 용기를 북돋아 준다.

초능력자가 아닌가 하는 생각마저 든다.

〈나의 왕국을 되찾기 위해.〉

유마는 그렇게 답신한 후 쭉 기지개를 켰다.

〈휴식도 중요해.〉

곧장 아키토에게서 답장이 왔다.

그 말을 듣고서야 아직 점심을 먹지 않았다는 사실이 떠올랐다. 자각하고 나니 갑자기 배가 고파졌다. 당분을 섭취하지 않으면 머리도 돌아가지 않는다.

유마는 서재에서 나와 계단을 내려간 뒤 주방으로 직행했다.

냉장고를 열어 보고 찬장도 뒤져 보았지만 먹을 게 전혀 보이지 않았다.

자신의 방으로 돌아가 지갑 속을 확인해 봤다.

다행히 5백 엔짜리 동전이 하나 있다. 근처 편의점에서 대충 시리얼 바 같은 거나 사 먹자.

유마는 옷을 갈아입고 집을 나섰다.

바람은 쌀쌀했지만 햇살은 강했다.

평일 낮 시간대에 이렇게 거리를 돌아다니는 모습을 보고 다른 사람이 혼내지는 않을까?

걸음을 떼고 나니 갑자기 그 점이 걱정됐다.

아니, 괜찮을 거다. 편의점까지 2백 미터 정도밖에 안 되는 거리다. 서둘러 갔다 돌아오면 5분도 걸리지 않는다.

속도를 올려 걷던 그때, 누군가가 유마의 앞을 막아섰다.

검은 그림자가 유마를 뒤덮는다.

자신을 막아선 사람의 얼굴을 보고 유마는 가슴이 철렁했다.

그곳에 있는 것은 어제 학교 교문 앞에 서 있던 그 남자였다.

남자는 몹시 어두운 눈빛으로 유마를 응시했다.

머릿속으로는 도망쳐야 한다고 생각하는데 몸은 꼼짝도 하질 않았다. 고양이 앞에 선 쥐 같다.

"아버지 일로 너한테 할 얘기가 있다."

땅이 울리는 게 아닐까 싶을 정도로 나지막하게 목소리를 깔고 남자는 그렇게 말했다.

"저, 저, 저는, 아무것도 몰라요……."

유마는 못 박힌 듯 서서 간신히 목소리를 쥐어 짜냈다.

"네가 뭘 하려고 하는지 우리는 다 안다."

남자가 유마 쪽으로 불쑥 얼굴을 들이민다.

유마를 응시하는 남자의 눈은 새빨갛게 물들어 있었다. 다크 나이트가 자신의 목적을 위해 이제껏 셀 수 없이 많은 인간을 희생시켰다는 증거다.

공포가 유마를 뒤덮는다. 그러나 그때 가슴 저 밑바닥에서 목소리가 들려왔다.

─나의 왕국을 되찾기 위해.

남자가 유마를 향해 손을 쓱 뻗었다. 유마는 순간적으로 남자의 손을 뿌리치고 몸을 돌려 반대로 도망치기 시작했다.

바로 뒤에서 구두 소리가 쫓아온다.

─싫어! 절대로 안 잡힐 거야!

유마는 마음속으로 잡히지 않게 해 달라고 계속 빌며 정신없이 달려갔다. 곧장 자기 집 문을 열고 안으로 들어간 유마는 내부에서 문을 잠갔다.

휴, 하고 안도의 한숨이 나왔다.

경찰에 신고해야 할까?

하지만 이 상황을 어떻게 설명해야 할지 난감했다. 이상한 남자에게 쫓기고 있다고 하면 과연 경찰은 믿어 줄까?

─일단은 아키토한테 얘기해 보자.

그렇게 생각한 순간 집 안에서 덜컹, 하는 소리가 들렸다.

유마는 깜짝 놀라 뒤돌아봤다.

어머니가 일을 마치고 집에 돌아오셨구나. 그렇게 생각하고 싶었지만 이 시간에 어머니가 돌아오셨을 리 없다.

그렇다고 해서 확인하러 갈 용기도 없었다.

유마는 서둘러 2층으로 뛰어 올라가 그대로 자기 방으로 뛰어든 다음 안에서 문을 힘껏 밀었다.

방 안에서 농성하며 시간을 버는 사이 경찰에 신고할 생각이었다. 하지만 그 계획은 불발에 그쳤다.

"겨우 찾았네."

목소리는 방 안에서 들렸다.

당황하며 뒤돌아보니 그곳에 검은 양복을 입은 남자가 서 있었다. 조금 전에 본 남자인가 했지만 아니었다.

차림새는 똑같지만 나이가 꽤 젊고 얼굴 생김새도 다르다.

젊은 남자는 양복 안주머니에 손을 찔러 넣고 안에서 무언가를 꺼냈다. 창문으로 들어온 빛을 받아 번쩍이는 그것은 버터플라이 나이프였다.

"으아악!"

유마는 있는 힘껏 비명을 질렀다.

그러나 젊은 남자는 단숨에 거리를 좁히더니 왼손으로 유마의 입을 막고 오른손에 든 나이프를 유마의 목에 가져다 댔다.

"조용히 해."

젊은 남자는 유마의 귓가에 대고 속삭이듯 말했다.

그 순간 유마는 몸이 굳어 버렸다. 목덜미에 서늘한 날붙이가 닿자 이제 죽었구나, 하는 생각이 들었다.

"대답은 필요 없으니까 알아들었으면 눈이나 깜박거려 봐."

젊은 남자는 그렇게 말했다.

유마는 그가 말하는 대로 눈을 깜박였다.

"오늘은 경고하러 온 거야. 이 이상 쓸데없는 짓을 해서 우리를 난처하게 만들지 마. 알아들었어?"

유마는 말없이 눈을 깜박였다.

구체적으로 언급하지 않아도 안다. 분명 아버지가 엮였던 사건의 진상을 파헤치고 돌아다니지 말라는 뜻이다.

몸만 덜덜 떨리는 게 아니라 이마를 타고 식은땀이 흐른다.

말로는 경고하러 왔다지만 도저히 그 정도로 끝날 것 같지 않았다. 어쩌면 이대로 살해될지도 모른다는 공포가 온몸을 뒤덮었다.

젊은 남자가 히죽 웃는다.

그때, 갑자기 인터폰이 울렸다.

"소리 내지 마."

젊은 남자가 눈을 희번덕이며 유마를 노려봤다.

유마는 눈을 깜박여 대답을 대신했다.

또다시 인터폰이 울렸다. 뜸을 들였다가 다시 한번 더.

젊은 남자는 쯧 혀를 차더니 유마에게서 손을 떼고 방에 난 창문을 통해 밖으로 나갔다. 확인은 안 했지만 그대로 1층으로 뛰어내려 도망쳤을 것이다.

유마는 안도함과 동시에 그 자리에 주저앉았다.

4

진나이는 카페 구석 자리에 앉아 금방 사 온 담배를 주머니

속에서 꺼내고 비닐을 뜯어 담배 한 대를 꺼냈다.

마찬가지로 금방 사 온 라이터도 꺼내 불을 붙였다.

묵직한 담배 연기가 폐 속으로 흘러들자 저절로 쿨럭쿨럭 기침이 나왔다.

"네가 고등학생이야, 뭐야."

목소리에 반응해 고개를 들어보니 그곳에 후지다가 서 있었다.

후지다는 진나이를 보고 어이없다는 표정을 지으며 종업원에게 자기 몫의 커피를 주문하고 맞은편 자리에 앉았다.

"못 보는 사이에 야위었네."

진나이의 얼굴을 말끄러미 응시하며 후지다가 말했다.

"그런가?"

진나이는 시치미를 뗐지만 자각은 있었다.

거울을 볼 때마다 뺨이 깎아 낸 것처럼 푹 들어가 보였기 때문이다. 거기다 면도도 안 하고 샤워도 거의 안 했으니 초췌해 보이는 것이 당연했다.

"나도 한 대만 줘."

후지다는 테이블 위에 놓인 담뱃갑에서 담배 한 대를 꺼내고, 마찬가지로 아무렇게나 던져져 있던 라이터로 불을 붙였다.

진나이와 다르게 기침을 하기는커녕 익숙하게 담배 연기를 빨아들인다.

"끊은 거 아니었어?"

진나이의 물음에 후지다가 쓴웃음을 짓는다.

"가끔 피워."

"그래?"

"그보다, 너야말로 왜 갑자기 담배 피울 생각했냐?"

"글쎄, 이유가 뭐였더라?"

따끔, 하고 가슴을 찌르는 통증이 퍼졌다.

아들이 태어나면서 진나이는 담배를 끊었다. 누가 시켜서
가 아니라 아들에게 해가 될까 봐 스스로 끊었다.

어쩌면 그 시절로 시간을 되돌리고자 다시 한번 담배를 피
워 보고 있는지도 모른다.

그런 짓을 한다고 해서 현실이 바뀔 리도 없는데…….

후지다가 주문한 커피가 나왔다. 후지다는 아무것도 넣지
않은 채로 커피를 홀짝이더니 후, 하고 길게 한숨을 내쉬었
다.

"전에도 얘기했지만 너무 자책하지 마. 네 잘못이 아니니
까."

후지다의 말은 어중간한 위로나 동정이 아닌 본심에서 나
온 말이라는 게 진나이에게도 강하게 전해졌다.

하지만 그래서 더욱 그 말을 순순히 받아들일 수가 없었다.

무슨 변명을 하든 가장 큰 책임은 명백히 진나이에게 있었
다. 막으려고는 했다. 하지만 막을 수 없었다.

그러니 앞으로도 쭉 그 죄를 자신이 짊어져야 했다.

하지만 그렇게 말하면 후지다에게 쓸데없는 걱정을 끼치게
되니, 진나이는 고맙다는 대답으로 이야기를 끝냈다.

"그보다, 내가 부탁했던 건?"

진나이는 화제에서 벗어나려는 듯 다른 질문을 했다.

"일단 내가 조사할 수 있는 범위 내에서 정보를 모아 왔
어."

후지다는 재킷 안주머니에서 갈색 봉투를 꺼내 테이블 위
에 올려놓았다.

봉투 쪽으로 손을 뻗는 진나이를 가로막듯 후지다가 봉투
위에 손을 탁 내려놓았다.

"이거 건네기 전에, 너한테 뭐 하나만 묻자."

후지다가 매서운 눈빛으로 진나이를 바라본다.

평소 온후한 후지다가 이런 눈빛을 보내는 건 드문 일이다.

"뭔데?"

진나이가 되묻자 후지다의 눈빛이 더욱 날카로워진다.

어떤 사소한 거짓말도 놓치지 않겠다는 의지가 강하게 전
해졌다. 실제로 후지다는 거짓말을 간파하는 능력이 뛰어났
다.

"너, 대체 뭘 조사하고 있는 거야?"

"글쎄, 뭘까⋯⋯. 실은 나도 잘 몰라."

진나이가 혼잣말처럼 불쑥 말했다.

"몰라?"

"응. 나도 지금 내가 뭘 하려는 건지 모르겠다. 이제 와서 이런 걸 조사한다고 뭐가 달라지는 것도 아닌데. 알면서도 그만둘 수가 없어."

"너, 괜찮아?"

후지다가 걱정하며 얼굴을 찌푸렸다.

"아마 그럴걸."

"'그럴걸'은 또 뭐냐⋯⋯."

"내가 저지른 잘못은 어떻게 해도 없던 일로 되돌릴 수가 없잖아. 그래도, 그러니까 더욱 알고 싶은 거야."

진나이의 말에 후지다의 얼굴은 점점 더 일그러졌다.

어떻게 대해야 할지 모르겠다. 말로 하진 않았지만 얼굴에 그렇게 쓰여 있다.

"알아서 어쩌게?"

"몰라. 그건 알아낸 뒤에 생각할래."

그것이 거짓 없는 진나이의 진심이었다.

후지다는 봉투 위에 손을 올린 채로 골똘히 생각에 잠겼다.

"앗, 뜨거워!"

후지다가 갑자기 소리를 지르며 들고 있던 담배꽁초를 재떨이에 던졌다. 보아하니 필터까지 담배가 타들어 가며 그 열기가 후지다에게 전해진 모양이다.

한 모금만 빨았던 진나이의 담배 역시 재떨이 안에 달랑 필터만 남아 있었다.

어쩐지 갑자기 우스워진 진나이는 자기도 모르게 웃음을 터트렸다.

후지다 역시 화가 난 듯 한동안 진나이를 노려보고 있었지만 이윽고 전염된 듯 함께 웃기 시작했다.

"알았어. 가져가."

한바탕 웃고 난 뒤 후지다가 말했다.

"고마워."

진나이는 봉투를 가져가려고 했지만 후지다는 여전히 봉투 위에 손을 올려놓은 채로 꼼짝도 하지 않았다.

"단, 조건이 있어."

"조건?"

"응. 뭔가 할 생각이면 행동으로 옮기기 전에 꼭 나한테 연락해. 약속 안 해 주면 나도 이거 못 줘."

뜻을 굽히지 않겠다는 강한 의지가 후지다의 말에서 전해졌다.

이 자리에서 동의하지 않으면 후지다는 봉투를 건네주지 않을 것이다.

"그럴게."

진나이는 그렇게 대답했지만 그래도 후지다는 한동안 꼼짝도 하지 않았다.

진나이가 한 대답의 진위를 가리고 있으리라. 하지만 후지다는 쉽게 판단이 서지 않는 듯 보였다.

당연한 일이었다. 진나이 자신도 어떻게 할지 결정을 내리지 못한 상태였기 때문이다.

얼마나 지났을까. 이윽고 후지다가 포기한 듯 봉투에서 손을 떼고 자리에서 일어났다.

"고마워."

진나이가 한 번 더 감사의 마음을 전하자 후지다는 흥 하고 콧방귀를 뀌며 웃었다.

주머니에서 지갑을 꺼낸 후지다가 커피값을 내려고 했다. 진나이는 "오늘은 내가 낼게." 하고 그것을 사양했다.

후지다는 그 말에는 대꾸도 하지 않고 천 엔짜리 지폐를 테이블 위에 내려놓더니 "대신 이건 내가 가져갈게." 하고 테이블 위에 있던 담배를 자기 주머니 속에 넣었다.

진나이는 후지다가 가게에서 나가는 모습을 끝까지 지켜본 후 테이블 위에 놓인 봉투로 시선을 돌렸다.

봉투를 집으려고 하던 그때, 진나이의 휴대폰이 울렸다. 화면에 뜬 것은 상담사인 하무라의 이름이었다.

오늘은 상담 예약이 잡혀 있지만 가지 않았다. 진나이의 그런 행동을 나무라는 내용이리라.

진나이는 전화를 무시하고 봉투를 집어 들었다.

5

유마는 어쩔 줄 몰라 하며 방 안을 둘러보았다.

침대 하나에 책상이 하나 놓여 있을 뿐인 썰렁한 방이었다. 기분 탓인지는 몰라도 어쩐지 방 안이 어둡게 느껴진다.

"미안. 좁아서 불편하지?"

아키토가 창피한 듯이 그렇게 말하며 유마의 맞은편에 앉았다.

"아냐. 그보다 나야말로 이렇게 신세 져서 미안."

유마는 낮에 그 일이 벌어진 직후 아키토에게 전화했다.

아키토는 곧장 집으로 와 준 데다 이대로는 유마가 위험하다며 자기 집을 은신처로 제공해 주었다.

아키토의 집은 오래된 공영 주택 단지에 있었다. 과거에는 집마다 사람이 살고 있었지만 지금은 절반 정도만 차 있다고 했다.

"뭘, 신경 쓰지 마. 그리고 이번 일은 내가 먼저 꺼낸 얘기잖아."

기분 탓인지는 몰라도 그렇게 말하는 아키토의 표정이 어두워 보인다.

다름 아닌 책임감이 강한 아키토다. 자기 때문에 이런 일이 벌어졌다며 자책하고 있을 게 뻔했다.

"아냐. 결정은 내가 했잖아."

유마가 자기 책임임을 강하게 주장하자 아키토는 기쁜 듯이 웃었다.

"네가 결정한 게 아냐. 우리가 선택한 거지."

아키토의 말이 살며시 가슴에 스며들었다.

혼자가 아니라는 현실을 음미하고 있자니 신기하게도 두려운 마음이 서서히 사라졌다. 누군가와 함께 있다는 사실이 이다지도 마음 든든한 일임은 처음 알았다.

"근데 정말 괜찮아? 너희 아버지나 어머니께서 불편해하실 텐데."

아키토는 괜찮다 쳐도 가족들은 이 상황을 달갑지 않게 여길지도 모른다.

유마의 말을 들은 아키토는 이제껏 보여준 적 없는 복잡한 표정을 지었다. 역시 문제가 있는 것이다.

"안 되겠다, 나 그냥 갈게."

자리에서 일어나려고 하던 유마를 아키토가 붙잡았다.

"그런 거 아냐."

"그래도……."

"우리 엄마, 집 나간 지 한참 됐어. 아빠한테 다른 여자가 생겼대."

"미안……."

무엇에 대한 사과인지, 사과하는 자신도 알 수 없었다.

다만 슬퍼하는 아키토의 얼굴을 보자 가만히 있을 수가 없었다.

"네가 사과할 일이 아닌데, 뭘. 아빠는 일 때문에 집에 거의 안 와. 지금도 해외 출장 중이라 다음 주까진 집에 안 와."

"그렇구나."

"너희 집이랑 반대지."

"그러게."

유마의 집에는 아버지가 없고 아키토의 집에는 어머니가 없다.

"이사 오기 전에 다녔던 학교에서는 일이 좀 있어서 친구가 없었어."

"뭐?"

유마는 도저히 믿을 수가 없었다.

아키토는 밝은 성격에다 누구에게나 친절했다. 운동도 잘하고 얼굴도 잘생겼다. 가만히 있기만 해도 저절로 친구가 잔뜩 생길 것 같은 아이인데…….

"진짜야. 엄마가 집을 나간 후에 이상한 소문이 돌아서……. 그래서 애들이 내 근처에는 얼씬도 안 했어……."

"말도 안 돼. 네가 잘못한 일도 아니잖아."

유마는 본인도 깜짝 놀랄 만큼 큰소리를 버럭 질렀다. 그만큼 화가 났다. 부모가 저지른 잘못 때문에 아무 잘못도 없는 자식이 괴롭힘을 당하다니, 받아들일 수가 없었다.

"역시 넌 착하다니까."

아키토는 유마의 말에 흡족한 미소를 띠었다.

"내가 착한 게 아니라 그렇게 생각하는 게 정상인 거야."

"알아. 나도 그렇게 생각해. 근데 세상 사람들 대부분은 그런 식으로 생각하질 않더라."

"……."

반박할 말이 없었다.

왜냐하면 유마 자신이 그 부당함의 피해자였기 때문이다.

"실은 여기로 전학 오고 나서도 많이 불안했어. 또 이상한 소문이 돌진 않을까 겁먹고, 괴롭힘을 당할까 봐 걱정했어. 근데 널 만난 거야. 마음을 터놓고 함께할 수 있는 친구를."

유마는 아키토의 말을 듣고 가슴이 뜨거워졌다.

아키토가 무조건 유마의 편을 들어 주었던 그 이유를 처음으로 알게 된 것 같았다.

부모의 잘못으로 괴로운 상황에 내몰려 있던 유마의 모습에 자신의 처지를 겹쳐 보았던 게 아닐까.

동시에 이제껏 아키토가 떠안고 있었을 슬픔이나 고통, 그리고 불안 등을 전혀 알아차리지 못한 자신이 싫어졌다.

자신의 자기중심적인 환상에 아키토를 억지로 밀어 넣은 것은 아닌가 하는 생각마저 들었다.

좀 더 제대로 아키토를 보았더라면 알아차렸을 텐데.

"미안."

유마의 입에서 몇 번째인지 모를 사과가 흘러나왔다.

"네가 사과할 일이 아니라니까. 네가 있어서 난 외롭지 않았어."

"나도 아키토가 있어서……."

눈물이 흘러넘쳐서 그 이상은 말할 수 없었다.

아키토가 유마를 이해하고 곁에 있어 주었기에 마사유키 패거리의 괴롭힘도 견뎌 냈고 아버지의 사건과 마주해 보고자 하는 의지도 가질 수 있었다.

"야, 울지 마. 나까지 울고 싶어지잖아."

아키토는 유마를 향해 미소 지어 보였지만 눈에는 눈물이 그렁그렁 고여 있었다.

신기했다. 이렇게 속사정을 털어놓고 나니 아키토가 완전 무결한 존재가 아닌 자신과 똑같은 인간이라는 사실이 실감 났다.

덕분에 이전과 비교도 되지 않을 정도로 아키토와 가까워진 기분이 들었다.

"아무튼 우선은 상황부터 정리해야겠다."

우울한 분위기를 날려 버리려는 듯 아키토가 힘차게 손뼉을 한 번 쳤다.

"그래."

유마는 눈물을 닦으며 고개를 끄덕였다. 그랬다. 아직 상황은 무엇 하나 나아진 게 없었다. 대체 무슨 일이 벌어지고 있는지 정리할 필요가 있었다.

"우선은 네가 밖으로 나갔을 때 너한테 말을 건 인물이 누구냐, 하는 건데. 어제 교문 앞에 서 있던 남자가 확실해?"

"확실하다고는 못하겠어."

"왜?"

"교문에서 봤을 때는 멀어서 얼굴을 제대로 못 봤어. 옷은 비슷한 것 같은데……."

그 자리에서 봤을 때는 순간 동일 인물인 줄 알았는데 차분하게 생각해 보니 그렇다고 단언할 만한 재료가 부족하게 느껴졌다.

"역시 넌 대단해. 냉정하게 잘 판단했어."

"내가?"

"응. 이런 상황에선 일방적으로 단정 짓고 매달리는 게 제일 위험하니까. 진실을 밝히려면 하나부터 열까지 의심하는 태도가 중요해."

"흐음, 그런가?"

기억이 애매해서 그렇게 대답했을 뿐인데 대단하다는 말을 들으니 어쩐지 민망했다.

"그리고 다른 한 사람, 아까 네 방에 침입했던 남자한테 특이한 점은 없었어?"

아키토의 질문에 유마는 기억해 낼 수 있는 범위에서 남자의 특징을 나열했다.

특히 그 눈은 지금 생각해도 오싹했다. 명백히 정상이 아니었다. 만약 인터폰이 울리지 않았다면 어떻게 되었을지는 아무도 모를 일이다.

"그럼 방에 침입한 남자랑 너한테 말을 걸었던 남자가 어떤 관계인지가 중요하겠구나."

"그러게."

유마는 아키토의 말에 동의를 표했다.

그 두 사람이 한편인지, 아니면 전혀 무관한 사이인지에 따라 상황은 전혀 달라진다.

"증거는 없지만 두 사람이 같은 편일 가능성이 크겠다."

"나도 그렇게 생각해."

"문제는 그 두 사람의 정체인데, 아무리 생각해도 너희 아버지 사건이랑 관련 있는 사람들 같아."

유마는 고개를 끄덕이며 지그시 입술을 깨물었다.

아키토가 말한 대로다. 시기적으로 봐도 유마가 아버지 사건을 조사하기 시작하자 그들도 움직이기 시작했다고 보는 것이 타당하다.

역시 아버지 사건에는 드러나지 않은 뭔가가 있을지도 모른다.

"한 가지 더 궁금한 게 있는데."

"뭔데?"

"누가 인터폰을 눌렀는지 봤어?"

제대로 확인하지 않았다.

집으로 돌아가 인터폰에 녹화된 영상을 확인하면 누구인지

금방 알 수 있겠지만 별로 중요한 문제처럼 느껴지진 않았다.

"잘은 모르겠지만 아마 택배일 거야."

"정말 그럴까?"

어쩐 일인지 아키토는 회의적인 반응을 보였다.

"무슨 뜻이야?"

"인터폰이 여러 번 울렸다고 했지?"

"응."

"택배라면 그렇게까진 안 해. 수상한 낌새를 알아차리고 누가 도와주러 왔을 가능성은 없을까?"

"에이, 설마."

유마는 고개를 좌우로 저었다.

아무리 그래도 그건 비약이 지나치다. 일단은 기회를 봐서 확인해 볼 생각이지만 지금은 그 정도로 깊게 고민할 문제가 아닌 것 같다.

"뭐, 그건 좀 아닌가? 여기 앉아서 우리끼리 고민하기보다는 그 녀석들 정체를 밝히기 위해서라도 일단은 너희 아버지 컴퓨터 해석부터 끝내자."

아키토가 분위기를 바꿔 말했다. 유마도 고개를 힘차게 끄덕이며 그 말에 동의했다.

유마는 집에서 나올 때 아버지의 노트북도 챙겨 왔다. 이것만 있으면 해석하는 데는 문제가 없었다.

"나의 왕국을 되찾기 위해."

아키토가 유마를 향해 주먹을 내밀었다.

"나의 왕국을 되찾기 위해."

유마는 아키토와 주먹을 맞대며 그에 응했다.

6

스즈네가 교실에 들어서며 느낀 분위기는 명백히 평소와 달랐다.

스즈네가 교실에 들어오는 것을 거부하기라도 하듯 벽이 느껴졌다.

그래도 스즈네는 신경 쓰지 않고 제 갈 길을 갔다.

교실에 있던 모든 여학생이 일제히 시선을 피하는 것 같은 기분이 들었다. 아니, 그것은 착각이나 피해망상이 아니었다.

그 증거로 스즈네에게 인사를 하는 사람이 아무도 없었다.

스즈네는 자리에 앉으려다 말고 그 자리에 우뚝 멈춰 섰다. 의자가 물에 젖어 있었다. 누군가가 의도적으로 이곳에 물을 쏟은 것이다.

책상에는 매직으로 '거짓말쟁이'라 쓰여 있었다. 스즈네가 등교하기 전에 교실에 온 누군가가 쓴 것이다.

참 쓸데없는 일에 애를 쓴다 싶어 웃음이 나왔다.

원인은 알고 있다. 마사야유키와의 일이 문제가 된 것이다.

복도에서 에미가 불러 세웠을 때 괜한 일에 휘말리기 싫어 적당히 거짓말을 했었는데, 아무래도 그 일이 몹시 못마땅했던 모양이다.

아니, 어쩌면 여기에 적힌 '거짓말쟁이'는 단순히 그 일을 뜻하는 것이 아닐지도 모른다.

이제껏 숨겨 왔던 스즈네의 본모습이 드러나게 된 것도 있으리라.

평범한 가정에서 자란 평범한 학생. 주위에 동조하려고 해온 수많은 거짓말이, 마사유키 일을 계기로 만천하에 밝혀진 것일지도 모른다.

스즈네는 한 번 한숨을 내쉬고는 다시 교실을 둘러보았다. 조금 전까지는 시선을 피하며 외면했던 아이들이 스즈네가 어떻게 나오는지 보려고 흘깃대고 있다.

진지하게 상대할 가치조차 없는 일이지만 여기서 자칫 대응을 잘못했다는 계속 괴롭힘을 당하게 된다.

아이들이 무시한다고 해서 크게 불편할 일은 없다.

전부터 친구들의 발전 없는 얘기에는 질려 있었으니까 오히려 잘된 일이다.

하지만 이 시답잖은 괴롭힘은 피하고 싶었다.

정리만 해도 보통 일이 아니니까.

선생님에게 얘기하면 역효과가 날 것이 뻔했다. 애초에 담임을 맡은 사카모토는 이런 일을 묵살하고도 남을 인간이다.

그렇다고 이 자리에서 훌쩍대며 우는 모습을 보인다거나 버럭 성질을 부리며 소리를 질렀다가는 이 일을 꾸민 상대만 만족시킬 뿐이다.

스즈네는 아무 말 없이 가방 속에서 휴대폰을 꺼내 카메라로 자신의 책상을 찍기 시작했다.

카메라 초점을 조절해 전체적인 모습뿐만 아니라 확대하거나 각도를 조절하며 수십 장의 사진을 찍었다.

그런 후 수첩을 꺼내 "10월 7일. 책상 위에 낙서. 의자 위에 물." 하고 소리를 내며 상황을 기록했다.

아이들이 수군대며 교실 분위기가 어수선해졌다.

몇몇 아이는 스즈네가 하고 있는 행동의 의미를 이해한 듯 보였다.

이것은 법적 조치를 취하기 위한 준비 행동이다. 괴롭힘이 계속되면 고소하겠다는 의사를 표한 것이다.

그대로 교실 구석에 있는 청소 도구함으로 향한 스즈네는 안에서 걸레를 꺼내 의자를 닦았다. 책상에 한 낙서는 그대로 방치하기로 했다.

예전에 다른 학교에서 겪었던 일을 살린 대응이었다.

"저기, 있잖아."

스즈네가 자리에 앉기가 무섭게 마사유키가 말을 걸었다.

"왜?"

"너한테 미안해서."

"뭐?"

"아니, 나 때문에 네가 괴롭힘을 당하고 있는 것 같아서. 근데 걱정하지 마. 내가 널 지켜줄게."

—얘는 또 무슨 헛소리지?

오스스 소름이 돋았다. 참 용케도 이런 헛소리를 진지한 얼굴로 지껄이는구나.

조금 전까지 찍소리도 안 내던 인간이. 마사유키도 어떤 식으로든 이 일에 가담하고 있는 것이 분명했다.

다만 조금 전 스즈네의 행동을 보고 형세가 기울었다고 판단해 꼬리를 흔들며 은혜를 베풀려는 속셈이리라.

경박해도 이렇게 경박할 수가 없다.

그뿐만이 아니다. 날마다 유마를 괴롭힌 사람은 다름 아닌 마사유키다. 그런 인간의 말을 진지하게 받아들일 정도로 자신은 뇌가 해맑은 인간이 아니다.

하지만 마사유키가 이런 사실을 조목조목 설명한다고 해서 이해할 만한 인간도 아니고 거기에 드는 시간도 아까웠다.

"짜증 나니까 꺼져."

스즈네가 조금도 주저하지 않고 딱 잘라 거절하자 마사유키의 얼굴이 굳어졌다.

자존심이 갈가리 찢긴 사람의 표정이다. 하지만 스즈네는 그런 모습을 봐도 동정할 마음이 들지 않았다.

마사유키는 멍하니 그 자리에 못 박힌 듯 서 있었다. 이윽고 수업 시작을 알리는 종이 울리자 그제야 스즈네의 자리 앞을 떠났다.

잠시 후 사카모토가 교실로 들어왔다.

여느 때와 다름없이 무기력한 얼굴로 교단에 선 사카모토는 한숨을 한 번 크게 내쉬고는 이야기를 시작했다.

"유마가 어젯밤부터 집에 들어오지 않는다고 하는구나. 어머님이 경찰에 수색원도 내셨어. 뭔가 아는 게 있는 학생은 수업 끝나고 교무실로 오도록."

담담한 어조로 이야기를 끝낸 사카모토는 평소처럼 출석을 부르기 시작했다.

사카모토가 너무 태연하게 말을 해서 스즈네를 포함해 교실에 있는 학생들은 사태의 심각성을 이해하는 데 시간이 걸렸다.

아니, 문제는 말투만이 아니다.

정상적인 인간이라면 당장 이 자리에서 뭔가 알고 있는 사람이 있으면 이름을 대라고 재촉해야 했다. 사태는 그만큼 긴급했다.

그런 상황에서도 수업을 우선시하다니, 사카모토는 이미 정상인의 범주를 넘어섰다.

스즈네는 고개를 돌려 뒷자리를 확인했다.

유마의 모습은 보이지 않았다.

어제 유마에게 물어보고 싶은 게 많아서 집까지 찾아갔었다. 하지만 아무리 인터폰을 눌러도 유마는 나오지 않았다.

인터폰을 누르기 전에 얼핏 비명을 들었던 것 같기도 한데 어쩌면 결석한 이유와 관계가 있을지도 모른다.

역시 여러모로 조사해 볼 필요가 있어 보인다.

"선생님, 저 몸이 안 좋아서 조퇴할게요."

스즈네는 손을 들어 당당히 조퇴를 선언하고 얼른 교실을 나왔다.

7

유마는 아버지의 컴퓨터가 여러 차례에 걸쳐 부정 접속에 이용되었던 흔적을 발견했다.

하지만 이 정도로 만족해서는 안 된다며 마음을 진정시켰다.

경찰도 여기까지는 해석을 마쳤다. 문제는 앞으로 발견할 흔적이다. IP 주소 소유자는 프로바이더를 통해 전부 등록된다.

경찰이 신청하면 프로바이더는 그 정보를 공개하고 그것을 이용해 사용자를 특정할 수 있다.

그러나 유마는 경찰이 아니다.

IP 주소 소유자의 정보는 얻을 수 없다. 애초에 경찰 역시 IP 주소를 추적했지만 그 결과 범인을 특정하진 못했다.

소유자 정보를 얻는다 해도 유마 역시 같은 경로를 거쳐 범인을 밝혀내지 못할 가능성이 대단히 컸다.

의기양양하게 시작한 조사였지만 벽에 부딪히고 말았다.

지금까지 유마가 한 일은 경찰 수사를 한 번 더 반복한 것밖에 안 된다. 아니, 얻은 정보가 없으니 그마저도 안 된다.

이런다고 정말 범인을 잡을 수 있을까?

이제 와서 불안이 고개를 내민다.

"하아, 어떡한다……."

유마는 머리를 마구 헝클며 천장을 올려다봤다.

칙칙한 색의 나지막한 천장이 자신을 확 덮치는 듯한 느낌이 들었다. 방 안은 정적에 싸여 있었다.

아키토는 학교에 가 있고 아키토의 아버지는 출장 중이시라 이곳에는 아무도 없다.

쥐 죽은 듯 고요한 집이 불현듯 불길한 장소처럼 느껴졌다.

그때, 휴대폰이 메시지가 도착했음을 알렸다.

아키토였다.

〈작업은 잘 돼 가? 이쪽은 일이 좀 꼬였는데 내가 잘 수습해 볼게.〉

아키토가 나서서 잘 포장해 준다면 별문제는 없을 것이다.

〈그래, 고마워.〉

유마가 막 그렇게 답장을 보냈을 때, 휴대폰에 새로운 메시지가 도착했다.

어머니였다.

한동안 친구네 집에서 지내겠다고 메모도 남겨 놓았는데 어젯밤부터 메시지가 몇 통이나 왔는지 모른다.

많이 걱정하고 계시겠지. 안심시켜 드리려면 답장을 보내는 편이 나을지도 모르지만 그놈들은 유마의 집을 알고 있다.

어설프게 나섰다가 어머니까지 휘말리게 하고 싶지는 않았다.

아무튼 이렇게 계속 메시지가 온다는 말은 어머니가 무사하다는 뜻이다.

집으로 돌아가기 위해서라도 어떻게든 아버지 사건의 진범을 찾아내 놈들의 정체를 폭로해야만 한다.

그렇다. 놈들은 직접적인 수단을 이용해 유마를 공격했다. 즉, 유마가 진상에 가까워졌음을 의미한다.

하지만 그렇게까지 해야만 했던 이유가 뭘까?

그 점이 도무지 이해가 가지 않았다. 유마가 지금까지 한 일은 경찰 수사 범위를 벗어나지 않았다. 그대로 방치해도 놈들에게 해가 되진 않았을 거다.

그런데도 놈들은 유마를 공격했다.

"왜?"

직접 소리 내서 말해 보았다.

한동안 골똘히 생각해 보았지만 전혀 답이 보이지 않았다.

이 이상 문제에 매달리지 말라는 듯 아키토에게서 메시지가 왔다.

〈그러고 보니까 요즘 사건의 연속이라 캐슬은 손도 못 댔구나. 잠깐 머리도 식힐 겸 집에 가면 같이 하자.〉

사건 해결 중에 벽에 부딪힌 모습을 곁에서 보기라도 한 것처럼 절묘한 타이밍이었다.

무거웠던 마음이 단숨에 가벼워졌다.

〈듣고 보니 그렇다. 오랜만에 같이 하자.〉

그렇게 답을 한 후 유마는 다시 한번 아버지의 노트북을 향해 고쳐 앉았다.

아키토가 돌아올 때까지 조금이라도 조사를 진전시키려고 했다. 하지만……

조금 전과 마찬가지로 뭘 어떻게 해야 할지 감이 오지 않았다. 그저 아까 전과 같은 생각을 반복할 뿐이었다. 헤어 나올 길이 없는 루프.

이대로 포기할까 하던 그때, 문득 캐슬의 아이콘이 시야에 들어왔다.

그때 유마의 머릿속에서 무언가가 번뜩였다.

컴퓨터에는 외부 침입을 차단하기 위한 방화벽이 있다. 성을 지키기 위한 성벽과 비슷한 것이다.

하지만 아버지의 컴퓨터는 그 방화벽에 구멍이 뚫려 있었다. 범인은 그곳으로 침입해 컴퓨터를 원격 조작했다.

이 구멍은 바이러스를 이용해 의도적으로 만든 것이라고

했다.

그렇다면 이 바이러스는 언제 아버지의 컴퓨터에 설치되었을까?

바이러스가 저절로 설치되는 일은 없다. 자주 사용되는 수법은 바이러스를 메일 등에 첨부해 두었다가 클릭한 순간 설치되게 하는 방법이다.

다만, 인터넷 보안 컨설턴트였던 아버지가 부주의하게 메일에 첨부된 파일을 열어봤을 리는 없다. 평소에도 모르는 사람이 보낸 첨부 파일은 절대로 열어서는 안 된다고 유마에게 입이 닳도록 말했으니.

그렇다면 지인이 보낸 첨부 파일이었다면 어떨까?

예를 들면 회사 사람이 의도적으로 아버지를 함정에 빠뜨리려고 회사 자료에다 바이러스를 섞어 메일로 보내는 것이다. 그렇게 하면 실수로 열어 버리는 일도 충분히 생각해 볼 수 있다.

뛰어난 기술을 가진 사람이면 컴퓨터상에는 아무것도 표시되지 않고 백그라운드에서만 작동되는 바이러스를 어렵지 않게 만들 수 있다.

하지만 메일에 첨부된 파일은 이미 경찰에서도 조사했을 것이다. 바이러스가 심긴 파일은 그 단계에서 파악할 수 있다.

그렇게 되면 메일을 보낸 사람이 제일 먼저 의심받게 되니까 열심히 여러 서버를 거쳐 원격 조작을 해 봤자 들키는 것은 시간문제다.

범인은 훨씬 독특한 방법으로 보안 허점을 만든 게 분명하다. 그것을 밝히는 것이 진범을 밝히는 열쇠가 된다.

그렇게 확신한 유마는 캐시에 남은 흔적 찾기를 포기하고 컴퓨터 안에 심겨 있을 바이러스를 찾아내는 작업에 비중을 두기로 했다.

유마가 크게 한 번 기지개를 쭉 켰을 때 철컥, 하고 누군가 손잡이를 돌리는 소리가 들렸다.

—아키토인가?

시계를 확인해 봤다. 아직 점심 전이다. 아키토가 돌아왔을 리는 없다. 아키토의 아버지는 출장으로 다음 주까지 돌아오시지 않는다.

다른 누군가다.

집배원이나 신문 구독료를 수금하러 온 사람 등 다양한 가능성을 생각해 봤지만 전부 아니다. 그렇다면 처음에 인터폰을 눌렀을 터. 갑자기 이런 식으로 문손잡이를 돌리지는 않는다.

유마는 자리에서 일어나 방문을 열었다.

일자로 곧게 뻗은 복도 저편에 오래된 철문이 보였다.

철컥.

다시 소리가 나며 손잡이가 돌아갔다. 자물쇠가 잠겨 있어서 문이 열릴 리는 없다.

유마는 발소리를 죽이며 살금살금 문 쪽으로 다가갔다.

그사이에도 철컥철컥하고 몇 번이나 손잡이가 돌아갔다. 당장 이 문을 열라고 재촉하듯이.

유마는 꿀꺽 침을 삼키고 숨죽인 다음, 문구멍에다 얼굴을 가까이 대고 그곳을 통해 반대편을 엿보았다.

그 순간, 쾅 하는 소리와 함께 문이 흔들렸다.

유마는 깜짝 놀라 그 자리에 엉덩방아를 찧었다.

문 너머에 있는 인물이 억지로 문을 열어 보려고 발로 찬 것 같았다.

조금 전 반대편을 엿보았던 건 아주 잠깐이었지만, 그래도 검은 양복을 입은 남자가 서 있는 모습은 보였다.

그것은 어제 본 그 남자가 확실했다.

"도망쳐봤자 소용없어. 거기 있는 거 다 안다."

문 저편에서 위압적인 목소리가 들렸다.

—여기는 또 어떻게 알아냈지?

그런 의문이 떠올랐지만 답은 금세 나왔다. 필시 어제부터 미행한 것이다.

놈들은 유마가 혼자 남을 때까지 벼르고 별렀다.

"당장 이거 열어. 안 그러면."

유마는 그 목소리를 끝까지 듣지 않고 현관에 두었던 신발을 집어 든 다음, 방 안으로 들어갔다.

현관으로 탈출하는 것은 절대로 불가능하다. 그렇다면 남은 탈출구는 창문밖에 없다.

유마는 노트북을 품에 꼭 끌어안고 그대로 몸을 쑥 내밀어 창문을 통해 밖을 봤다.

이곳은 3층이었다.

뛰어내리면 멀쩡하게 걸어나가기는 어려울 것 같다. 역시 여기로 도망치겠다는 건 너무 무모한 생각일까?

주저하는 사이에도 문을 두드리는 소리는 점점 커졌다. 저 문을 부수고 들어오는 것은 이제 시간문제다.

유마는 마음을 굳히고 창문으로 나가서 좁다란 차양 위에 올라섰다.

다리가 후들거렸지만 이대로 여기 있으면 붙잡힐 게 뻔했다.

유마는 노트북을 바지 뒤에 찔러 넣고 벨트를 꽉 조여 고정했다. 이로써 두 손을 자유롭게 쓸 수 있다.

"나의 왕국을 되찾기 위해."

유마는 아키토와 정한 구호로 자신을 격려하며 턱걸이라도 하듯이 차양에 매달렸다.

밑을 보면 안 된다는 건 알았지만 빨려 들어가듯 시선이 아래로 향했다.

예상을 뛰어넘는 공포에 손을 놓을 뻔했지만 간신히 버텨 냈다.

몸을 안쪽으로 흔들어 2층 차양에 착지할 수 있도록 조정한 뒤 손을 놓았다.

간신히 착지에는 성공했지만 균형을 잃는 바람에 그대로 몸이 벌러덩 뒤로 떨어지려 했다. 허둥지둥 손을 뻗어 근처에 있던 처마 물받이를 붙잡았다.

빠지직하고 불길한 소리가 났지만 다행스럽게도 물받이는 버텨 주었다.

유마는 숨을 고른 뒤 한 번 더 같은 동작을 반복해 지면에 착지했다.

길게 안도의 한숨을 내쉬며 고개를 들어 보니 조금 전까지 유마가 있었던 3층 창문으로 검은 양복을 입은 남자가 고개를 내밀고 있었다.

남자는 얼굴에 불쾌함을 드러내며 유마를 언뜻 한 번 보더니 갑자기 창문에서 모습을 감췄다. 그대로 유마를 쫓아올 생각인 듯했다.

유마는 노트북을 바지춤에서 꺼내 왼쪽 옆구리에 끼고 전속력으로 달리기 시작했다.

유마는 달려가면서도 오른손으로 휴대폰으로 꺼내 아키토에게 전화했다.

다행히 아키토가 곧장 전화를 받아 주었다.

"아키토. 비상이야. 그 녀석들이…….."

8

진나이는 손으로 이마를 가리며 고개를 들었다.

구름 한 점 없는 가을 하늘은 지금의 진나이에게는 조금 지나치게 눈이 부셨다.

공원에 저수지, 그리고 변전소 등 다양한 곳을 정처 없이 돌아다녔다. 왜 이런 짓을 하고 있는지 자신도 알 수 없었다.

그저 그래야만 한다는 충동에 사로잡혀 있었다. 자신의 이런 행동이 무의미하다는 사실은 알았지만 그런 무의미한 행동조차 안 하면 마음이 진정되지 않았다.

후지다가 전하길 어젯밤 아들이 행방불명되었다며 한 어머니가 수색원을 제출했다고 했다.

당분간 친구네 집에서 지내겠다는 내용의 메모가 남겨져 있어서 사건성은 낮다고 판단했지만 미성년자라는 점을 고려해 수색은 진행 중이라고 했다.

소년이 소지 중인 것으로 판단되는 휴대폰의 전파 기지국을 탐색한 결과 이 주변 일대에 있는 것이 판명됐다.

경찰은 현재 소년을 발견하지 못했다.

수색은 경찰에게 맡기면 될 일이지만 진나이는 도저히 가만히 있을 수 없었다.

어쩌면 행방불명되었다는 소년이 그 사건의 진상을 알고 있을지도 모른다는 생각이 들었기 때문이다.

묵묵히 걸어가던 진나이는 얼마 안 가 넓은 운동장에 도착했다. 평일 낮 시간대라 그런지 운동장은 한산했다.

펜스 너머에 축구공 하나가 홀로 이리저리 굴러다녔다.

누군가 깜박하고 두고 간 것이리라.

문득 옛 기억이 되살아났다.

진나이는 중고등학교 때 축구부에 소속되어 있었다. 공을 쫓아 뛰어다니는 게 좋았다. 프로를 꿈꿨던 적도 있다.

하나 어쩔 수 없는 재능의 벽을 느끼고 단념했다.

생각해 보면 늘 자신은 그랬다. 자신의 한계를 자신이 정하고 온갖 것을 포기해 왔다.

실제로는 그저 자신이 상처받는 게 두려웠을 뿐.

누군가가 자신을 가리키며 재능이 없다고 할까 봐 두려웠다. 전력을 다해 덤벼들었다가 좌절하게 되었을 때 자신의 마음이 못 견디리라 생각했다.

그래서 스스로 온갖 것을 포기하며 살아왔다.

지금 다니고 있는 직장에서도 그랬다. 진급하려면 필기시험을 통과해야 하는데 애초에 시험에는 도전조차 하지 않았다.

노력해 봤자 소용없다는 현실을 억지로 마주하기가 싫었다.

물론 직장에서만 그런 것은 아니다. 붕괴해 버린 가정에서도 진나이의 태도는 마찬가지였다. 관계가 틀어지기 시작했다는 사실을 어렴풋이 깨달았지만 어떤 노력도 하지 않았다.

뭔가를 하고 실패했을 때의 일만 생각했다.

일이 바빠서 어쩔 수 없다며 개선하려는 노력을 일절 하지 않았다. 이해해 주지 않는 아내에게 진절머리내는 남편을 연기했다.

—넌 나한테 그 정도로 소중한 사람은 아니다.

그런 태도를 보였던 것 같다.

상담사 하무라는 진나이의 행동을 하나하나 분석해서 장황한 말로 처방을 내리지만 그런 것은 다 가짜다.

일부분만 보고 근본적인 해결책을 제시할 수는 없다.

뿌리를 자르지 않으면 이윽고 같은 문제를 일으킬 뿐이다.

자신이 소극적인 사고방식을 가지고 있음은 차고 넘칠 정도로 잘 안다. 하지만 그래도…….

진나이는 운동장을 뒤로하고 걸음을 내디디려다 무언가에 부딪혔다.

불의의 기습을 당한 꼴이었지만 진나이는 쓰러지는 일 없이 그대로 버텨 냈다.

하지만 진나이 쪽에 부딪친 인물은 달랐다. 엉덩방아를 찧고 아스팔트 바닥 위에 주저앉았다.

"괜찮니?"

다치지는 않았을까 걱정하며 손을 내밀었지만 그 인물은 진나이에게 눈길조차 주지 않고 자리에서 벌떡 일어나 그대로 달리기 시작했다.

막 달려 나가는 순간, 그 인물의 얼굴이 보였다.

"저건……."

진나이는 너무 놀란 나머지 그 자리에 얼어붙고 말았다.

9

유마는 필사적으로 다리를 움직여 도망치기를 계속했다.

도중에 다른 사람과 부딪치며 넘어져 엉덩방아를 찧는 바람에 허리 부근을 다쳤지만 그런 것에 신경 쓸 여유 따위는 없었다.

달리면서 한 번 등 뒤를 확인했다.

쫓아오는 사람의 모습은 보이지 않았지만 달리던 두 다리를 멈출 생각은 없었다. 그렇게 틈을 보이면 당장이라도 따라잡힐 것 같았다.

조금 전 달리는 와중에 아키토와 연락을 취해 학교 근처에 있는 공장에서 합류하기로 했다.

예전에는 자동차 정비 공장이었다는데 지금은 조업이 중단된 상태다. 다른 사람 눈에 띄지 않으니 은신처로는 이만한 곳이 없다.

거기까지는 어떻게든 상대를 떨구어 내고 도망쳐야만 했다.

이윽고 목적지인 공장이 보이기 시작했다.

함석판으로 엉성하게 세운 가건물 같은 형태로 여기저기 구멍이 뚫려 있다.

유마는 공장에 도착하자 일단 걸음을 멈추고 주의 깊게 주위를 둘러보며 아무도 없는 것을 확인했다.

그러고는 그대로 반쯤 열린 셔터 밑을 통과해 안으로 들어가려다 아차 하고 걸음을 멈췄다.

만약 이곳에 놈들이 우르르 들이닥치면 탈출할 길을 완전히 잃게 된다. 두 사람이 살아남으려면 일종의 보험이 필요하다.

아직 많은 것은 모르지만 놈들이 기를 쓰고 유마에게 달려드는 이유는 틀림없이 아버지의 사건이 재조사되는 것을 두려워하고 있기 때문이다.

유마는 근처에 있던 자판기 뒤에 노트북을 숨긴 뒤 공장으로 들어갔다.

건물 안은 조금 어둡고 윤활유와 가솔린이 뒤섞인 냄새로 가득했다.

유마는 공장 안을 빠르게 둘러보았다.

아키토는 아직 도착하지 않은 듯했다. 학교 근처에 있는 곳이라 아키토가 더 일찍 도착할 줄 알았는데…….

유마는 그런 생각을 하면서도 동시에 뭔가 쓸 만한 물건이 있는지 찾았다. 놈들이 나타났을 때 조금이라도 반격할 수단이 필요했다.

잠시 후 유마는 벽에 세워져 있던 쇠지레, 아니 강철검을 발견했다.

유마는 그것을 손에 들었다.

무게감이 상당했다. 크게 한 번 옆으로 휘둘러 보았다가 몸 전체가 그대로 딸려 갈 뻔했다.

—역시 전설의 검은 다르구나.

유마는 그 대검을 높이 치켜들고 자세히 들여다봤다.

보통 사람은 가질 수조차 없는 거대한 도신(刀身)은 성스럽기까지 한 빛을 뿜었다.

지금 유마가 가진 역량으로는 제대로 다룰 수가 없었다.

그렇다, 지금은…….

단련을 거듭해 이 대검을 완벽하게 다룰 수 있게 되면 분명 다크 나이트도 쓰러트릴 수 있으리라.

유마는 구태여 대검을 한 손에 들고 양발을 크게 벌려 자세를 갖추었다.

"하아앗!" 기합을 내지르며 의식을 집중하자 파지직 튀어 오르는 소리가 나며 동시에 대검이 창백한 빛을 띤다.

"유마."

갑자기 이름을 불린 유마는 움찔 놀랐다.

소리가 난 쪽을 돌아보니 그곳에는 아키토가 서 있었다.

눈 깜짝할 사이에 대검이 쇠지레로 변했다.

아니, 애초에 이것은 대검이 아니다. 전부 유마의 망상일 뿐이다.

그것을 자각함과 동시에 급격히 창피해졌다.

하지만 동시에 즐겁기도 했다. 아키토와 첫 만남에서 있었던 일을 그대로 재현한 것이었으니까.

"아키토."

"움직이지 마라."

아키토에게 다가가려던 유마를 목소리가 제지했다.

소리가 난 쪽을 보니 아키토 옆에는 검은 양복을 입은 남자가 서 있었다. 그뿐만이 아니다. 아키토의 등 뒤에는 얼마 전 유마의 집에 침입했던 젊은 남자의 모습도 보였다.

역시 이 두 사람은 동료였다.

"미안해, 유마. 붙잡혔어……."

아키토가 분한 듯이 아랫입술을 깨문다.

자기 탓이라며 자책하는 것이다. 아키토의 잘못이 아니다. 모든 잘못은 이놈들에게 있다.

분한 마음에 쇠지레를 든 유마의 손이 파르르 떨렸다.

하지만 그것은 이내 진정됐다. 잠시 잊고 있었지만 그랬다. 지금 자신은 무기를 들고 있다. 허를 찌르면 아키토를 구할 수 있을지도 모른다.

두렵지만 오직 하나뿐인 친구를 구하기 위해서라면 뭐든 할 수 있다.

─나의 왕국을 되찾기 위해.

유마는 속으로 중얼거리며 쇠지레를 힘껏 고쳐 쥐었다.

"쓸데없는 짓은 안 하는 게 좋아."

검은 양복을 입은 남자는 그렇게 말하며 아키토의 등 뒤에
있는 젊은 남자 쪽으로 시선을 돌렸다.

유마 역시 그쪽을 보니 젊은 남자는 전에 본 것과 똑같은
버터플라이 나이프를 손에 쥐고 그것을 아키토의 목덜미에
대고 있었다.

젊은 남자는 히죽히죽 웃으면서도 매섭게 눈을 번뜩였다.

지난번 유마에게 보였던 표정이다. 단순한 협박이 아니라
지시만 떨어지면 정말로 아키토를 서슴없이 죽일 생각이다.

"무기를 버려."

검은 양복을 입은 남자가 말했다.

남자의 붉은 눈이 냉철한 빛을 뿜고 검은 갑옷 사이에서는
독기가 피어올랐다.

"유마! 안 돼, 그러지 마!"

아키토가 몸을 내밀며 소리쳤다.

칼이 목에 살짝 닿았는지 빨간 피가 주르륵 흘러내린다. 하
지만 아키토의 눈에 두려움은 보이지 않았다.

정말로 아키토는 자신의 목숨을 버려서라도 유마를 구하려
는 것이다.

그런 모습을 본 이상 유마가 취할 행동은 하나밖에 없었다.

유마는 지시받은 대로 쇠지레를 손에서 놓았다. 요란한 소리와 함께 쇠지레가 지면에 떨어졌다.

아키토가 분한 듯이 눈을 감았다.

"무, 무기는 버렸어. 아, 아, 아키토를 놔줘."

유마는 간신히 쥐어 짜낸 목소리로 말했다.

더듬거리는 모습이 우스웠는지 젊은 남자가 큰 소리로 웃었다. 하지만 전혀 개의치 않았다. 그보다는 어서 아키토를⋯⋯.

"아직은 안 돼."

다크 나이트가 냉담하게 말했다.

"이, 이유가 뭐냐!"

"정말 아무것도 모르는 모양이구나. 우리가 원하는 건 너희 아버지 노트북에 들어 있는 데이터다."

"뭐?"

"지금까지 경찰에 압수되어 있었던 탓에 우리도 손에 넣을 수 없었다. 그 안에는 무척 중요한 데이터가 들어 있으니 그걸 건네다오."

"지, 집에 있으니까, 아, 알아서 가져가."

"우리가 아무것도 모를 줄 알았나?"

갑자기 다크 나이트의 말투가 변했다.

지금까지와 비교도 되지 않을 정도로 위압감 있는 목소리에 유마는 주춤했다.

"무, 무슨 말인지 모르겠는데?"

"네 아버지가 가지고 있던 데이터, 노트북을 가지고 나왔지? 그걸 내놔."

다크 나이트는 다 알고 있다는 듯이 말했다.

노트북은 자판기 뒤에 숨겨 놓았다. 그 사실을 전할까 했지만 정말 그런다고 모든 게 해결될까?

그들의 목적은 밝혀지지 않았지만 노트북을 건넨 순간 두 사람을 쓸모없다고 판단해 죽일지도 모른다.

"유마."

아키토가 유마를 불렀다.

다음 말은 하지 않았지만 노트북을 건네서는 안 된다고 눈으로 호소했다. 유마와 같은 생각을 하고 있는지도 모른다.

하지만 건네지 않으면 아키토는 목숨을 잃는다.

―어떡하지?

더 이상 떠오르는 방법이 없었다. 우리는 이제 이 사람들의 손아귀에서 벗어날 수 없을지도 모른다며 유마가 절망한 그 때, 멀리서 사이렌 소리가 들렸다.

순찰차가 내는 사이렌 소리 같았다.

다크 나이트가 쯧 혀를 찼다.

"잘 들어. 우리한테 데이터를 넘겨라. 그때까지 이 녀석은 우리가 데리고 있겠다. 잘 알아들었겠지?"

다크 나이트가 젊은 남자에게 신호를 보냈다.

젊은 남자는 고개를 한 번 끄덕이더니 아키토를 데리고 공장을 나갔다.

"거, 거기 서!"

유마는 남자의 뒤를 쫓아가려고 했지만 난데없이 무언가에 세게 부딪쳐 벌러덩 쓰러지고 말았다.

다크 나이트가 얼굴을 쑥 내밀며 일어서려고 하는 유마의 얼굴을 빤히 들여다본다.

"네 친구 목숨과 교환하자는 말이다. 꼭 데이터를 가져와. 그리고 이 일은 경찰한테 얘기하지 말고. 괜히 쓸데없는 소리 지껄이면 네 친구는 죽을 줄 알아."

다크 나이트는 그 말을 남기고 공장을 떠났다.

"아키토!"

유마는 간신히 몸을 일으켜 공장 밖으로 나갔다.

마침 검은색 왜건 한 대가 출발하고 있었다. 진하게 선팅이 된 유리에 바짝 달라붙어 이쪽을 보고 있는 아키토의 모습이 보였다.

무언가를 열심히 외쳐 댔지만 무슨 말을 하는지 알아들을 수 없었다.

"아키토!"

유마는 필사적으로 차를 따라갔다.

결코 따라잡을 수 없다는 사실을 알았지만 멈출 수 없었다.

유마가 정신없이 도로로 뛰어든 그때, 급하게 브레이크를

밟는 소리가 들렸다.

　아차 했을 때는 이미 늦었다.

　유마의 몸이 공중으로 솟구치더니 이내 아스팔트 바닥으로
떨어졌다.

　"아키토를 구해야……."

　유마의 의식은 어둠에 삼켜졌다.

제3장
다크 나이트

1

스즈네는 침울한 기분으로 요양 병원 건물을 올려다봤다.

학교를 나온 후 유마의 집을 방문해 인터폰을 눌렀지만 아무도 나올 낌새가 없었다.

유마가 행방불명이 되었다. 당연히 유마의 어머니가 아들의 연락을 기다리며 집에 있을 거라고 생각했는데 예상이 빗나간 모양이다.

학교까지 몰래 빠져나오며 찾아왔는데 헛걸음이 되고 말았다.

스즈네는 이렇게까지 필사적으로 매달리는 이유가 무엇인지 자기 자신도 설명할 수 없었다.

이제껏 한 반에 있으면서 유마와 대화다운 대화를 나누어 본 적은 단 한 번도 없었다.

특별한 계기가 없으면 졸업할 때까지 대화를 나눌 일은 한 번도 없었을 거고, 몇 년이 지나면 이름을 들어도 떠올리지 못했을 것이다.

그 정도로 스즈네의 눈에 비친 유마는 존재감이 없었다.

그랬던 게 어느 일을 계기로 완전히 달라졌다.

지금 유마는 뭔가를 하려고 한다.

그게 대체 무엇인지 스즈네는 무슨 일이 있어도 꼭 알아내고 싶었다.

—그게 왜 그렇게 궁금해?

스즈네는 자기 자신에게 물어보았다.

제대로 설명할 수는 없지만 분명 다시 시작하고 싶어서다.

잃어버린 시간을 되돌리듯 그날 스즈네가 하지 못했던 일을 하려고…….

스즈네는 생각에 빠진 채로 병원 입구를 통과해 접수처에서 면회 신청을 한 뒤 그대로 승강기에 올라탔다.

병원 승강기 안에 홀로 덩그러니 있으려니 어딘가에 자신의 마음을 버려두고 온 것 같았다.

스즈네는 4층에서 내려 복도를 걸었다.

늘 그렇지만 마음이 무거워진다. 이 앞에 어머니가 있다. 얼굴을 마주하기가 두렵다. 도망치고 싶은 마음이 들었지만 스즈네는 그것을 꾹 참았다.

병실 문을 열자 그곳에 어머니의 모습이 보였다.

전동 침대에 등을 기대고 앉아 멍하니 창밖을 내다보고 있다.

스즈네의 기척을 느낀 어머니가 천천히 스즈네 쪽으로 돌아봤다.

아직 40대이지만 실제 나이보다 스무 살은 더 많아 보였다. 주름투성이에 푸석하고 부스스한 머리는 대부분이 하얗게 세었다.

화장을 안 한 탓도 있겠지만 피부는 흙빛에 가깝고 거친 느낌이었다.

그 모습을 볼 때마다 스즈네는 나락으로 떨어지는 듯한 기분이 들었다.

"엄마. 몸은 좀 괜찮아?"

스즈네가 부르는 소리에 어머니는 미간을 찌푸리더니 고개를 갸웃거렸다.

―오늘은, 모르는 날이구나.

스즈네는 속으로 그렇게 중얼거리고서 조금 안심하는 자기 모습에 흠칫했다.

어머니가 초로기 치매 진단을 받은 것은 3년 전의 일이었다.

징후는 있었다. 다만 '나중에 생각해 보니까 그랬구나' 하는 수준으로 그때는 알아차리지 못했다.

더 일찍 알아차렸더라면 완치는 어려워도 진행을 늦출 수는 있었다.

반 친구들에게 어머니 일은 입도 벙긋하지 않았다. 초등학교 때 어머니가 병에 걸렸다는 사실을 얘기한 적이 있는데 친구들의 반응이 아주 끔찍했기 때문이다.

치매라는 단어가 주는 느낌 때문인지 어머니를 할머니라 부르는 아이가 있는가 하면, 어떤 점에서 무엇을 착각했는지 좀비 흉내를 내며 놀려 대는 남자아이들도 있었다.

제일 용서할 수 없었던 건 안타까워하는 척하며 뒤에서는 수군수군 터무니없는 얘기를 퍼트리는 아이들이었다.

화가 나서 미쳐 버릴 지경이었다.

어머니가 아프다는 이유로 부당한 괴롭힘을 당해야 한다는 게 전혀 이해되지 않았다.

다만 그런 생활은 오래가지 않았다. 어머니는 요양 병원에 입원하게 되었고, 스즈네의 중학교 입학과 동시에 어머니의 친정과 가까운 이 동네로 이사를 오게 되었기 때문이다.

지금 생각해 보면 어머니의 입원은 핑계일 뿐, 괴롭힘을 당하고 있던 스즈네를 지켜주기 위한 배려가 아니었을까 싶다.

그래서 중학교에 들어간 뒤로는 병에 대해 일절 입 밖에 꺼내지 않았다.

어머니 얼굴도 보고 세탁물도 회수할 겸 일주일에 세 번 정도 병원을 방문했지만 그 일도 일절 꺼내지 않았다.

지금 친하게 지내는 아이들도 병에 대해 알게 되면 그 순간 태도를 바꿀 게 뻔했다. 스즈네는 늘 아이들의 태도가 급변할지 모른다는 두려움 속에서 학교생활을 했다.

그래서 필요 이상으로 가까워지지 않으려고 노력했다.

"엄마, 내가 누군지 알아보겠어?"

스즈네의 질문에 어머니는 텅 빈 눈으로 스즈네를 빤히 봤다.

역시 못 알아보는 것 같다. 솔직히 못 알아볼 때가 마음은 더 편했다. 어머니에게는 스즈네를 알아보는 날과 그렇지 않은 날이 있다.

알아보는 날에는 제법 얘기를 나눌 수 있지만 아무래도 기억이 3년 전에 머물러 있어서 그런지 대화가 어긋나는 일이 많았다.

게다가 아무리 열심히 설명해도 다음에 왔을 때는 까맣게 잊어버리고 말았다.

무엇보다 그렇게 얘기를 나누고 나면 희망을 품게 됐다. 이제 두 번 다시는 회복할 수가 없는데, 언젠가 다시 예전처럼 함께 쇼핑하고 밥을 먹을 수 있지 않을까 하고 기대하게 됐다.

오늘은 못 알아보는 날이니까 이대로 병실을 나간 뒤 가지고 온 옷을 맡기고 세탁물만 받으면 해야 할 일은 끝이다.

스즈네는 그런 생각을 하며 안심하고 마는 자신이 한심하고 싶었다.

"스즈네."

병실을 나가려던 찰나, 어머니가 갈라진 목소리로 스즈네를 불렀다.

스즈네는 흠칫 놀라며 뒤돌아보았다.

"왜?"

스즈네는 애써 온화한 목소리를 내며 되물었다.

"요즘 노조미는 왜 안 보여?"

어머니의 말에 스즈네는 가슴이 철렁했다.

노조미는 스즈네의 집 맞은편에 살았던 소꿉친구다.

거의 매일 서로의 집을 왔다 갔다 했던 친구다.

"요즘 많이 바쁘대."

스즈네는 그렇게 말하며 웃어 보였다.

"그랬구나. 잘 지낸대?"

"늘 그렇지 뭐."

그 말을 끝으로 돌아오는 말은 없었다.

어머니는 어느새 잠들어 있었다.

스즈네는 아무 말 없이 병실을 나와 손을 뒤로 돌려 문을 닫고 그대로 문에 기댄 채 두 손으로 얼굴을 감쌌다.

조금 눈물이 났다.

2

하얀 천장이 보였다.

같은 색이지만 본인의 방과 어딘가 다르다는 사실은 금세 알았다.

몸을 일으키려고 하자 허리 부근이 조금 욱신거렸다. 통증과 함께 급속도로 기억이 되살아났다.

생각났다. 공장에서 나온 후 아키토가 탄 차를 쫓아 도로로 뛰어들었다. 그리고 그 순간 차에 치였다.

"아프진 않아?"

갑자기 들린 목소리에 퍼뜩 정신이 들었다.

침대 옆에 40대 정도로 보이는 의사가 앉아 있었다. 온화하게 미소 지으며 유마의 얼굴을 빤히 들여다본다.

"네, 네에."

허리에서 느껴지는 통증은 가볍게 부딪쳤을 때와 비슷한 정도라 크게 신경 쓰이진 않았다.

그 외에 특별히 아픈 곳은 없었다.

"울렁거린다거나 토할 것처럼 구역질이 난다거나 하진 않고?"

"괘, 괜찮아요."

"두통은?"

"어, 없어요."

거기까지 유마의 답을 들은 의사는 펜 라이트 빛을 비춰 동공의 움직임을 확인했다.

"엑스레이도 정상이었으니까 괜찮을 것 같은데, 그래도 오늘 하루는 병원에서 상태를 지켜보자."

의사는 그렇게 말하고서 자리에서 일어나 간호사와 함께

병실을 나갔다.

그와 동시에 의사와 교대하듯 어머니가 병실로 뛰어 들어왔다.

한눈도 팔지 않고 곧장 유마 곁으로 한달음에 온 어머니는 그대로 유마를 꼭 끌어안았다.

오랜만에 어머니의 냄새를 맡아 본 것 같았다.

"다행이다. 정말 다행이야."

어머니는 주문처럼 다행이라는 말을 반복하며 조금의 틈도 허용하지 않겠다는 듯 팔에 힘을 주었다.

보아하니 단순히 유마가 차에 치인 일로 걱정하는 것은 아닌 듯했다. 가출처럼 모습을 감추는 바람에 얼마나 가슴을 졸였는지 그 마음이 전해졌다.

"너까지 없어지면 엄마는……. 미안하구나. 엄마가 신경을 못 써 줘서……."

어머니는 더 이상 말을 잇지 못하고 큰 소리로 신음했다. 얼굴은 안 보이지만 울고 있는 것 같았다.

유마의 사고로 어머니 안에서는 아버지가 죽은 그날의 일이 선명하게 되살아난 게 분명했다.

그날 아버지는 평소와 다름없는 모습으로 집을 나섰다. 병원에 가는 날이었다. 하지만 시간이 지나도 아버지는 돌아오지 않았다.

수없이 전화를 걸었지만 아버지는 받지 않았다.

밤이 되어도 아버지는 돌아오지 않았다.

이쯤 되니 아무래도 이상하다는 생각이 들어 찾으러 나가려던 찰나에 경찰에서 전화가 걸려 왔다. 아버지가 전철 플랫폼에서 떨어져 마침 들어오던 특급열차에 치여 죽었다는 잔혹한 통보였다.

분명 어머니는 그때의 자신을 지금도 책망하고 있는 것이다. 경찰은 사고라고 했지만 어머니는 자살이라고 생각했다. 남편의 변화를 일찍 알아챘더라면 죽지 않았을 거라며 지금도 여전히 후회하고 있다.

유마가 행방불명이 되었을 때 어머니가 느꼈을 불안과 공포는 상상을 초월하는 것이었으리라.

집을 나갈 때는 오로지 어머니를 보호하고 싶은 마음에 대충 메모만 남겨 놓았는데, 좀 더 어머니를 배려했어야 하는지도 모른다.

하지만 유마는 떨고 있는 어머니를 선뜻 안을 수가 없었다.

오랜만에 느끼는 어머니의 온기 속에서 모든 것을 잊을 수가 있다면 얼마나 좋을까.

놈들에 대한 공포에서 벗어날 수도 있을 텐데.

하지만 그럴 수는 없었다.

아키토가 놈들에게 끌려가 버렸다. 어떻게든 아키토를 구해 내야 하고 그게 가능한 사람은 자신뿐이었다.

—엄마, 미안해요.

유마는 속으로 어머니에게 용서를 빌었다.

경찰에 얘기하면 아키토는 목숨을 잃게 될 거라고 놈들은 말했다. 그것이 진심인지 아닌지는 모르겠지만 어디서 감시하고 있을지 모르는 노릇이니 위험을 감수할 수는 없었다.

어떻게든 병원을 빠져나가 아키토를 구하기 위해 행동을 취해야만 했다.

유마는 혼자 결의를 다졌다.

거기에 찬물을 끼얹듯 똑똑 문을 두드리는 소리가 들렸다.

어머니는 그제야 유마에게서 떨어져 눈물을 닦고 코를 훌쩍이며 "들어오세요."라고 큰 소리로 말했다.

들어온 사람은 양복 차림의 두 남자였다.

순간 그놈들일까 봐 흠칫 몸을 떨었지만 이내 다른 사람이라는 사실을 깨닫고 안도하며 가슴을 쓸어내렸다.

자신들을 형사라고 소개한 두 사람은 각각 후지다, 또 한 사람은 진나이라고 본인들의 이름을 밝혔다.

진나이라고 이름을 밝힌 형사는 왠지 낯이 익었지만 기억이 나지 않았다.

"사고와 관련해서 조금 묻고 싶은 게 있는데, 아드님과 얘기 나눌 수 있을까요? 시간은 많이 빼앗지 않겠습니다."

후지다라는 형사가 말했다.

말투는 부드러웠지만 눈빛은 날카롭고 반론을 듣지 않겠다고 말하는 것처럼 보였다.

어머니는 잠깐 정도는 괜찮다고 말하며 자리에서 일어나 두 사람에게 의자를 양보했다.

형사들은 의자에는 앉지 않고 유마가 누워 있는 침대 옆에 나란히 섰다. 가까이 다가오자 숨이 막히는 듯한 위압감이 느껴졌다.

"저는 여기 있어도 되죠?"

어머니가 재차 확인하듯 조심스럽게 묻자 후지다는 어머니에게서 등을 돌린 채로 "네." 하고 짤막하게 대답했다.

어떤 이유에선지 어머니의 목소리는 조금 화가 난 것처럼 들렸다. 실제로 화가 났는지도 모른다.

아버지가 경찰의 오인 체포로 벼랑 끝까지 내몰렸으니 어머니가 경찰을 호의적으로 생각할 리가 없다.

네 개의 눈이 곧장 유마를 응시했다.

유마는 꿀꺽 침을 삼키고 가만히 숨죽였다. 쓸데없는 소리를 했다가는 아키토의 목숨이 위험해진다. 침착하자고 자신을 진정시켰지만 긴장도는 점점 높아졌다.

틀림없이 후지다라는 형사가 질문을 할 줄 알았는데 입을 먼저 연 사람은 진나이 쪽이었다.

"사고 났을 때, 도로 쪽으로 뛰어든 이유가 뭐니?"

"기, 기억 안 나요. 그, 근데, 일부러 뛰어든 건 아니고……."

놈들이나 아키토에 관한 질문을 받을 줄 알았는데 그게 아니라는 사실을 알고 나니 조금 마음이 편안해졌다.

이 형사들은 사고의 원인을 밝히려고 유마에게 질문하는 것이다.

"정말이야?"

"네, 네에."

"운전자는 네가 뭔가를 쫓고 있는 사람처럼 갑자기 뛰어들었다고 증언하던데……."

"그, 그럴 수도 있는데, 제, 제가 기억이 잘 안 나서."

유마는 고개를 가로저었다.

차를 운전하던 사람에게는 미안하지만 지금은 솔직하게 이야기할 상황이 아니다.

유마의 말을 믿었는지는 모르겠지만 진나이와 후지다는 말없이 서로의 얼굴을 마주 봤다.

눈빛만으로 이야기를 나누고 있는 것처럼 보이기도 했다.

"한 가지만 더 물어봐도 될까?"

진나이가 다시 유마 쪽을 봤다.

진나이의 눈빛은 어두웠다. 어디선가 본 것처럼 낯익다고 생각했는데 그게 아니었다.

이 눈빛은 아버지에게서 본 것과 같다.

자상하던 아버지가 아닌 사건이 일어난 후 빈껍데기만 남게 된 아버지의 눈이다.

"뭐, 뭔데요?"

"네가 누군가를 쫓아가는 것처럼 보였다는 증언도 있는데, 혹시 짐작 가는 게 없니?"

"어, 없어요."

유마는 머리를 숙인 채로 고개를 가로저었다.

거울을 볼 필요도 없었다. 지금 자신이 얼마나 동요하고 있는지 적나라하게 드러나고 있을 게 뻔했다.

"그래, 이야기 잘 들었다. 협력해줘서 고맙구나. 또 뭔가 기억나면 곧바로 연락 다오."

추궁당할 거라 예상했지만 형사들은 의외로 순순히 물러났다.

유마는 긴장이 풀리며 안도의 한숨이 새어 나올 뻔했지만 황급히 그것을 억눌렀다. 그런 모습을 보였다가는 뭔가 숨기고 있다며 의심받게 된다.

병실 문을 열고 나가려던 진나이가 갑자기 멈칫하며 뒤돌아본다.

"아키토가 네 친구니?"

심장이 튀어나오는 줄 알았다.

갑자기 여기서 왜 아키토의 이름이 나오는 걸까. 궁금하지만 그걸 물었다가는 제 무덤을 파는 꼴이 된다.

"가, 같은 반 친구예요."

"친한 친구인가 보구나."

"어, 네."

"사고 직후 네가 그 애 이름을 부르던데."

말문이 턱 막혔다.

이 사람이 어떻게 그걸 아는 걸까? 현장 근처에 있던 누군가가 증언했나?

"사고가 났을 때 마침 진나이가 우연히 현장 근처에 있어서 구급차를 불러줬어."

후지다가 어깨를 으쓱하며 말했다.

—그랬구나.

그래서 아키토에 대해 궁금했구나, 하고 그제야 납득했다.

"구, 구해주셔서 감사합니다."

유마는 허둥지둥 고개를 숙였지만 머리를 들었을 때 이미 두 사람의 모습은 병실에서 사라지고 없었다.

옆을 보니 역시 어머니도 허리를 굽히고 고개 숙여 인사하고 있었다.

3

"방금 걔, 거짓말하던데."

병실을 나와 대합실 의자에 나란히 앉자마자 후지다가 혼잣말처럼 중얼거렸다.

진나이도 똑같은 의견이었다.

더듬거리며 말을 해서 그렇게 느낀 것이 아니다. 표정 때문이다.

본인은 잘 감추었다고 생각했겠지만 감정이 그대로 표정에 드러났다.

애초에 진나이는 사고를 목격하기 전에 그 아이, 유마와 부딪치는 일을 겪었다.

당시 상태를 보면 굳이 얘기를 들어 보지 않아도 누군가에게 쫓기고 있는 것이 분명했다.

"역시 그 애 아버지 사건이랑 관련 있을까?"

후지다는 혼잣말처럼 중얼거렸다.

"뭐, 그럴 수도 있겠지."

"그건 정말 불쾌한 사건이었어……."

늘 쾌활한 후지다 치고는 보기 드물게 어깨를 축 늘어뜨리며 말했다.

그러는 진나이도 마찬가지였다. "그러게." 하고 대답하며 머릿속으로 그때의 일을 떠올렸다.

참 이상하게 불쾌한 일일수록 기억은 선명하게 남기 때문에 더 끔찍하다.

유마의 아버지인 유타를 체포했을 때, 진나이도 후지다도 현장에 있었다. 하지만 그렇다고 해서 실제로 수사에 참여했던 것은 아니다.

신설된 사이버 대책반을 지원하는 형식으로 가택 수색을 도왔을 뿐이다. 다행인지 불행인지, 유마와 그의 어머니는 두 사람을 기억하지 못하는 듯했다.

수사 영장을 내밀거나 취조에 참여했으면 몰라도 그저 현장에서 짐을 나르고 있던 형사를 하나하나 기억하지 못하는 건 당연한 일이다.

하물며 영문도 모른 채 혼란스러워하던 중이었다면 더욱 그렇다.

그때 어리둥절해하던 유타의 표정은 아직도 잊을 수가 없다.

자신이 직접 담당한 사건이 아니라 거의 말을 섞진 않았지만 그가 범인이 아니라는 사실은 그때 본 표정으로 짐작했다.

그래도 진나이는 묵묵히 작업을 계속했다.

동료들의 수사를 믿었고 재판소에서 영장도 나왔으니 범인이 틀림없을 거라고 대수롭지 않게 생각했다.

이제껏 수사 1과에 있으면서 강도나 살인 사건 수사에 익숙해졌기 때문이기도 했다.

시간이 더 흐른 뒤에야 사이버 범죄는 그런 사건들과 달리 몹시 복잡하고 증거를 찾기가 어렵다는 사실을 알게 됐다.

결과적으로 유타는 죽었다.

사고로 결론지었지만 모든 사람이 자살을 의심했다.

사건이 있은 후 유타가 어떤 상황에 처했을지는 굳이 조사해 볼 필요도 없이 뻔했다.

진나이를 비롯한 다른 경찰들조차 유타가 범인이라고 믿어 의심치 않았다. 이웃이나 회사 사람들, 혹은 친구들이 유타를 어떤 눈으로 보았을지는 불 보듯 뻔했다.

체포되었다는 사실만이 여기저기 퍼지고 이유도 없이 쏟아지는 사람들의 비방에 시달리다 결국은 벼랑 끝에 내몰렸을 것이다.

그렇게 생각하니 유타는 자살이 아니라 우리 경찰이 죽인 것이나 다름없었다.

보이지 않는 흉기로 서서히 정신을 좀먹는, 가장 잔혹한 방식으로 그를 내몬 것이다.

"그 애, 직접 만나 보니까 네가 왜 그렇게 몰두했는지 알겠더라."

후지다가 자조하듯 웃으며 말했다.

"그런 거 하고는 조금 달라."

진나이는 고개를 좌우로 흔들었다.

"그럼 뭔데?"

"그냥 궁금했어. 지금 무슨 일이 벌어지고 있는지가. 그리고 나한테도 어느 정도는 책임이 있어."

"너 자꾸 그런 식으로 자기 자신한테 책임 물어봤자 좋을 일 하나 없어."

"좋아지기를 바란 적도 없는데 뭘."

"하, 정말 요령 없는 인간."

"뭐, 그렇게 볼 수도 있고."

진나이는 후지다의 말에 동의하면서도 속으로는 다른 생각을 했다.

　자신은 요령이 없는 게 아니다. 지금껏 진나이는 계속 도망치기만 했다. 많은 것을 포기하고 자신이 상처 입지 않도록 그저 필사적으로 도망쳤다.

　그 결과 소중한 것을 잃게 됐다.

　그래서 이제는 도망치고 싶지 않았다. 사소한 질문에서 시작된 일이었지만 지금은 오직 그 답을 찾아내는 것만이 속죄할 수 있는 길이라는 생각이 들었다.

　어쩌면 자신이 잃어버린 소중한 것을 유마와 겹쳐 보고 있는 것일지도 모른다.

　"그래, 그럼 이제 어떡하려고?"

　"나도 몰라."

　진나이는 도망치듯 자리에서 일어났다.

　"모른다니?"

　"말 그대로야. 나도 잘 몰라서 내 방식대로 마주해 보려고."

　후지다가 보란 듯이 푹 한숨을 쉰다.

　"그래, 잘해 봐."

　"응. 그러려고."

　"복직은, 할 거야?"

　진나이가 막 걸음을 떼려던 찰나, 후지다가 그렇게 물어 왔다.

진나이는 자기도 모르게 걸음을 멈췄다.

또다시 불쾌한 기억이 머리를 든다.

콘크리트 바닥 위, 사지는 비정상적인 방향으로 뒤틀려 있고 머리에서는 피가 흐른다. 기괴하고도 현실감이 없는 시체였다.

"다시 돌아갈 일은 없지 않을까."

진나이는 차분한 목소리로 말했다.

자신을 만류하는 목소리에 맞서 제대로 반론할 수 없었기에 습관처럼 휴직이라는 형태를 취했을 뿐이다.

그 일 이후 혼자서 많이 고민했고 상담도 받았다. 다양한 선택지를 떠올려 보았지만 지금까지도 복직할 마음은 들지 않았다.

분명 앞으로도 그 마음은 변함없을 것이다.

"고집은."

후지다의 혼잣말을 뒤로 하고 진나이는 천천히 걸음을 내디뎠다.

4

〈달려라 메로스〉라는 소설이 교과서에 실려 있다.

친구를 위해 어떤 고난에도 과감히 도전하며 쉬지 않고 달리는 한 남자의 이야기다. 메로스도 이런 심정이 아니었을까.

하지만 지금 상황은 소설이나 게임이 아닌 잔혹한 현실이다.

원하는 결말을 맞이하리란 보장은 없다. 그러나 마음에 들지 않는다고 해서 게임처럼 다시 시작할 수는 없다.

주어진 현실 속에서 쉼 없이 앞으로 나아가는 수밖에 없다.

앞으로 달려가던 유마는 방금 자신이 한 생각에 무심코 웃음이 터져 나왔다. 언제부터 자신은 이런 식으로 소년 만화에나 나올 법한 생각을 하게 된 걸까.

분명 아키토에게 영향을 받은 거다.

아키토의 존재가 유마의 마음속에 내내 잠들어 있던 무언가를 불러 깨운 것이다. 그날 체육관 창고에서 가졌던 만남이 꽤 오래전 일처럼 느껴졌다.

필사적으로 달리던 유마였지만 점점 다리에 힘이 풀렸다.

원래도 체격이 좋은 편이 아닌 데다 평소에 운동도 열심히 하지 않았으니 이리되는 것은 당연한 일이었다.

얼마 안 가 유마는 달릴 수 없을 만큼 완전히 지쳐 버렸다.

다만 이대로 멈춰 서 있을 수는 없었다. 땀을 닦고 거칠어진 숨을 필사적으로 고르며 다리를 움직였다.

문득 어머니의 얼굴이 떠올랐다.

면회 시간이 끝나는 8시까지 어머니는 유마 곁에 내내 붙어 있었다. 떨어지면 또 어디론가 사라질지도 모른다는 불안을 안고 어쩔 줄 몰라 하는 느낌이었다.

어머니가 병실을 나간 뒤에도 유마는 침대 속에서 때를 기다렸다. 함부로 돌아다니다 다시 병실로 끌려오게 되면 한참 시달릴 것 같았기 때문이다.

9시가 넘어 병원 안에 불이 꺼지자 유마는 서둘러 옷을 갈아입고 몰래 병실을 빠져나갔다.

간호사에게 발각되지 않도록 최대한 주의를 기울이며 닌자처럼 몸을 구부리고 살금살금 이동하여 뒷문을 통해 탈출하는 데 성공했다.

그리고 현재, 아키토가 납치되었던 공장으로 향하는 중이다.

유마는 옆으로 왜건이 지나갈 때마다 흠칫 몸을 떨며 주위를 살폈다. 놈들이 언제 덮칠지 모를 상황이었기 때문이다.

―그놈들이 노리는 게 뭘까?

유마는 공장으로 향하며 원점으로 돌아가 다시 처음부터 생각해 보기로 했다.

아버지의 노트북에 중요한 데이터가 숨겨져 있다는 식으로 말했는데, 사람 목숨을 위태롭게 할 정도의 데이터라는 게 대체 뭘까?

노트북에 있던 데이터는 일단 대충 훑어보았는데 그 정도로 귀중한 데이터가 있어 보이지는 않았다.

애초에 그렇게 중요한 데이터가 아버지의 노트북 안에 숨겨져 있을 이유가 없다.

놈들이 원하는 숨겨진 데이터와 누명으로 체포되었던 아버지의 사건은 도무지 관련 있어 보이지 않았다.

어쩌면 자신은 터무니없는 착각을 하고 있는지도 모른다.

처음부터 전제가 잘못되었던 거라면? 배선을 연결할 때 잠깐 착각해서 순서를 바꿔 잘못 연결하는 일은 아주 흔하다.

유마는 자기도 모르게 걸음을 멈췄다.

―순서.

그 단어가 머릿속에서 빙글빙글 돈다. 그리고 마침내 유마는 한 가지 가설을 도출해 냈다.

유마는 그 남자들이 아버지를 함정에 빠뜨린 범인이라고 생각했다. 사기를 저지를 생각으로 아버지의 노트북을 장악했다고.

하지만 그것이 사실이라면 놈들이 유마 앞에 나타날 이유가 없다.

물론 유마가 아키토와 함께 진범을 잡겠다고 이것저것 파고 다니기는 했지만 IP 주소 소유자의 정보는 손에 넣을 수 없었기에 경찰 수사를 뛰어넘을 수는 없었다.

그 정도는 놈들에게도 큰 문제가 되지 않는다.

그런데도 놈들은 모습을 드러냈다. 체포될 위험까지 감수하면서.

하지만 여기서 순서를 바꿔 생각해 보면 하나둘 이해가 간다.

놈들이 사기를 치려던 게 아니라 처음부터 아버지가 가지고 있던 데이터를 노렸던 거라면?

인터넷 보안 컨설턴트였던 아버지는 뭔가 엄청난 시스템 데이터를 발견했다. 예를 들면 전 세계에 있는 컴퓨터에 자유롭게 드나들 수 있는 강력한 소프트웨어.

만약 그런 것이 발견되면 방화벽은 무용지물이 되고 유리로 세운 성벽과 다를 바 없어진다.

하지만 아버지는 그것을 공표할 생각이 없었다. 그 위험성을 충분히 알았기 때문이다.

그런 것이 돌아다니면 인터넷에서 개인 정보를 지킬 방법이 없어진다. 현대는 인터넷 없이는 성립되지 않는 시대이기 때문이다. SNS는 물론 인터넷 쇼핑에다 인터넷 뱅킹까지 현재의 시스템이 순식간에 무너지는 것이다.

그래서 아버지는 자신이 발견한 데이터를 아무도 모르게 감췄다.

그러나 데이터의 존재를 알아채고 꼭 손에 넣어야겠다고 욕심을 낸 무리가 있었다. 그것이 바로 놈들이다.

놈들은 데이터를 빼앗으려고 우선은 아버지를 인터넷 사기 사건의 범인으로 만들었다. 심지어 아버지를 전철 플랫폼에서 떠밀어 살해하기까지 했다.

기회를 봐서 데이터를 손에 넣을 생각이었지만 뜻하지 않게 방해꾼이 끼어들었다. 그것이 바로 아버지 사건의 진범을 잡으려고 한 유마와 아키토였다.

유마는 자신의 추론에 전율했다.

이해할 수 없었던 사상(事象)에 대한 답이 전부 나온 것 같았다.

그렇다면 상대는 상당히 강대한 조직이라는 말이 된다. 과연 자신에게 저항할 힘이 있을까?

그런 의문이 떠올랐지만 유마는 그것을 이내 머릿속에서 지웠다.

지금은 가능 여부를 따질 때가 아니다. 현재 아키토는 이미 그들에게 납치된 상태다. 맞서야 할 상대가 조직이든 개인이든 지금은 행동해야만 한다.

"나의 왕국을 되찾기 위해."

유마는 자신의 결의가 담긴 말을 입에 담으며 다시금 걷기 시작했다.

공장 앞은 쥐 죽은 듯 고요했다. 낮에 왔을 때도 느꼈지만 인기척이 없으면 정말 말도 안 되게 으스스한 곳이다.

유마는 그 와중에도 충분히 주위를 살피며 아무도 없는 것을 확인한 후 환한 빛을 뿜는 자판기 쪽으로 다가갔다.

누군가 훔쳐 가기라도 했으면 어쩌나 걱정했는데 다행히 노트북은 같은 자리에 숨겨져 있었다.

유마는 손을 뻗어 노트북을 집었다.

이제 놈들이 접촉해 오기만을 기다리면 된다. 아니, 그저 기다리기만 해서는 안 된다. 놈들이 순순히 아키토를 풀어 주리라 기대하진 않는다. 무언가 대책을 세워 둘 필요가 있다. 어쨌든 여기서는 작업이 어려우니 장소를 이동하는 편이 좋겠다고 생각했다.

막 출발하려던 유마의 팔을 뭔가가 붙잡았다. 사람의 손이었다.

"으아악!"

유마는 비명을 지르며 그 손을 뿌리치려고 했지만 꿈쩍도 하지 않았다. 더 강하게 저항해 볼까도 했지만 노트북을 떨어뜨릴 수는 없었다.

―놈들인가?

유마가 고개를 돌려 보니 그곳에는 한 남자가 서 있었다.

낯익은 얼굴이다. 병실에서 만났던 진나이라는 형사였다.

"우리 아까 봤지? 이런 데서 뭐 하니?"

유마는 무슨 말이든 하고 싶었지만 한마디도 할 수 없었다. 이 상황을 얼버무릴 변명을 미리 준비하지 못했기 때문이다.

그저 잠자코 있으면 상대의 의혹만 커질 뿐이다. 무슨 말이든 해야 한다며 조바심을 낼수록 유마의 머릿속은 새하얘졌다.

"지금 병원에 있어야 할 애가 왜 여기 있어?"

진나이가 더욱 거리를 좁혀 온다.

"두, 두고 온 게 있어서요. 그, 그것만 가지고 갈 거예요."

유마는 더 이상 버티지 못하고 입을 열었다.

"그 노트북?"

진나이는 유마의 손에 든 노트북 쪽으로 시선을 돌렸다.

"마, 맞아요. 이, 이제 병원으로 돌아갈게요."

유마는 진나이의 손에서 벗어나 당장이라도 도망칠 듯 뒤로 물러섰다.

진나이는 형사다. 여기서 괜히 입을 잘못 놀렸다가는 그때는 정말 아키토의 목숨이 위험해진다.

어떻게든 침묵을 지킨 채 진나이에게서 완전히 벗어나야 한다.

"대체 네가 숨기고 있는 게 뭐니?"

진나이가 다시 거리를 좁혀 온다.

그 눈은 이미 뭔가를 알고 있는 것처럼 보였다.

"어, 없어요. 아무것도 숨긴 거 없어요."

"무서워할 거 없다. 네 힘이 되어 주고 싶어서 그래. 아저씨한테 얘기해 줄 순 없을까?"

"지, 진짜예요. 진짜 아무 일도 없어요."

유마는 한 걸음 두 걸음 뒤로 물러섰다.

어느 정도 거리를 둔 뒤 단숨에 도망칠 생각이었다. 제대로 도망칠 수 있을지 어떨지는 모르겠지만 이대로 계속 캐물어 대면 끝까지 거짓말을 할 자신이 없었다.

실은 무섭고 또 무서워서 견딜 수가 없었다. 당장이라도 우는소리를 하며 누군가에게 매달리고 싶었다.

하지만 아키토의 목숨이 달려 있으니 그럴 수는 없었다.

"대체 뭐가 널 도망치게 하는 거니?"

"죄, 죄송해요!"

유마는 도망치려고 했지만 그 전에 진나이가 내뱉은 한마디에 몸이 굳어 버렸다.

"아키토."

"……."

"아키토를 구해야 한다고, 의식을 잃기 전에 네가 그랬지."

병원에서도 그랬다. 차에 치인 유마를 구해 준 사람이 진나이였다고. 어쩌면 정신이 없어서 정말 그때 그런 말을 했을지도 모른다.

"저는……."

"무슨 일이 있었는지 얘기해 줄 수는 없을까?"

진나이가 허리를 굽혀 유마와 시선을 맞췄다.

그 눈빛은 진지함 그 자체였다. 담임인 사카모토와 달리 유마를 진지하게 걱정해 주고 있다는 게 전해졌다.

그래도 역시 말할 수는 없었다.

"아, 안 돼요."

"아키토라는 친구를 구하고 싶어 하는 네 마음은 알아. 근데 너 혼자서 어떻게 구하려고?"

"그, 그건……."

아직 생각해 보지 않았다.

일단은 노트북부터 회수하고 앞으로의 일은 그 후에 생각하려고 했다.

"누군가에게 쫓기는 거면 혼자 힘으로 완전히 벗어나기는 어려울 거야."

"그, 그럴지도 모르지만……. 그, 그래도……."

"그래도, 뭐?"

"겨, 경찰한테는 말 못 해요!"

유마는 거칠게 내뱉고서 그대로 진나이의 시선을 무시한 채 도망치려 했지만 미처 빠져나가기도 전에 양쪽 어깨를 덥석 붙잡혔다.

"경찰한테 얘기하지 말라고 협박당했구나?"

진나이가 유마에게 물었다.

아무래도 엉겁결에 쓸데없는 소리를 한 모양이다. 혹은 그렇게 되도록 진나이에게 유도됐거나.

그렇다고 괜히 여기서 솔직하게 인정할 수는 없었다. 유마는 그 말을 부정하려 했지만 그러기도 전에 무의식적으로 시선을 피했다.

"그런가 보구나. 그런 이유라면 안심해도 된다. 이 아저씨는 경찰관이 아니니까."

"그, 근데, 병실에서……."

그때 분명 진나이는 자신을 경찰이라고 소개했다.

"실은 곧 경찰을 그만둘 생각이거든. 지금은 휴직 중이기도 하고. 병실에 갔을 때 아저씨가 경찰 수첩은 안 꺼냈지? 아저씨한테 없어서 그런 거야."

그러고 보니 진나이는 경찰 수첩을 꺼내지 않았다. 하지만 그게 사실이라면 이번에는 반대로 이해가 안 된다. 그렇다면 그때 진나이가 사정을 들으러 온 이유는 뭘까?

말은 안 했지만 유마가 무엇을 궁금해하는지 알아차린 듯 진나이가 자조적인 미소를 지으며 이야기를 이어 갔다.

"사건이 하나 있었는데 말이야. 그때 이 아저씨한테 무척 가슴 아픈 일이 있었어. 그래서 경찰에는 더 있기 힘들어서 그만두기로 한 거란다."

"사, 사건이요?"

당연히 병실에 온 이유를 설명할 거라 예상했는데 느닷없이 시작된 신세타령에 오히려 유마가 당황했다.

"그래. 아저씨 때문에 사람이 죽어 버렸어. 그 일 때문에 견딜 수가 없었단다…….."

거기까지 말한 후 진나이는 문득 고개를 들었다.

유마가 봤을 때는 쏟아지려 하는 눈물을 참고 있는 모습 같았다.

"모, 못 견디겠다고 그만둬요?"

유마에게 진나이는 생판 남이나 다름없는 존재였지만 그가 품은 저 감정이 어떤 것인지 궁금해졌다.

"그래. 그럴 생각이었지."

진나이는 유마의 어깨에서 손을 떼고 사뿐히 일어나 자판기 앞으로 걸어갔다.

"뭔가 좀 마실까?"

"네?"

"날이 꽤 쌀쌀해졌어. 따뜻한 녹차도 괜찮니?"

유마가 진나이의 질문에 어떻게 대답해야 할지 몰라 잠자코 서 있자 진나이는 그것을 동의로 받아들였는지 주머니에서 동전을 꺼내 페트병에 든 따뜻한 녹차를 두 개 사서 한 개를 유마에게 건넸다.

"가, 감사합니다."

유마는 감사의 마음을 전하고 그것을 받아 들었다.

흥분해서 몰랐는데 따뜻한 페트병에 닿고 보니 몸이 꽤 식어 있었다.

느낌이 이상했다. 바로 조금 전까지는 진나이에게서 도망치려고 애를 썼는데 지금은 이 사람이 경찰을 그만두려고 하는 이유가 궁금했다.

그것을 알고 난 뒤에 도망쳐도 늦지 않다는 생각이 들었다.

진나이는 유마가 지금 도망칠 생각이 없다는 사실을 알았는지 근처에 있던 연석에 앉아 두 손에 든 페트병을 가만히 응시했다.

오랜 침묵 끝에 진나이는 다시 자신의 이야기를 풀어놓기 시작했다.

"언제부터 잘못된 건지 나도 잘 모르겠구나. 그저 내가 깨달았을 때는 이미 손을 쓸 수 없는 상태였어. 아니, 아니구나. 실은 다 알고 있었단다. 그런데 내가 모른 척했던 거지."

진나이가 들고 있던 페트병이 우두둑 소리를 내며 찌그러졌다.

저절로 손에 힘이 들어간 것이다.

"왜, 왜요?"

유마의 질문에 진나이는 천천히 고개를 돌렸다.

유마는 자기도 모르게 흠칫했다. 자신을 바라보는 그 눈동자는 살아 있다는 게 믿기지 않을 만큼 어둡고 탁했기 때문이다.

"그때는 일이 바빴거든. 그래서 나중에 이야기를 들어주자고 그런 식으로 생각했어. 근데……."

진나이가 힘없이 고개를 흔든다.

"바, 바쁘면 어쩔 수 없죠."

자신을 지나치게 책망하고 몰아세울 필요는 없다.

어른이나 아이 할 것 없이 누구에게나 어쩔 수 없는 순간이라는 게 존재한다.

"너는 참 배려심이 많은 아이구나."

진나이가 희미하게 웃었다.

"제, 제가 뭘요……."

유마는 그것이 배려심의 문제가 아니라는 생각이 들었다.

"실은 어쩔 수도 있었지."

진나이가 눈머리를 꾹 누르며 고개를 떨궜다.

"어쩔 수도 있었다니요?"

"일이 바빴던 건 사실이란다. 그럼 바쁘지 않았으면 이야기에 귀를 기울였을까, 하고 묻는다면 뭐라 할 말이 없구나. 아마 아저씨는 시간이 있었어도 제대로 이야기를 들어주지 않았을 거야."

"왜요?"

"대수롭지 않은 일이라고 혼자 단정 짓고 있었으니까. 지금 안 듣는다고 해서 누가 죽을 만큼 큰일은 아니다. 그런 식으로 그저 문제를 미루고 또 미루었단다. 아니, 아니구나. 분명 정면으로 마주하기가 두려웠던 거야."

"두려워요?"

진나이 같은 어른이 무언가를 두려워한다니 의외였다.

무엇보다 너무나 무방비한 진나이의 모습에 유마는 당황했다.

"그래. 하지만 가령 이야기를 들어 주었어도 결국 아저씨는 아무것도 하지 않았을 거란다. 그게 아저씨의 제일 큰 죄야."

"왜 아무것도 안 했을 거라고 생각하세요?"

유마는 그렇게 물으며 진나이에게 다가갔다.

그 기척을 느꼈는지 진나이는 다시 고개를 들고 유마를 보며 싱긋이 웃었다. 하지만 그 미소에 담긴 감정은 깊은 슬픔이었다.

"사태의 심각성을 이해 못 했어. 그래 봤자 죽기야 하겠냐고 혼자 단정 지었던 거야. 어리석게도…….'"

진나이는 감정이 흘러가는 대로 이야기를 할 뿐이라 구체적으로 어떤 일이 있었는지는 알 수 없었다.

다만 그런 와중에도 진나이가 같은 잘못을 반복하지 않으려고 유마의 이야기에 귀를 기울이려 한다는 것이 전해졌다.

유마가 아무 말 없이 이 자리를 떠나면 진나이는 또다시 커다란 후회에 시달릴 것이 분명했다.

그것은 자신의 책임이기도 했다.

"어쩌다 보니 재미없는 얘기를 들려주게 되었구나."

진나이는 미안하다는 듯 머리를 긁적이며 우울한 기분을 떨치려는 듯 자리에서 벌떡 일어났다.

유마는 아무 말 없이 그저 고개만 가로저었다.

방금 한 이야기는 재미가 있느냐 없느냐를 따질 내용이 아니었다. 진나이는 유마처럼 자신의 주위에 성벽을 쌓지 않고 있는 그대로의 모습을 보여 주었다.

자신이 상처받을 것을 알면서도…….

아니, 오히려 상처받기를 원하며 도발하고 있는 것처럼 보였다.

"저, 저는……."

"혹시 괜찮다면 네 얘기를 들려주겠니?"

진나이가 유마의 눈을 똑바로 응시했다.

5

요양 병원에서 나온 스즈네는 도무지 집으로 돌아가고 싶은 마음이 들지 않았다.

한 번에 피로가 몰아닥치며 기분이 우울해졌다.

어머니가 과거를 기억해 낸 날은 늘 그랬다.

일시적이라는 걸 알면서도 어쩔 수 없이 '혹시나' 하는 희망을 품게 된다.

희망이란 몹시 잔혹하다.

차라리 아무것도 기억해 내지 못하고 자신을 알아보지 못하면 얼마나 마음이 편할까.

어중간하게 희망을 품게 되니까 마음이 피폐해지는 거다.

잠시 후 스즈네가 도착한 곳은 주택가 한 모퉁이였다.

똑같은 면적에 똑같은 색으로 벽과 지붕을 올린 집이 늘어서 있다. 전부 같지 않으면 무리에 끼워 주지 않겠다고 말하는 듯한 기분마저 들었다.

초등학교 때 스즈네는 이 동네 한 모퉁이에 있는 집에서 살았다.

이곳에 살았을 때는 평화와 행복이 모두에게 평등하게 주어지는 것이라고 믿었다.

자기 가족이 그 테두리에서 벗어나게 될 거라고는 상상조차 못 했다.

그대로 골목을 지나 예전에 자신이 살았던 집 앞까지 가 볼까도 했지만 첫걸음이 떨어지지 않았다.

이제 와서 이런 곳에 와 봤자 아무 의미도 없다는 걸 깨달았다.

스즈네의 가족이 살았던 집은 누군가에게 팔렸고, 그 집을 산 다른 누군가가 평화와 행복을 만끽하고 있을 테니까.

찾아가 봤자 그 현실을 억지로 마주해야 할 뿐이다.

희망을 가지는 것은 잔혹한 일이라고 생각하면서도 결국 스즈네는 그 희망에 매달리고 싶어 했다.

—역시 그냥 가자.

스즈네는 뒤로 돌아 되돌아가기 시작했다. 비슷한 나이로 보이는 여학생이 맞은편에서 걸어왔다. 어쩌면 아는 아이일지도 모른다.

스즈네는 상대방과 눈이 마주치지 않도록 발밑으로 시선을 떨구었다.

여학생은 스즈네의 옆을 스쳐 지나갔지만 스즈네가 누구인지 알아보지는 못했다. 그대로 떠나려는데 갑자기 "스즈네!" 하고 부르는 소리가 들렸다.

스즈네는 반사적으로 뒤돌아볼 뻔했지만 간신히 참아냈다.

지금 반응하면 인정하는 것이나 다름없다. 스즈네는 듣지 못한 척을 하며 그대로 가던 길을 걸어갔다.

"기다려 봐! 너, 스즈네지?"

뒤에서 스즈네를 부르는 목소리가 쫓아온다.

귀를 찌르는 듯한 그 목소리는 스즈네에게도 익숙했다. 맞은편 집에 살았던 노조미다.

어릴 때 친하게 지냈던 아이로 초등학교 때는 함께 손을 잡고 등교하기도 했다.

절친이라 부를 수 있는 존재였다.

하지만.

어머니가 병에 걸리면서 스즈네가 학교에서 괴롭힘을 당하게 되자 그 일을 계기로 노조미는 더 이상 스즈네에게 말을 걸지 않았다.

대놓고 무시하지는 않았다. 스즈네 쪽에서 말을 걸면 항상 웃는 얼굴을 대답해 주었지만 대화가 길게 계속되지는 않았다.

이전에는 함께 놀자고 하면 곧장 알았다고 해 주었는데, 괴롭힘을 당하게 된 후로는 약속이 있다면서 거절했다.

그러는 사이 관계는 점점 멀어졌고 노조미는 어느새 상당히 먼 존재가 됐다.

함께 손을 잡고 걸었던 게 꿈이었나 싶을 정도로 두 사람의 사이는 멀어졌다.

눈에 보이지 않는 벽을 둘러치고 이 너머로는 들어오지 말라고 하는 것 같았다.

그 일은 스즈네에게 학교에서 당하는 괴롭힘보다 훨씬 고통스러웠다.

"너 스즈네 맞잖아. 응? 그렇지?"

시종일관 무시하는데도 노조미는 계속 뒤를 따라왔다.

하지만 역시 두 사람 사이에는 거리가 있다.

확인하고 싶으면 옆에 나란히 서거나 앞으로 돌아가서 얼굴을 확인하면 그만인데 절대 그렇게는 하지 않았다.

그때 쳤던 벽이 아직 남아 있는 것인지도 모른다.

"스즈네, 나야. 노조미."

스즈네가 걸음을 멈추자 노조미도 멈췄다.

절대로 옆에 서지는 않았다. 대각선 뒤에 서서 탐색하듯 빤히 보고 있는 것이 피부로 느껴졌다.

"전 그쪽 몰라요."

스즈네는 앞을 본 채로 그렇게 말하고서 다시 걷기 시작했다.

성가신 시선은 느껴졌지만 노조미는 그 이상 쫓아오지 않았다.

걸어가며 문득 고개를 들어 보니 저 멀리 예전에 다녔던 학교가 보였다.

─저기는.

가 봤자 조금 전 주택가와 마찬가지로 불쾌한 기억만 떠오르리라는 건 알았다. 하지만 거스를 수 없는 인력에 이끌렸다.

어디를 어떻게 걸었는지는 몰라도 정신을 차렸을 때는 학교 앞에 서 있었다.

단순히 어두워졌기 때문에 벽이 칙칙해 보이는 것은 아니리라. 원래 하얀색이었던 벽이 세월이 지나면서 배기가스와 먼지를 뒤집어쓰고 색이 변한 것이다.

바로 얼마 전에 이렇게 된 것이 아니라 스즈네가 있던 시절부터 이런 상태였다.

스즈네는 교문을 타 넘어 학교 건물을 향해 걷기 시작했다.

우뚝 솟은 교사는 마치 거대한 벽처럼 보였다. 밤이라는 점도 더해 그 존재감이 더 두드러져 보였다.

─이런 곳에 있어 봤자 아무것도 달라지지 않아.

스즈네가 가볍게 고개를 절레절레 젓던 그때, 휴대폰에 메시지가 도착했다. 에미를 비롯한 여자아이들이 또 집요한 괴롭힘을 시작했거니 했지만 이번에 메시지를 보낸 사람은 다른 여자였다.

6

현관 밖에서 통화를 끝낸 진나이는 긴 한숨을 토한 뒤 마음을 다잡고 자신의 집으로 들어갔다.

집 중앙에는 무릎을 끌어안고 웅크린 채로 유마가 앉아 있다.

유마는 몹시 불안해 보이는 표정으로 진나이를 쳐다봤다. 통화 내용이 신경 쓰이는 것이다.

"걱정 안 해도 돼. 잘 설명해 드렸으니까."

진나이는 애써 미소를 지어 보였다.

조금 전까지 진나이가 휴대폰으로 대화한 상대는 유마의 어머니다.

반쯤 정신이 나가 버린 유마의 어머니를 진정시키느라 꽤 힘들었다. 처음에는 유괴범으로 오해받아 경찰에 신고도 당할 뻔했다.

진나이는 유마의 어머니를 간신히 진정시킨 뒤 후지다의 도움을 받아 자신이 경찰임을 증명했다. 휴직 중이라는 사실은 굳이 밝히지 않았다.

낮에 병원에서 만났던 게 다행이었다.

문제는 거기서부터였다. 당장 데리러 오겠다는 유마의 어머니를 진정시키려면 당분간 자신이 유마를 맡고 있겠다는 뜻을 전할 수밖에 없었다.

진짜 이유는 밝히지 못했다. 유마가 그것을 거절했기 때문이다.

어머니를 걱정시키고 싶지 않다는 유마의 의사를 존중해 적당한 거짓말로 설득해 보았지만 쉽지는 않았다.

당연한 일이다.

어쨌든 유마는 집을 나온 뒤 교통사고를 당했다. 같은 일이 벌어질까 봐 불안해하는 것은 당연한 일이다.

그래도 어떻게든 유마의 어머니를 잘 설득한 덕분에 집으로 돌아올 수 있었다.

"버, 번거롭게 해드려서 죄, 죄송해요."

유마가 고개를 숙이며 사과했다.

"아니다, 뭘. 그보다 앞으로 어떻게 할지 의논해 보자꾸나."

진나이는 유마 앞에 앉으며 그렇게 말했다.

"조, 좋아요."

유마가 턱을 긁적이며 고개를 끄덕인다.

대수롭지 않은 일처럼 이야기했지만 사태는 그리 단순하지 않다. 유마가 한 이야기가 전부 사실이라면 지금 아키토라는 소년이 납치되었다는 뜻이 된다.

휴직 중이라고는 하나 현직 경찰인 진나이가 그 사실을 알면서도 보고하지 않는다면 그에 상응하는 처분을 받게 될 것이다.

거기까지 생각이 미쳤을 때, 진나이는 저도 모르게 웃음이 나왔다.

"가, 갑자기 왜 웃으세요?"

유마의 말에 진나이는 미안하다며 사과하고는 황급히 웃음을 거두었다.

유마를 보고 비웃은 것은 아니다. 경찰을 그만둘 생각이었으면서 그 순간에 어떤 처분을 받을지 걱정하는 자신이 너무나도 우스웠기 때문이다.

"아니, 아무것도 아냐. 그보다 조금 전에도 말했다시피 아키토를 어떻게 구할지나 생각해 보자."

진나이의 제안에 유마는 어리둥절한 표정을 지으면서도 고개를 끄덕였다.

"놈들이 노리는 건 노트북 안에 있는 데이터예요. 그래서 아키토를 인질로 삼은 거고요."

"대체 그 데이터가 뭐길래?"

"저도 아직은 잘 몰라요. 놈들한테 연락이 오기 전까지 그 데이터의 정체를 밝혀내야죠."

자동차 정비 공장 앞에 있을 때에 비하면 유마는 훨씬 말이 많아졌다. 진나이를 아군이라 인식하게 되었기 때문이리라.

그 사실에 진나이는 충족감을 느꼈다.

과거에는 상대의 마음을 알면서도 아무런 노력도 안 했다. 그리고 그 결과 최악의 결말을 맞이했다.

진나이는 유마의 이야기에 귀를 기울여 그때의 잘못을 만회하려는 것인지도 모른다.

그것이 단순한 자기만족임을 알았지만, 그래도……

"정체를 밝힐 수 있을 것 같아?"

진나이의 물음에 유마가 복잡한 표정을 짓는다.

"모르겠어요. 그래도 해 봐야죠, 뭐."

"그래. 이 집에는 원하는 대로 있어도 되니까 너는 데이터 분석에만 집중해."

"도와주셔서 정말 감사합니다."

유마가 정중하게 고개를 숙였다.

"그런 말을 주고받는 건 전부 다 끝나고 난 뒤에나 하자. 아무튼 그 사이에 난 아키토를 납치한 놈들의 정체를 파헤치 도록 하마."

진나이의 말에 순간 유마의 표정이 어두워졌다.

"그, 근데 그러면……."

경찰이 움직여 아키토의 신변에 위험이 닥칠까 두려워하는 것이다.

"아저씨 혼자서 조사할 거야. 그러니까 경찰이 대대적으로 수사를 벌일 일은 없어. 그놈들도 네가 경찰에 얘기했다는 사실은 모를 거다."

유마가 납득할 수 있게끔 진나이가 잘 타이르자 어두웠던 유마의 표정이 조금은 누그러졌다.

반면 진나이는 쓴웃음을 지었다. 이 사실이 알려지면 그때는 정말 징계 면직이다. 자기 발로 뛰쳐나가려 했던 조직에 또다시 집착이 생겨났다는 사실에 진나이는 놀랐다.

그런 자신이 지긋지긋하다고 생각한 그때, 꼬르륵 배꼽시계 소리가 울렸다.

유마는 배를 움켜쥔 채로 고개를 푹 숙였다.

"우리 뭔가 좀 먹을까?"

진나이의 제안에 유마가 어물어물 제대로 답을 하지 못하고 주저했다.

"여기까지 와서 뭘 사양하고 그래. 배가 고파서는 싸울 수 없다는 말도 있잖아. 뭐, 그래 봐야 컵라면밖에 없지만."

진나이가 자리에서 일어서자 유마는 죄송하다며 사과했다.

진나이는 '이 아이는 대체 뭐가 그렇게 미안한 걸까.' 하는 의문을 가졌다가 동시에 유마가 이제껏 어떤 삶을 살아왔는지를 깨달았다.

이 아이는 온갖 부당함에 노출되어 자신의 감정을 죽이고 살아온 것이다. 그래서 언제나 주위 사람의 눈치를 살피고 무슨 일만 있으면 반사적으로 사과하는 것이다. 본인에게는 아무 잘못도 없는데……

"자, 그럼 우선은 물부터 끓여 볼까."

진나이는 주방으로 들어가 전기 포트에 물을 넣고 스위치를 눌렀다.

데워진 물이 부글부글 끓는 소리를 들으며 진나이는 아들의 얼굴을 떠올렸다.

마지막으로 만난 것은 대략 4개월 전이었다.

저렴한 패밀리 레스토랑에서 식사했는데, 그때 아들은 뭔가를 할 때마다 죄송하다며 사과했다.

자리에 앉을 때나 직원이 주문을 받으러 왔을 때도 내내 바닥을 보며 사과했다.

분명 지금의 유마와 같은 심경이었으리라. 그래서 연신 사과했던 것이다. 이제 와서 깨달아봤자 이미 끝난 일이다.

자신에 대한 분노가 들끓었다. 할 수만 있다면 지금 당장 자신의 존재를 지워 버리고 싶을 정도로 격렬한 분노가.

"물, 다 됐어요."

유마의 말에 진나이는 퍼뜩 정신을 차렸다.

"아, 그래. 그렇지 참."

진나이는 컵라면을 가져와 전기 포트로 끓인 물을 부은 다음 젓가락과 함께 식탁 위에 내려놓았다.

"죄, 죄송합니다."

유마가 또다시 사과한다.

진나이는 그 목소리에 참을 수 없는 비통함을 느꼈다.

"이런 상황에서는 죄송하다는 말보다 고맙다는 말이 더 좋을 것 같구나."

진나이는 유마의 얼굴을 들여다보며 말했다.

유마는 잠깐 당황하는 모습을 보였다가 이내 "감사합니다."라고 말한 뒤 컵라면을 먹기 시작했다.

뜨거운 음식을 잘 먹지 못하는지 허둥대며 먹는 모습에 진나이는 저절로 픽 웃음이 나왔다.

7

뻑뻑해진 눈을 비비며 유마는 쓰러지듯 바닥에 대자로 누웠다.

어젯밤 컵라면을 먹은 뒤로 조금밖에 못잤다.

아침 일찍 일어나 노트북 앞에 앉은 유마는 그 후로 쭉 데이터를 분석했지만 아직도 놈들이 원하는 데이터가 어떤 것인지는 알아내지 못했다.

하드 디스크 속 데이터를 샅샅이 조사해 보았지만 그럴싸해 보이는 데이터는 발견하지 못했다. 숨겨진 파일도 보이지 않았다.

그렇다면 어딘가 다른 데이터에 섞여 있다는 말이 된다.

아버지의 노트북에 설치된 데이터 소스를 표시한 후 부자연스러운 점이 없나 조사해 봤지만 아직 이렇다 할 특이점은 발견하지 못했다.

애초에 백 개가 넘는 소프트웨어의 데이터를 전부 조사하려면 막대한 시간이 필요하다. 유마 혼자서 하기에는 너무 벅찬 일이다.

그렇다고 진나이에게 부탁할 수도 없었다.

데이터 분석에는 어느 정도 전문적인 지식이 필요하기 때문이다. 게다가 진나이도 시간이 남아도는 상황이 아니었다.

지금도 아버지의 사건을 원점부터 재검토하기 위해 부지런히 뛰어다니고 있다. 사건을 재검토하며 놈들의 정체를 알아내려는 것이다.

놈들의 정체를 알아내면 그보다 더 좋은 일은 없다.

굳이 유마가 데이터까지 분석할 필요도 없이 놈들의 아지트를 알아내어 아키토를 구하면 된다.

"정신 차려."

유마는 굳이 소리 내어 말하며 몸을 일으켰다.

이런 식으로 타인에게 의지하는 짓은 포기하는 것과 마찬가지다. 아키토를 구하려면 전력을 다해야만 한다.

유마는 다시 데이터를 꼼꼼하게 분석하기 시작했다.

나열된 문자열을 보고 있자니 아키토와 있었던 일이 뇌리를 스쳤다. 학교에서는 다른 사람에게 들키지 않도록 둘이서 암호로 대화를 주고받았다.

별것 아닌 사소한 이야기였다. 암호도 그다지 어려운 것은 아니었다. 그래도 즐거웠다.

그것은 둘이서 비밀을 공유하고 있다는 데서 오는 기쁨이었을 것이다.

슬며시 미소가 지어지던 순간, 휴대폰이 울리며 메시지가 도착했다.

유마는 메시지를 보낸 사람의 이름을 보고 "응?" 하며 의아하다는 듯 고개를 갸웃거렸다. 거기에는 '아이카와 스즈네'라고 적혀 있었다.

앞자리의 그 여학생이다. 스즈네에게는 번호를 알려주지 않았다. 그런데 무슨 수로 메시지를 보낸 걸까?

아니, 그건 별로 중요한 문제가 아니다. 다른 사람에게 물어 유마의 번호를 알아냈을 수도 있다.

그보다 스즈네가 메시지를 보낸 이유가 더 궁금했다.

메시지를 열어 보면 읽음 표시가 뜨기 때문에 유마가 읽었다는 사실을 알게 된다. 그걸 피할 방법이 전혀 없지는 않지만 일시적인 대책에 불과하다.

—어떡할까.

유마는 메시지를 읽어야 할지 말지 망설였지만 결국 스즈네가 보낸 메시지의 내용이 궁금해서 그냥 열어 보기로 했다.

첫 줄에 사진이 첨부되어 있다.

사진 속에는 유마가 아키토와 주고받았던 암호문이 찍혀 있었다. 계단에서 스즈네가 들이밀었던 것과는 다르다.

"이걸 어떻게……."

유마의 입에서 자기도 모르게 소리가 새어 나왔다.

하지만 이내 그 질문의 답에 당도했다. 그때는 우연히 주웠다고 생각했는데 그게 아니었다. 교실에 있는 아키토의 책상에서 끄집어낸 것이다.

하지만 유마는 그다음에 적힌 메시지에 더 놀랐다.

〈오늘 집에 같이 가자, 내가 제대로 해독한 거 맞아?〉

스즈네가 보낸 메시지에는 그렇게 적혀 있었다.

유마는 온갖 감정이 뒤섞이며 점점 입안이 바싹 말라 갔다.

아키토를 제외하고는 암호 해독법을 가르쳐 준 사람이 없었다. 그런데 어떻게 스즈네가 쪽지에 적힌 문장을 해독한 것일까?

아키토에게 들었을지도 모른다. 그렇게 생각했다가 이내 머릿속에서 지웠다. 아키토가 다른 사람에게 암호 해독법을 가르쳐 주었을 리 없다.

스즈네가 혼자 힘으로 해독한 것일까?

물론 해독하기 어려운 암호는 아니지만 그래도 스즈네 혼자서 암호를 해독했다고 생각하기는 어려웠다.

우연히 맞힌 것이 분명하다.

유마는 구태여 영숫자 나열 암호를 사용해 메시지를 보냈다. 〈암호 이해한 거야?〉라고 쓴 간단한 메시지였다.

5분 정도 지나자 다시 스즈네한테 메시지가 왔다.

거기에는 영숫자가 나열되어 있었다. 정해진 규칙을 정확히 따른 암호문이다. 해독하면 〈맞아.〉가 되었다.

아무래도 스즈네는 스스로 암호를 해독한 모양이다.

그렇다면 문제는 스즈네가 무슨 목적으로 그것을 유마에게 보냈느냐 하는 것이다.

문득 놈들이 머릿속에 떠올랐다.

어쩌면 스즈네는 그놈들과 한패인지도 모른다. 그럴 가능성은 충분히 있다. 그렇게 생각하자 갑자기 무서워졌다.

이대로 메시지를 계속 주고받는 것은 지극히 위험한 행동이다.

유마가 휴대폰을 놓으려던 그때 다시 스즈네로부터 메시지가 왔다. 앞서 보낸 메시지와 마찬가지로 영숫자가 나열되어 있다.

〈너 아키토랑 뭘 하려는 거야.〉

그렇게 적혀 있었다.

스즈네가 어떤 의도로 이런 메시지를 보냈는지 유마는 알길이 없었다.

어떻게 답장할까? 아니 애초에 답장을 보낼 필요가 있기는 한가?

하지만 메시지의 내용으로 미루어 볼 때 스즈네는 뭔가를 아는 것이 분명했다. 스즈네가 무엇을 알고 있는지 궁금하지 않다고 하면 거짓말이다.

고민에 빠진 유마의 생각을 방해하듯 철컥, 하고 현관문 손잡이가 돌아갔다.

8

스즈네는 카페 창가에 앉아 휴대폰을 들여다보며 유마의 답장을 기다렸다.

솔직히 유마가 걸려들지 어떨지는 애매했다. 갑자기 이런 메시지를 보내면 경계할 게 분명했다.

하지만 다른 방법이 없었던 것도 사실이다.

어젯밤 아케미라는 같은 반 아이가 메시지를 보냈다. 아케미는 에미의 추종자 중 하나다. 서로 연락처는 알지만 개인적으로 메시지를 주고받을 만한 사이는 아니었다.

아케미는 어제 유마가 교통사고를 당해 병원에 입원했다는 사실을 알려주었다. 그뿐만 아니라 경찰이 유마의 병실을 다녀갔다는 사실도.

심지어는 유마가 그 후 병실을 빠져나가 다시 행방불명되었다고 했다.

뜻밖의 이야기에 처음에는 부풀려진 소문 중 하나일 거라고 생각했다.

그래서 곧바로 아케미에게 누구에게 들은 이야기냐고 물으니 유마의 어머니라고 답장이 왔다. 아케미의 어머니는 유마가 실려 간 병원의 간호사라고 했다.

이야기의 신빙성은 증명되었지만 그러고 나니 이번에는 반대로 이해가 가질 않았다.

유마에게 대체 무슨 일이 벌어진 걸까?

요즘 유마의 상태가 이상하다는 것은 어렴풋이 알고 있었다. 틈틈이 시간을 내서 암호를 해독한 이유도 그래서다.

아니, 정확히는 요 며칠만 유마가 신경 쓰였던 것은 아니다.

훨씬 전부터.

유마가 마사유키 패거리에 괴롭힘을 당하게 된 후로 내내 마음에 걸렸다.

유마의 아버지가 일으킨 사건이 괴롭힘의 원인이 되었지만 무죄라는 사실은 이미 예전에 밝혀졌다.

그래도 마사유키 패거리의 괴롭힘은 계속됐다.

실은 스즈네도 유마를 도와주고 싶었다.

부당한 괴롭힘은 스즈네도 경험했다. 얼마나 괴롭고 고통스러운 일인지 알았지만 아무것도 할 수 없었다.

아니, 정확히는 아무것도 하지 않았다.

조금이라도 참견했다가는 자신에게 불똥이 튈 것을 알았기 때문이다. 결국은 자신이 가장 소중했기에 눈을 돌리고 귀를 닫았다.

스즈네가 괴롭힘을 당하던 당시 그 사람은 몸을 던져 지켜주었는데, 자신은 똑같이 행동할 자신이 없었다.

하지만 이제라도 이렇게 행동에 나선 것은 유마가 아키토와 나누는 대화를 듣고 말았기 때문이다.

더는 잠자코 있을 수 없었다.

그런 때에 마사유키와 에미의 사랑싸움에 말려들었다. 줄

곧 잘 피해 왔는데 결국은 무리에서 배제됐다.

그것은 줄곧 모른 척하며 지내왔던 자신에게 내려진 벌이 분명했다.

다만 한 가지, 아케미가 유마에 대한 정보를 스즈네에게 흘린 이유만은 이해가 되지 않았다.

그 이유를 묻자 아케미는 〈나도 따돌림을 당한 적이 있어서 그래.〉라고 짤막하게 답장을 보내왔다.

긴 설명이 없어도 그것만으로 충분했다.

유마에게 가해지는 부당한 괴롭힘이 달갑지 않았던 건 단지 스즈네 혼자만이 아니었다는 뜻이다.

좀 더 빨리 아케미와 이야기를 나누어 볼 걸 그랬다고 뒤늦게 후회했다.

어째서 인간은 혼자 있을 때는 솔직해질 수 있으면서 집단이 되면 가식을 떨게 되는 걸까.

잘못되었다는 사실을 알면서도 잘못되었다고 주장할 수가 없다.

스즈네는 다시 한번 휴대폰을 봤다.

예상대로 유마는 답장을 보내지 않았다. 어쩔 수 없다. 대충 이런 결과가 되리라 짐작했다.

다만 여기서 손을 놓을 생각은 없었다.

스즈네에게는 아직 방법이 남아 있었다. 스즈네는 다시 창밖으로 눈을 돌렸다. 독신자용 아파트가 보인다.

스즈네는 오늘 이른 아침부터 아케미에게 들은 정보의 진위를 확인하려고 유마의 집에 전화를 걸었다.

자신을 학급 위원이라고 소개하며 유마에게 병문안을 가고 싶다고 했다.

그렇게 해서 유마가 현재 있는 곳을 알아내는 데 성공했다. 자세한 얘기는 못 들었지만 사정이 있어 경찰관의 집에 신세를 지게 됐다고 했다.

그 경찰관의 이름을 듣고 스즈네는 큰 충격을 받았다.

유마와 직접 얘기해야만 한다는 생각이 더욱 강하게 들었다. 반쯤 맹신적이라 생각할지도 모르겠지만 그래도 역시 무슨 일이 벌어지고 있는지 알고 싶었다.

스즈네는 마시고 있던 카페오레 컵을 반납대에 올려놓고 가게를 나왔다.

9

유마는 순간 움찔했다.

손잡이가 돌아가더니 이윽고 천천히 문이 열렸다. 모습을 드러낸 것은 검은 양복을 입은 남자였다.

어째서 현관문에 안전 고리와 자물쇠를 채우지 않았던 걸까.

유마는 뒤늦게 후회했지만 이미 엎질러진 물이었다.

"숨어도 소용없다고 했지."

검은 양복을 입은 남자가 차가운 미소를 지으며 말했다.

피에 굶주린 짐승처럼 사납게 번뜩이는 눈빛을 보자 유마는 그만 얼어붙어 꼼짝도 할 수가 없었다.

—도망쳐!

자신을 다독여 공포를 떨쳐 낸 유마는 간신히 노트북을 끌어안고 자리에서 일어났다.

—근데 어떻게 도망치지?

현관은 검은 양복을 입은 남자가 막고 서 있다. 지난번처럼 창문으로 도망치려고 해도 이곳에는 아키토의 집과 달리 차양이 없다. 심지어 이곳은 8층이다. 아주 불가능하지는 않지만 지면까지 무사히 내려갈 자신이 없다.

"괜한 고생 말고 쉽게 갔으면 좋겠는데."

검은 양복을 입은 남자는 그렇게 말하며 신발을 신은 채로 집 안에 들어왔다.

"가, 가까이 오지 마."

유마는 노트북을 끌어안은 채로 뒷걸음을 쳤지만 이내 벽에 가로막혀 도주로를 잃고 말았다.

검은 양복을 입은 남자는 그런 유마를 보며 가소롭다는 듯 비웃었다.

"보아하니 데이터는 그 노트북에 들어 있겠구나."

유마는 자신을 향해 뻗어 오는 남자의 손을 필사적으로 뿌리쳤다.

"저항하지 마라. 친구가 어떻게 돼도 상관없어?"

유마는 그 말에 가슴이 덜컥했다.

아키토가 인질로 잡혀 있는 이상 어떤 수를 쓰든 자신이 불리했다.

"아, 아키토가 무사하다는 말은 사실이겠지?"

유마의 질문에 검은 양복을 입은 남자가 피식 웃었다.

"무사하다는 게 확인되면 그 데이터는 넘겨주려고?"

그의 질문에 유마는 고개를 끄덕여 대답했다.

그날 이후 아키토를 한 번도 보지 못했다. 유마는 어떻게든 아키토가 정말 무사한지 안위를 확인하고 싶었다.

남자는 휴대폰을 꺼내 들더니 어디론가 전화를 걸기 시작했다.

남자는 통화 상대와 몇 마디를 주고받더니 유마에게 불쑥 휴대폰을 건넸다.

〈정말 너야? 유마.〉

휴대폰 너머로 들려온 것은 틀림없이 아키토의 목소리였다.

스피커폰으로 설정한 듯했다.

"아키토! 너 무사한 거지?"

유마는 거의 매달리다시피 휴대폰을 붙잡고 아키토의 이름을 외쳤다.

다행이다. 정말 다행이다. 아키토가 납치된 지 하루밖에 안
됐는데 꽤 오랫동안 떨어져 있었던 것 같은 느낌이다.

〈너라도 얼른 도망쳐. 이 자식들 데이터만 손에 넣으면 우
리 둘 다 죽여서 입막음하려고 들 거야. 그러니까…….〉

검은 양복을 입은 남자가 전화를 끊어 강제로 대화를 중단
시켰다.

못마땅한 듯 혀를 차며 얼굴을 찌푸린 남자를 보고 아키토
가 한 말이 사실임을 깨달았다.

데이터를 넘기면 결국 유마도 아키토도 죽게 된다.

그렇다면 무슨 일이 있어도 이 데이터는 사수해야만 한다.
하지만 어떻게…….

창문으로는 도망칠 수 없으니 딱 독 안에 든 쥐 꼴이다.

"발버둥 쳐 봤자 소용없어. 얼른 데이터나 내놔."

검은 양복을 입은 남자의 눈이 붉게 빛난다. 칠흑 갑옷을
두른 그 모습은 압도적인 존재감을 뿜었다. 유마는 노트북을
끌어안고 그 자리에 주저앉는 수밖에 없었다.

다 틀렸구나, 그렇게 생각했을 때 휴대폰이 울렸다.

유마가 아닌 검은 양복을 입은 남자의 휴대폰이다.

남자는 지긋지긋하다는 표정으로 한숨을 쉬며 유마에게 등
을 돌린 채로 전화를 받았다.

─이때다.

유마는 그 틈을 노려 단숨에 뛰쳐나갔다.

검은 양복을 입은 남자가 황급히 유마를 붙잡으려고 했지만 간발의 차로 그것을 피했다.

너무 서두른 탓인지 남자는 힘을 이기지 못하고 콰당 하는 소리를 내며 벽에 부딪치고는 그대로 바닥에 쓰러졌다.

유마는 신발도 신지 않고 그대로 현관문을 열어 도망쳤다.

그러고는 필사적으로 복도를 달려 승강기 버튼을 눌렀다. 검은 양복을 입은 남자가 타고 와서인지 다행히 승강기는 8층에 머물러 있었고 금세 문이 열렸다.

안으로 뛰어들어간 유마는 1층을 누른 뒤 닫힘 버튼을 눌렀다.

승강기 문이 천천히 닫혔다.

그 사이 집 안에서 검은 양복을 입은 남자가 나왔다. 곧장 승강기 안에 있는 유마를 발견하고는 엄청난 기세로 달려왔다.

이제 와서 계단으로 내려갈 수는 없었다. 유마는 검은 양복을 입은 남자가 도착하기 전에 문이 닫히기를 기도하는 수밖에 없었다.

간발의 차로 문이 닫혔다.

유마는 하강하는 승강기 안에서 분하다는 듯이 문을 쾅쾅 두드리는 남자를 지켜봤다.

다리에 힘이 풀려 그 자리에 주저앉을 뻔했지만 금세 마음을 다잡았다.

절대 이대로 포기할 리가 없다.

아마 남자는 계단으로 내려와 자신을 쫓을 것이다. 유마는 승강기가 1층에 도착해서 문이 열림과 동시에 뛰쳐나갔다.

그대로 아파트 입구를 빠져나가려던 찰나, 갑자기 누군가가 눈앞에 나타났다.

유마는 무심코 제자리에 우뚝 섰다.

그곳에 서 있는 것은 스즈네였다.

"너 왜 그렇게 답장을 안 해? 나 너한테 묻고 싶은 게 있는데."

스즈네가 유마를 빤히 쳐다보며 말했다.

왜 이 아이가 여기 있는 거지? 궁금하기는 했지만 그런 걸 신경 쓸 여유는 없었다.

"그놈들이. 당장 도망쳐야 해."

다급히 말했지만 스즈네는 미간을 찌푸리고 서서 꿈쩍도 하지 않았다.

스즈네는 사정을 모른다. 그러니 이런 반응을 보이는 것은 당연한 일이다. 유마는 옆으로 빠져나가 도망치려고 했지만 스즈네에게 팔을 붙잡혔다.

"도망이라니, 누구한테서? 너……."

"거기 서!"

스즈네의 말을 가로막듯 목소리가 들렸다.

뒤돌아보니 검은 양복을 입은 남자가 이미 입구까지 와 있었다. 다만 다행히 계단을 뛰어 내려오느라 체력이 다했는지 제자리에 선 채로 어깨를 들썩이며 숨을 몰아쉬고 있었다.

유마는 도망치려고 했지만 여전히 스즈네에게 팔이 붙잡힌 상태였다.

"이거 놔!"

유마는 억지로 스즈네의 손을 뿌리쳤다.

이제야 도망치겠구나 생각한 순간, 검은 양복을 입은 남자의 목소리가 들렸다.

"혼자서 도망치려고? 아키토 때처럼 그 여자애를 두고 너혼자 도망칠 생각이냐?"

물론 아키토 때는 도망치지 않았다.

하지만 그보다 지금 중요한 건 방금 그 말로 미루어 보아 검은 양복을 입은 남자가 스즈네를 유마의 동료라 여긴다는 점이 문제였다.

그렇다면 스즈네를 여기 남겨 놓고 혼자 떠날 수는 없다.

스즈네까지 이 일에 휘말리게 된다.

"뛰어!"

유마는 그렇게 외치며 이번에는 자신이 스즈네의 팔을 붙잡고 달리기 시작했다.

제4장
배신

1

"아니 그러니까, 그건 저희도 어쩔 수 없었다고요."

회의실 의자에 앉은 나카무라가 못마땅하다는 투로 말했다.

나카무라는 사이버 대책반 수사관으로 유타 사건에도 관여했던 인물이다. 후지다가 소개해 준 덕에 이렇게 얼굴을 마주할 기회를 얻게 됐다.

"그래도 막을 방법이 있지 않았을까요?"

진나이가 알은체하며 끼어들자 나카무라의 표정이 한층 더 험악해졌다.

과거의 오점이라 할 수 있는 사건을 새삼 휴직 중인 형사가 파고 다니니 불쾌하게 여기는 것은 당연한 일이다.

"뭡니까? 그때 뭘 어떻게 잘못했는지 따져보자고 바쁜 사람 불러낸 겁니까? 시간이 남아돌아 좋으시겠습니다."

가시 돋친 말투에 화가 났지만 나카무라의 말대로 지난 일을 끄집어내 다시 책임이나 따지자고 부른 것은 아니다.

"그런 의도는 없었습니다. 그저 확인해 보고 싶은 게 몇 가지 있어서 오시라고 한 겁니다."

"그게 뭡니까?"

"수사는 지금도 하고 계시죠?"

진나이의 질문에 나카무라는 턱을 긁적이며 고개를 끄덕였다.

"뭐, 그야 하고는 있죠. 근데 사이버 범죄라는 게 계속해서 새로운 수법이 나오다 보니 다람쥐 쳇바퀴 돌듯 원점으로 돌아오게 됩니다. 게다가 올림픽에 대비해서 사이버 테러 대책도 세워야 하니 시간이 좀."

얼마 전 사이버 테러 대책을 담당하던 간부가 실언으로 막 사임을 한 참이다.

그 탓에 사이버 테러에 대한 대비가 늦어지고 있다는 이야기를 신문인가 어딘가에서 얼핏 본 것 같다.

"그러니까 거의 손을 못 대고 있다는 말씀이네요?"

"네. 외국에서는 화이트해커를 고용해서 대응한다는 얘기도 듣긴 했는데."

─화이트해커?

처음 듣는 명칭이다. 하얀색이니 까만색이니, 해커에도 종류가 있다는 뜻인가?

"그 화이트해커라는 게 뭐죠?"

진나이의 질문에 나카무라가 피식 웃었다.

"해커라고 하면 범죄자와 똑같이 보기 십상인데, 실제로는 다릅니다. 애초에 해커라는 게 일반인보다 전기 회로나 인터넷 지식이 많은 사람을 일컫는 총칭이거든요."

"그렇습니까?"

"이게 다 매스컴에서 이상한 이미지를 심어서 그런 겁니다. 요즘에는 그게 싫어서 악덕 해커를 크래커라고 구분해서 부르기도 하죠."

그렇구나, 하고 진나이는 그제야 이해했다.

진나이 자신은 해커라고 불리기만 해도 전부 범죄자라는 인식 가지고 있었다.

"이제야 좀 알겠습니다."

"그리고 해킹 범죄라고 간단히 뭉뚱그려 말하는데, 실은 그 수법이 가지각색입니다. 경찰만으로는 도저히 대응할 수가 없어요. 요즘에는 적극적으로 대책에 나서서 검거율이 올랐지만 그래도 아직 30% 정도예요. 그러니까 나머지 70%는 그냥 방치 상태란 거죠. 그래서 외국에서는 해킹에 대한 대항마로 해킹 대책이나 해커 추적에 나설 해커를 고용해 업무 위탁 형식으로 대책을 강구하고 있는 겁니다."

"효율적인 방법이네요."

"일본에서도 그런 방식을 모방해 화이트해커를 고용하려는 움직임이 있지마는 아직 실현되진 않았습니다."

"왜죠?"

"하나는 아까 진나이 씨처럼 해커라는 이유만으로 전부 범죄자라 생각하는 사람이 많기 때문입니다. 윗선에 특히 그런 분들이 많거든요. 범죄자를 고용하겠다는 소리냐고 노발대발하시는 상황이죠."

"이미지를 바꾸는 게 보통 힘든 일은 아닐 텐데요."

"네, 그렇죠. 근데 개중에는 그런 이미지를 바꾸려고 비공식적으로 활동하는 집단도 있는가 보더라고요."

"비공식적으로요?"

"네, 과거에 일어났던 해킹 범죄를 추적하는 집단이에요."

"그런 사람들이 정말 있습니까?"

"그럼요, 있죠. 제가 기억하기로는 말씀하셨던 사건 때도 독자적으로 범인을 쫓던 해커가 있었던 걸로 압니다."

나카무라는 근처에 있던 컴퓨터를 이용해 홈페이지 하나를 화면에다 띄웠다.

그 홈페이지는 과거에 일어났던 해킹 범죄의 내용을 한데 정리해 그 경위 등을 소개하고 있었다.

"이걸 그 사람들이 한다고요?"

"네."

"목적이 뭐죠?"

"뭐, 본인들은 정의감 때문이라고 하는데 실제로는 어떤지 저야 모르죠. 단순히 관심받고 싶어서 그러는 것 같기도 하고요."

진나이는 다시 한번 홈페이지 쪽으로 눈을 돌렸다.

단순히 관심을 받고 싶다는 이유로 이렇게까지 할까? 그것이 진나이의 솔직한 감상이었다.

"그건 그렇고, 과거 그 사건에 관해 물어볼 게 있다고 하셨죠?"

나카무라가 분위기를 바꿔 물어 왔다.

뜻하지 않게 이야기가 삼천포로 빠져 버렸다.

"네. 이건 나카무라 씨의 개인적인 의견도 상관없는데요, 그 사건의 범인은 어떤 인물이라고 생각하십니까?"

"범인상이라, 그러고 보니까 따로 생각해 본 적이 없네."

나카무라가 팔짱을 끼고 나지막한 소리로 으음, 하고 신음한다.

"생각해 본 적이 없다고요?"

사건을 수사할 때는 제일 먼저 범인상을 구체화해야 하는 법이다. 그 과정을 건너뛰었다는 말이 진나이는 도무지 이해가 되지 않았다.

"네. 통상적인 범죄는 프로파일링 같은 기법을 통해 현장 상황을 보고 범인상을 추론하는 것이 일반적일지 몰라도 사이버 범죄에는 그 방법을 적용하기가 어렵습니다."

"수법에 특징 같은 게 있을 거 아닙니까?"

"물론 그렇죠. 범행 수법을 보고 범인을 추론해 내는 경우도 있으니까요. 하지만 범행 수법에 특징이 있다고 해서 그게 꼭 범인상으로 이어지지는 않습니다. 그게 바로 범인상에 집착하지 않는 이유인데, 이런 유의 범죄는 컴퓨터만 있으면 중학생도 저지를 수 있습니다. 해킹이라는 게 기술이나 지식이다 보니 거기에 개인은 거의 반영되지 않거든요."

나카무라가 장난스럽게 어깨를 한 번 으쓱했다.

진나이도 요점은 대강 이해했다. 컴퓨터만 있으면 어디서든 저지를 수 있는 게 해킹 범죄다. 범인이 그런대로 지식수준이 높은 인간이라고 단언할 수는 있지만, 그 이상의 것은 정확하게 판단하기가 어렵다는 뜻이다.

"그렇습니까."

"다만 한 가지가 마음에 걸리는데."

나카무라가 괜히 한 번 안경을 쓱 밀어 올린다.

"뭐죠?"

"범인은 다른 사람의 컴퓨터를 원격 조작해서 회사 인터넷 뱅킹 시스템에 침입한 다음 돈을 송금했습니다."

"네."

"근데 이게 좀 이상하단 말이죠."

"어떤 점이 이상하다는 거죠?"

"돈이 필요하니까 송금했을 거 아닙니까. 그런데 송금한 곳이 유타 씨의 계좌란 말이에요. 그럼 나중에 회수할 수가 없잖아요."

─들고 보니 그렇구나.

진나이는 자기도 모르게 손뼉을 짝 쳤다.

나카무라가 말한 대로다. 돈은 유마의 아버지인 유타의 계좌로 송금됐다. 그래서 경찰은 수색 영장을 받아 가택 수사를 실시했다.

"다른 목적이 있었다고 보십니까?"

진나이의 질문에 나카무라는 턱을 살짝 당기며 고개를 끄덕였다.

"네, 저는 그렇다고 봐요. 근데 다른 목적이라는 게 뭔지 도통 모르겠단 말이죠."

그건 아주 큰 문제다.

하지만 범인에게 돈이 아닌 다른 목적이 있었다고 하면 진나이에게도 짐작 가는 바가 있다.

"가령 개인적인 원한이 있어서 상대를 함정에 빠뜨리려고 그랬을 가능성은 없습니까?"

어젯밤 유마의 이야기를 듣고 떠오른 생각이다.

자신의 짐작이 맞는다면 유마가 쫓기는 이유도 납득이 간다. 그뿐만 아니라 그놈들의 정체에 다가서는 일도 가능할지 모른다.

"수사 1과 형사님다운 답이네요."

나카무라가 살짝 웃었다.

"아니라고 생각하세요?"

"아뇨. 그럴 수도 있겠는데요."

조금 전과는 전혀 다르게 나카무라의 눈은 날카롭게 변해 있었다.

2

"야. 그만하고 이제 좀 놔 봐."

스즈네가 유마의 손을 억지로 풀고 제자리에 멈춰 섰다.

뒤돌아보니 검은 양복을 입은 남자의 모습은 보이지 않았다. 잘 따돌린 모양이다.

어디를 어떻게 달렸는지 자신도 모를 정도였지만 정신을 차리고 보니 자신이 재학 중인 중학교 근처까지 와 있었다.

지나다니는 사람이 많은 곳이니 놈들도 쉽게 손을 대진 못할 것이다.

안심한 것도 잠시, 스즈네가 주먹을 날려 퍽 소리가 나도록 어깨를 쳤다.

"뭐 하자는 거야?"

스즈네는 분노에 가득 찬 눈으로 유마를 매섭게 노려봤다. 영문도 모른 채 억지로 끌려왔으니 그럴 만도 하다.

다만 그 상황에서 다른 방법은 없었다. 스즈네까지 검은 양복을 입은 남자에게 납치될 가능성이 있었기 때문이다.

유마는 사정을 설명하려고 입을 열다 말고 아차 하며 숨을 죽였다.

섣불리 이야기를 꺼내면 스즈네는 더 이상 제삼자가 아니다. 놈들에게 쫓기게 된다. 사정을 모르는 편이 스즈네에게도 낫다.

"미, 미안. 자, 자세한 얘기는 못 해."

유마는 스즈네의 시선을 피하듯 고개를 푹 숙였다.

일부러 들으란 듯이 스즈네가 크게 한숨을 푹 쉬었다. 이해 못 하는 게 당연하다. 자신이 같은 입장이었어도 그랬을 테니까.

하지만 그렇다고 스즈네에게 설명할 수는 없었다.

지금은 이 숨 막히는 분위기에서 벗어나는 게 최선이다. 유마는 한 번 더 미안하다고 사과함과 동시에 뒤도 보지 않고 달리기 시작했다.

적어도 놈들의 정체를 알아낼 때까지는 계속 도망쳐야 한다.

─근데 어디로 도망치지?

진나이와 나중에 합류한다고 쳐도 그 사이에 몸을 숨길 장소는 찾아야 한다. 유마의 다리는 자연스럽게 학교로 향했다.

달리 갈 곳이 없기도 하지만 교사 안에 들어가면 다른 학생들 사이에 섞여들 수 있다. 숨기에는 최적의 장소라는 생각이 들었다.

유마는 교문을 통과해 그대로 교사 안으로 뛰어들어갔다.

수업이 끝난 방과 후 시간대라 그런지 교사 안은 고요했다.

그러고 보니 교문 앞에서 놈들과 맞닥뜨린 후로 학교는 계속 쉬었다. 고작 3일이란 시간밖에 지나지 않았는데 꽤 오랫동안 떨어져 있었던 것 같은 기분이 든다.

이 교사에 좋은 추억 따위는 없다. 괴롭고 고통스럽고 불쾌한 일밖에 없었다.

아니, 그건 아니다.

적어도 아키토와 지냈던 교실, 그리고 처음 만났던 체육관 창고는 유마에게 잊기 힘든 장소였다.

"이런 생각 하면 안 돼."

유마는 소리 내어 말함으로써 자기 안의 잡념을 떨쳐 버렸다.

과거형으로 말했다가는 정말 두 번 다시 아키토가 돌아오지 못할 것 같았다.

짧은 시간이었지만 휴대폰을 통해 들려온 아키토의 목소리는 기운찼다.

지금도 자신을 믿고 기다리고 있을 게 분명했다. 유마는 그 마음을 배신할 수 없었다.

어느새 정신을 차리고 보니 유마의 다리는 자연스럽게 체육관 창고로 향하고 있었다.

거기라면 놈들의 추격을 피하기에 적당하다. 그곳에 틀어박혀 있으면 놈들도 쉽게 들어올 수 없다.

진나이는 나중에 연락해서 그곳에서 합류하자고 하면 된

다.

체육관에 들어서니 농구부와 배구부가 네트와 공을 정리하고 있었다. 유마는 눈에 띄지 않게 체육관 가장자리를 통해 창고로 향했다.

안에 들어가려던 찰나, 누군가 유마의 어깨를 꽉 붙잡았다. 반사적으로 뒤돌아보니 그곳에는 마사유키 패거리가 서 있었다.

—아차.

잘 생각해 보면 충분히 예상 가능한 일이었다. 마사유키 패거리는 농구부나 배구부는 아니지만 이 근처를 아지트로 썼다.

자신의 경솔함에 화가 났지만 이미 엎질러진 물이다.

"야, 너 가출했다며? 이런 데서 뭐 하냐?"

평소에는 조소와 멸시로 가득 찬 시선을 보냈지만 오늘은 그것과는 조금 달랐다. 무슨 이유에서인지는 몰라도 마사유키는 노골적으로 분노의 감정을 드러냈다.

"어, 그, 그게, 저……."

이 상황을 모면할 방법이 하나도 떠오르지 않았다.

"뭐, 됐고. 너 아까 스즈네랑 같이 있었지?"

—다 보고 있었어?

그렇게 생각함과 동시에 마사유키가 품고 있는 분노의 정체를 깨달았다. 자신이 알기로 마사유키는 스즈네에게 마음이 있다.

그런데 유마가 스즈네와 함께 있었으니 그 모습이 못마땅했던 것이다.

"아, 아니, 그게……."

"너 돌았냐? 네가 뭐라고 스즈네랑 같이 있는 거야."

마사유키가 유마의 허벅지를 찼다.

"……."

"넌 그냥 존재 자체로 사람을 열 받게 해. 맨날 알아먹지도 못할 소리만 지껄이고 말이야."

이번에는 마사유키가 유마의 머리카락을 아무렇게나 움켜쥐고 번쩍 들어 올렸다.

뚝뚝 소리를 내며 머리카락 몇 가닥이 뽑혔다.

물론 아프고 분했지만 평소와는 느낌이 조금 달랐다. 분명 아키토에 대한 걱정 때문이다.

솔직히 마사유키 패거리에게 허비할 시간 따위는 없다. 아키토를 구해야 하기 때문이다.

"이, 이거 놔!"

유마는 억지로 마사유키의 팔을 뿌리쳤다.

이번에도 머리카락이 뽑혔지만 그런 것은 아무래도 좋았다.

갑작스러운 유마의 반항에 놀랐는지 마사유키가 눈을 동그랗게 뜨고 어리병병한 표정을 지었다.

하지만 그것은 이내 분노에 삼켜졌다.

"너 이 자식, 뭐 하는 짓이야."

마사유키가 나지막한 소리로 위협하듯 말했다.

얼굴이 붉게 변하고 몸이 우두둑우두둑 소리를 내며 점점 커졌다. 아무래도 마사유키는 다시 비스트로 변신할 생각인 듯하다.

하지만 유마에게 두려움은 없었다. 친구를 생각하는 강한 마음이 있으면 적이 얼마나 강대한 힘을 가졌든 맞서 싸울 수 있다.

온몸에서 용기가 샘솟는다.

지금은 가진 무기가 없지만 그래도 싸울 방법은 있다. 제아무리 비스트가 되어 능력이 향상한들 때리지 못하면 소용없다. 공격을 전부 피하다가 혼신의 일격을 날려 주면…….

배에 느껴지는 강렬한 통증에 유마의 사고는 거기서 툭 끊겼다.

윽, 하고 짧게 신음하며 유마는 바닥에 무릎을 꿇었다.

공상 속에서 유마는 역전의 용사였지만 자신의 능력을 현실에 가져올 수는 없었다. 마사유키의 발차기가 배에 정통으로 꽂힌 모양이다.

숨이 턱 막히고 이마에서는 식은땀이 흐른다.

"진짜 재수 없는 자식이라니까."

마사유키가 유마를 쏘아본다.

이대로 결정타를 날리려는 것이다. 저항하고 싶지만 몸이 움직이지 않는다. 이래서야 제대로 도망칠 수도 없다.

마사유키가 번쩍 주먹을 치켜들었다.

다 틀렸구나. 주먹이 날아오겠거니 하며 마음의 준비를 단단히 하고 있던 유마였지만 어째서인지 마사유키는 주먹을 든 채로 딱 멈춰 섰다.

"너희, 지금 뭐 하는 거야?"

통증으로 시야가 흐릿했지만 그래도 이쪽으로 다가오는 스즈네의 모습이 보였다.

"뭐긴, 그냥 장난이야, 장난."

마사유키는 얼굴에서 화가 난 표정을 지우고 헤실헤실 긴장감 없이 웃는 표정으로 바꾸었다.

"아, 그래? 방금 그게 장난이란 말이지."

"그럼, 당연하지. 안 그래? 유마."

마사유키가 동의를 구하며 대답을 재촉했지만 애초에 목소리가 안 나왔다.

"방금 그거, 휴대폰으로 다 찍어 놨는데 정말 장난 같아 보이는지 아닌지 선생님께 여쭤보자. 곧 여기로 오실 거거든."

"그걸 찍었다고……?"

"당장 여기서 나가 주면 이번에는 그냥 넘어가 줄 수도 있는데."

스즈네의 말에 마사유키 패거리는 서로 뭔가를 쑥덕대더니 떨떠름한 표정을 지으며 자리를 떠났다.

위기가 사라져서 안도한 탓일까, 유마는 그대로 고꾸라져 의식을 잃었다.

3

"그 사건에 흑막이 있었다, 그렇게 생각한다는 말이야?"

후지다가 납득하기 힘들다는 표정으로 입을 열었다.

지난번과 똑같은 카페의 똑같은 자리다.

"맞아."

진나이는 고개를 끄덕이며 강하게 긍정했다.

후지다는 의심스럽다는 듯 회의적인 태도를 버리지 못했다.

하지만 그렇다고 후지다의 그런 태도를 비난할 생각은 없었다. 진나이도 유마와 만나기 전까지는 그런 가능성을 생각해 보기는커녕 관심조차 없었으니까.

애초에 본인이 담당하고 있는 사건이 아니니 당연하다.

뒷맛이 씁쓸하기는 했지만 그렇다고 나서기도 애매한 그런 유의 사건이었다.

하지만 지금은 다르다.

그 사건은 단지 돈을 훔치려고 타인의 컴퓨터를 원격 조작한 그런 단순한 구조가 아니다.

유마의 아버지는 누군가가 의도적으로 판 함정에 빠졌다.

"그래, 흑막이 있다고 치자. 그래도 네가 다룰 사건은 아니잖아."

후지다가 어이없다는 투로 말한다.

그것은 정론이 틀림없다. 이 사건은 진나이가 담당할 수 있는 영역을 벗어났다. 어디 그뿐이랴, 휴직 중인 진나이에게는 수사 권한조차 없다.

"알아. 근데 난 도저히 이대로 두고 못 봐."

"네가 왜?"

"그 애는, 유마는 말이야, 지금 혼자 싸우고 있어. 어떻게 된 상황인지 몰라서 답답하고 괴로울 텐데 그래도 친구를 구하겠다는 일념 하나로 현실이랑 맞서고 있단 말이야."

이야기를 하고 있자니 유마의 얼굴이 떠오른다.

자그마한 체구에 얼굴에는 아직 어린 티가 남아 있어서 그런지 비슷한 또래의 남자아이와 비교해도 썩 믿음직스럽지 않다. 그래도 유마는 어떻게든 앞으로 나아가려고 필사적으로 발버둥 쳤다.

그런 모습을 보고 어떻게 내버려 둘 수 있단 말인가.

"일이 참 묘하게 됐다."

후지다가 씁쓸하게 웃으며 담배에 불을 붙였다.

지난번 진나이가 가져왔던 담배다.

"그러게."

진나이는 후지다의 말에 동의하며 고개를 끄덕였다.

확실히 이번 사건은 어딘가 묘하다. 발단은 SNS에 올라온 글이었다. 어떻게 된 일인지 궁금해서 여기저기를 파고 다니다 생각지도 못한 사건에 휘말리게 됐다.

"네가 뭔가 해보겠다고 의욕을 가지게 돼서 솔직히 기뻐. 얼마 전까지는 너무 위태로워서 보기 힘들 정도였으니까. 꼭 죽고 싶어 하는 사람처럼 보였어."

진나이는 긍정도 부정도 하지 않고 그저 묵묵히 듣기만 했다.

후지다의 말이 옳다. 며칠 전까지만 해도 진나이의 상태는 말로 다 하지 못할 정도였다. 실제로 어느 정도는 죽음을 의식하기도 했다.

지금까지 후지다가 협력해 준 것도 진나이가 정신적으로 괴로워하다 스스로 목숨을 끊을 바에야 뭐라도 하는 게 낫다고 생각했기 때문이다.

진나이는 후지다 같은 남자를 동료로 두어 다행이라 생각했다.

인간은 어떤 고난과 역경이 닥쳐도 곁에 누군가 함께 있어 주면 살아갈 수 있는 법이다.

하지만 유마는 늘 곁에 있어 주던 친구를 빼앗겼다. 유마를 위해서라도 자신이 나서야겠다는 결심에는 변함이 없었다.

"그래도 뒷일은 담당 부서에 맡기는 게 맞아. 나카무라도 다시 조사해 보겠다고 했다며? 물론 우리 쪽도 움직여야지. 정말 그 애가 한 말이 사실이라면 이건 대충 넘겨서는 안 될 중대한 범죄야. 필요하다면 경호도 붙여 줄 거고 철저하게 수사할 테니까 넌 이 이상 나서지 마."

이번에도 역시 후지다의 말은 옳다. 정론 중의 정론이다.

진나이와 대화를 나눈 후 나카무라는 다시 한번 다른 관점에서 사건을 조사해 보겠다고 말했다. 그 말을 믿고 맡기는 것이 옳다는 것은 안다.

사이버 범죄는 특수성이 높다. 애초에 자신은 사이버 범죄에 문외한인 데다 지원을 나갔다가 사건에 엮였을 뿐이다. 자신이 이런 식으로 사건을 쫓아봤자 수사에 쓸데없는 혼란만 줄 수도 있다.

게다가 범인이 집요하게 협박하고 납치까지 벌였다면 혼자 조사한답시고 아등바등하기보다는 경찰이 조직적으로 움직이는 편이 낫고 또 그래야만 한다.

알고는 있다. 하지만 진나이는 가슴속에서 넘쳐 나오는 충동을 억누를 수 없었다.

"수사를 방해할 생각은 없지만 내 나름대로 조사는 해 보고 싶어."

진나이의 주장에 후지다는 얼굴을 찌푸렸다.

"네가 그렇게까지 책임 느낄 일은 아니잖아."

진나이는 후지다의 말에 망설였다.

물론 어느 정도는 이 일에 책임을 느꼈다. 유마의 아버지는 경찰의 오인 체포로 저지르지도 않은 죄를 뒤집어썼다.

사고로 결론지었지만 유마의 아버지가 정신적으로 내몰려 자살을 한 것은 누구나 아는 사실이다.

문제는 그뿐만이 아니다. 유마는 그로 인해 범죄자의 아들로 찍혀 괴롭힘을 당하게 됐다.

아버지를 잃은 슬픔에 잠길 새도 없이 원치 않게 가혹한 환경에서 살아야만 했다.

하지만 유마를 도와주고 싶어 하는 진나이의 마음은 단지 그 사건에 관여했던 사람으로서 느끼는 책임이 아니었다.

"책임 같은 게 아니라 그냥 그 애를 도와주고 싶어서 그래. 아직은 안 늦었어."

진나이가 강경하게 나오자 후지다의 표정이 흐려졌다.

"도와주겠다니, 뭘 어떻게?"

"글쎄. 내가 사건을 해결해 줄 수 있지 않을까. 그러니까……."

"그 애는 네 아들이 아냐."

후지다가 내뱉은 말이 예리한 단도가 되어 진나이의 심장을 꿰뚫은 것 같았다.

무슨 말이든 하고 싶었지만 생각처럼 말이 나오지 않았다.

누군가 철붙이를 귓가에 대고 쾅쾅 두들겨 대는 것 같았다. 빛이 번쩍거려 제대로 눈을 뜰 수 없었다. 위가 수축하며 속에 든 것들이 역류했다.

당장이라도 고꾸라져 토할 것 같았지만 진나이는 그것을 간신히 참아 냈다.

"⋯⋯알아."

진나이는 그래도 간신히 목소리를 쥐어 짜내 후지다의 말에 대꾸했다.

"정말 그래? 듣기 괴롭겠지만, 그 애를 도와봤자 네 아들이 살아 돌아오진 않아."

"알아."

진나이는 한 번 더 대답했다.

후지다가 말하지 않아도 유마가 자기 아들이 아니라는 사실은 누구보다 잘 알았다. 물론 어느 정도는 아들과 겹쳐 봤을지도 모른다.

하지만 그래도⋯⋯.

"난 그 애를 도와주고 싶어."

지금까지 진나이는 자신의 죄를 어떻게 갚아야 할지 몰랐다.

이미 죽어 버린 아들에게 어떻게 사죄해야 할지 짐작도 가지 않았다. 그래서 자신을 책망하는 것 외에는 아무것도 할 수 없었다.

하지만 이제야 답을 찾은 것 같았다.

상대의 의견을 묻지 않고 혼자 내린 결심이란 사실은 잘 안다. 그래도 자기 아들과 같은 또래인 그 아이를 어떻게든 도와주고 싶다고 간절히 바랐다.

아들에게 주지 못했던 도움을 그 아이에게 주고 싶었다.

그것이야말로 유마와 아들을 겹쳐 보는 행위일지도 모른다는 생각이 들었지만 도저히 충동을 억누를 수 없었다.

한동안 말없이 담배만 피우던 후지다는 이윽고 한숨을 쉬며 재떨이에 담배를 비벼 껐다.

"그렇게까지 말하는데 뭐 어쩌겠어. 직성 풀릴 때까지 알아서 해. 대신 한 번씩 연락해서 이쪽으로 정보 넘겨줘. 지금으로서는 증거가 부족한데, 그래도 움직일 수 있게 내가 잘 얘기해 볼게."

진나이는 후지다의 말에 깊이 감동했다.

억지처럼 보일 수도 있는 진나이의 행동에 어울려 주는 친구가 믿음직스러웠다.

"고맙다."

진나이는 깊이 고개를 숙였다.

"야, 관둬. 닭살 돋게 무슨."

후지다는 거북하다는 듯이 손을 저으며 자리에서 일어났다.

4

눈을 뜨니 새하얀 천장이 보였다.

―여기가 어디지?

유마는 상체를 일으켰다.

배가 욱신거리지만 못 참을 정도는 아니다.

유마는 주위를 둘러봤다.

보아하니 이제껏 간이침대에 누워 있었던 듯하다. 커튼레일이 둘러쳐 있어 바깥 상황은 보이지 않는다.

희미하게 소독약 냄새가 났다.

―또 병원인가?

그렇게 생각했을 때 경쾌한 소리와 함께 커튼이 걷혔다. 유마는 얼른 경계 태세를 갖추었지만 그곳에 나타난 인물을 보고 안심하며 가슴을 쓸어내렸다.

스즈네였다.

스즈네의 얼굴을 보자 희미했던 기억이 주마등처럼 머릿속을 스쳤다.

그러니까 자신이 기억하기로는 체육관에서 마사유키 패거리가 시비를 걸어 잡혀 있었고 그곳에 스즈네가 찾아와 간신히 위기는 넘겼지만 그대로 정신을 잃고 말았다.

"여, 여기가 어디야?"

유마의 질문에 스즈네가 화난 듯이 입을 삐죽 내민다.

"양호실."

"그, 그렇구나."

그제야 상황을 이해하고 안도의 한숨을 내쉬는 유마를 향해 스즈네가 성큼성큼 다가왔다.

　"너 말이야, 고맙다는 인사가 먼저 아냐? 여기까지 옮기느라 얼마나 힘들었는데."

　늦었지만 스즈네의 기분이 나빠 보였던 이유가 이해됐다.

　마사유키 패거리에게서 구해 준 것도 모자라 양호실까지 옮겨다 주었으니 스즈네가 말한 대로 감사부터 표하는 것이 옳다.

　"고, 고마워."

　"근데 뭐, 양호실 선생님도 도와주셔서 그렇게까지 힘들진 않았어."

　스즈네는 장난스럽게 말하며 침대 옆에 있는 동그란 의자에 앉았다.

　"괘, 괜히 고생시켜서 미, 미안."

　이번에는 사과를 하자 스즈네가 유마 쪽으로 불쑥 몸을 내밀었다.

　누군가가 이런 식으로 자신에게 다가온 적이 없었던 유마는 당황하며 몸을 젖히고는 그대로 굳어 버렸다.

　"사과는 됐고, 난 이게 다 무슨 일인지 알아야겠으니까 제대로 설명해 봐."

　"어?"

　"시치미 떼지 말고. 네가 꾸미고 있는 일이 뭔지 말해 봐.

이상한 암호 만들어서 주고받고, 아파트 앞에서는 갑자기 날 끌고 여기까지 왔잖아. 내가 이해할 수 있게 설명해 봐."

스즈네가 또다시 화난 표정으로 변했다. 이야기를 들을 때까지 이곳을 떠나지 않겠다는 강한 의지가 느껴졌다.

그럴 수밖에 없는 상황이었다지만 동의도 없이 제 사정대로 휘두른 데다 도움까지 받았다. 제대로 설명하는 것이 도리라고 생각했다.

하지만…….

그랬다가는 스즈네까지 이 일에 휘말리게 된다.

"모, 못 해."

유마는 고개를 절레절레 저었다.

"말해."

"못 한다니까!"

자신이 생각했던 것보다 훨씬 큰 소리가 나왔다.

스즈네가 깜짝 놀란 듯이 눈을 동그랗게 떴지만 솔직히 더 당황한 사람은 유마였다. 큰 소리를 냈다는 사실 자체도 그렇지만 순간 자신이 느낀 감정에 더 당황했다.

이제껏 이런 식으로 어떤 일에 필사적으로 매달리거나 자신의 의지를 주장한 적은 없었다.

누가 무슨 질문을 하든 애매모호하게 대답하며 그저 땅만 쳐다봤다. 하지만 지금은 자신의 의지를 분명하게 표현하고 있다.

아키토를 구하고 싶어 하는 강한 마음이 유마의 감정에 변화를 가져다준 것이다.

"다른 사람 귀에 들어갈까 봐 걱정하는 거면 그럴 필요 없어. 여기 나하고 너 말고 다른 사람은 없으니까."

스즈네가 자리에서 일어나더니 커튼을 활짝 열어젖혔다.

스즈네의 말대로 양호실 안에 다른 사람의 모습은 보이지 않았다. 하지만 유마가 설명을 망설이는 이유는 그런 문제 때문이 아니다.

"안 돼. 역시 못 하겠어."

"왜?"

"아무튼 안 돼."

스즈네가 답답하다는 듯 허리에 손을 올리고 깊이 한숨을 내쉰다.

"너희 아버지 사건에 관련된 일이야?"

스즈네가 불쑥 아버지 이야기를 끄집어내자 유마는 저절로 말문이 막혔다.

아무 말도 하지 않으면 오히려 의심받을 걸 알았지만 마땅히 떠오르는 말이 없었다.

거짓말이 익숙하지 않아서 더욱 그런지도 모른다.

"숨겨 봤자 소용없으니까 얼른 말해. 너, 아키토랑 짜고 무슨 일을 꾸미는 거야?"

스즈네가 주머니에서 암호가 적힌 쪽지를 꺼내더니 유마

앞에 불쑥 내밀었다.

잊고 있었지만 그랬다. 스즈네는 암호를 해독하고 말았다. 더 복잡한 암호를 쓸 걸 그랬다고 생각했지만 이제 와서 후회해 봤자 소용없는 일이었다.

"그, 그런 거 없어……."

애써 부정해 보았지만 말하고 있는 본인이 느끼기에도 의심스러운 냄새가 풀풀 났다.

아니나 다를까, 스즈네는 전혀 납득하지 못한 표정이었다.

"너, 누구한테서 도망치고 있는 거야? 네가 말한 놈들이 누구야?"

스즈네가 더욱 거리를 좁히며 다가온다.

도망칠 때 유마가 놈들이 어쩌고, 하는 말을 실수로 내뱉었고 그것을 들은 스즈네 입장에서는 의문을 품을 수밖에 없었다.

"얼른 말해."

스즈네가 유마의 어깨를 흔든다.

"그, 그만 좀 해! 이 이상 끌어들이고 싶지 않아서 그러는 거니까!"

유마는 자신을 감정에 내맡긴 채 소리를 지르며 스즈네의 손을 뿌리쳤다.

"역시 뭔가 숨기고 있구나, 너."

스즈네가 유마의 눈을 똑바로 응시했다.

누군가에게 이렇게 강렬한 시선은 한 번도 받아본 적이 없었다.

"나, 나는……."

"아키토를 구해야 한다던 말은 또 뭐야?"

스즈네가 또다시 유마에게 질문해 온다.

"뭐?"

"너 거기서 잘 때 계속 잠꼬대처럼 그랬어. 아키토를 구하러 가야 한다고."

조급한 마음에 그런 말실수까지 했단 말인가.

이미 대부분의 사실이 알려진 이상 어떤 변명도 통하지 않을 거라는 느낌이 들었다.

스즈네까지 이 일에 끌어들이고 싶지는 않았지만 여기서 입을 닫아 봤자 혼자서 여기저기 파헤치고 다닐 게 뻔했다.

결국은 암호를 해독해 낸 것처럼.

그것이 오히려 더 스즈네를 위험에 빠뜨리는 일처럼 보였다.

5

유마의 이야기를 다 듣고 난 후 스즈네는 한동안 말을 잇지 못했다.

지금껏 유마의 이해 못 할 행동들에 대해 이런저런 추측을 했었지만 어느 것 하나 맞질 않았다.

　유마의 말이 사실이라고 하면 중학생이 혼자 힘으로 해결할 수 있는 문제가 아니다. 이 일을 해결할 능력이 있는 사람, 경찰에게 맡기는 편이 낫다.

　스즈네가 그렇게 주장하자 유마는 그것을 완고하게 거부했다.

　경찰에 얘기하면 아키토의 목숨이 위험해진다는 것이 그 이유였다.

　스즈네가 볼 때는 유괴범의 진부한 협박일 뿐 실제로 그런 말을 했다고 해서 즉시 인질을 죽일 것 같지는 않았다.

　하지만 유마가 말하기를 그놈들은 이제껏 몇 번이나 은신처를 찾아내서 습격했다고 했다.

　그렇다면 여기저기서 감시의 눈을 번뜩이고 있다는 말이 된다.

　어쩌면 지금 이 순간에도 누군가에게 감시당하고 있을지도 모른다고 생각하니 스즈네는 등골이 오싹해졌다.

　유마가 자신의 완고한 주장을 거절한 이유도 그런 상황을 겪었기 때문이리라.

　그러나 이미 사정을 들어 버린 이상 이대로 모른 척할 수도 없었다.

　"그럼 이제 어떡할 거야?"

　스즈네의 질문에 유마는 뭔가를 고민하듯 이리저리 눈알을

굴렸다.

"몰라. 모르겠지만 일단은 진나이 아저씨한테 연락해야지."

진나이라는 사람은 바로 조금 전까지 유마가 숨어 있던 집의 주인으로 현재 유마에게 협력해 주고 있는 휴직 중인 형사라고 했다.

"맞다!"

유마가 갑자기 큰 소리로 외쳤다.

"뭔데?"

"진나이 아저씨 집은 이미 놈들한테 들켰잖아. 그 사실을 빨리 전해야 해. 안 그러면 아저씨까지 위험해질 거야."

유마는 허둥지둥 휴대폰을 들고 전화를 걸기 시작했다.

그 모습을 보고 스즈네는 길게 한숨을 내쉬었다.

솔직히 머릿속이 혼란스러웠다. 유마의 이야기를 솔직하게 받아들이기가 힘들었다. 그렇다고 전부 거짓말처럼 들리느냐고 묻는다면 꼭 그렇지는 않았다.

적어도 아키토를 구하고 싶어 하는 유마의 강한 바람만은 진심일 터.

문제는 앞으로 스즈네 자신의 행동 방향이었다.

이대로 모른 척하고 발을 빼는 것이 옳아 보였다.

아무 일도 없었던 것처럼 일상생활로 돌아가면 그만이다.

하지만……

그렇게 돌아간 일상에 얼마만큼의 가치가 있다는 말인가?

일상이라고 해 봐야 거짓으로 도배 된 가짜 세상이다. 진실 따위는 전혀 없다.

아니, 무엇보다 이대로 일상으로 돌아가면 그때처럼 또다시 후회하게 될지도 모른다.

그 아이를 죽게 내버려 두었던 것처럼 이번에는 유마를 외면해서 죽게 내버려 둘 수는 없었다.

"고마워."

유마의 목소리에 퍼뜩 정신을 차리고 보니 어느새 침대에서 일어난 유마가 자신을 향해 깊이 고개를 숙이고 있었다.

"됐어. 내가 뭘 했다고."

스즈네의 대답에 유마는 고개를 가로저었다.

"그런 말 마. 마사유키랑 애들한테서 구해 준 데다 얘기도 들어 주었으니까……."

"듣는 게 뭐가 어렵다고."

"지금까지 내 얘기를 들어 준 사람은 아키토밖에 없었어."

유마가 희미하게 웃었다.

유마는 내내 고독했을 것이다. 괴롭힘을 견디며 고독도 견뎌 왔다.

돌아봐 주는 사람 하나 없이 울적한 마음을 품은 채로 그저 가만히 인내했다.

—닮았어.

상황은 다르지만 자신과 비슷하다는 생각이 들었다.

거짓투성이인 세계에서 알 수 없는 두려움에 빠져 시간이 흘러가기만을 기다렸다. 누구 하나 진정한 자신을 돌아봐 주지 않는 고독 속에서……

"저기."

스즈네는 떠나려던 유마를 불러 세웠다.

"응?"

"이제 어디로 갈 생각이야?"

스즈네의 질문에 유마의 눈동자가 심하게 흔들렸다.

"말 못 해. 그래도 안전한 곳이니까 걱정하지 마."

그렇게 말하며 유마는 스즈네를 향해 웃어 보였다.

이제야 알게 된 사실인데 늘 말을 더듬던 유마가 평범하게 말하고 있다.

조금은 마음을 열어 준 걸까?

"거짓말이지?"

스즈네의 말에 유마가 "어어?" 하고 기묘한 소리를 냈다.

"실은 너, 어디로 갈지 아직 정하지도 않았잖아. 그렇지?"

"아니, 그게……"

유마가 고개를 숙인다.

솔직해서 거짓말을 못 한다. 조금 전에는 닮았다고 생각했는데 약간은 다른 점도 있다. 유마는 스즈네와 달리 솔직하게 살고 있다.

그저 현실의 무게를 견디지 못해 찌부러졌을 뿐이다.

"우리 집, 아직 그놈들은 모르니까 안전할 거야."

스즈네의 제안에 유마의 눈이 튀어나올 것처럼 커졌다.

그런 반응을 보이는 것도 당연하다. 왜냐하면 스즈네 자신도 방금 한 말에 놀랐으니까.

"안 돼. 이 이상 널 말려들게 할 순 없어."

"괜찮아. 우리 집, 아버지는 집에 거의 안 들어오시고 어머니도 지금은 집에 안 계셔."

어머니에 대해 설명하며 '지금은'이라고 말해 버린 자신이 조금 싫었다.

"그런 문제가 아냐. 그놈들은 너희 집도 찾아낼 거고 그러면 너한테도 무서운 일이 벌어질 거야."

유마는 당황했는지 숨도 쉬지 않고 말했다.

"그럴수록 더 우리 집으로 와야지."

"아니, 결론이 왜 그렇게 돼?"

"생각해 봐. 그놈들은 이미 내 존재를 알고 있을지도 몰라. 그럼 집에 혼자 있는 것보다는 여럿이 같이 있는 편이 더 안전하잖아."

다소 억지스럽지만 아주 터무니없는 소리는 아니다.

그 증거로 유마는 망설이는 기색을 보였다.

"그래도……."

말꼬리가 잡힐 것 같아지자 스즈네는 손을 번쩍 들어 유마를 제지했다.

"나도 아키토를 구하고 싶어. 돕게 해 줘."

스즈네의 강한 설득에 유마는 입을 꾹 다물었다.

분명 이것이 스즈네의 진심이리라. 한참 고민하고 이런저런 이유를 갖다 대었지만 결국은 스즈네도 아키토를 구하고 싶은 것이다.

할 수만 있다면…….

6

교문을 나오니 은색 세단 한 대가 서 있고 운전석에는 진나이의 모습이 보였다.

유마의 모습을 확인한 진나이가 차에서 내렸다가 함께 있는 스즈네를 보고는 깜짝 놀란 표정으로 굳어 버렸다.

스즈네는 유마를 대신해 자신을 소개하고 이곳에 오기까지의 경위를 빠르게 설명했다.

이제야 깨달은 사실이지만 스즈네는 무척 영리하다. 유마보다 몇 살은 더 많은 게 아닐까 의심스러울 정도다.

혼자 힘으로 암호를 해독할 정도니 당연한 말일지도 모른다.

진나이는 스즈네의 설명을 듣고 상황은 이해한 듯 보였지만 스즈네의 집을 은신처로 쓰는 안에는 찬성해 주지 않았다.

다른 사람의 집에 함부로 들어가 폐를 끼칠 수는 없고 어떤 일이 벌어질지 모르는 상황이라 너무 위험하다는 것이 그 이유였다.

　"그럼 뭐, 다른 대안은 있으세요?"

　진나이는 거세게 달려드는 스즈네를 달래며 다른 안을 제시했다.

　단기 임대 아파트를 빌려 그곳을 거점으로 삼자는 안이었다. 유마에게 연락받은 단계에 미리 준비했던 모양이다.

　"그게 제일 안전하겠네요."

　유마가 찬성 의사를 내비치자 납득이 안 간다는 표정을 보이면서도 스즈네는 진나이의 의견을 따랐다.

　이야기가 대충 마무리되자 모두 차에 올라탔다.

　진나이는 운전석, 유마와 스즈네는 뒷좌석에 나란히 앉았다.

　"나중에 유마 너한테 보여 줄 게 있다."

　차를 운전하며 진나이가 그렇게 말했다.

　"보여 줄 거…… 요?"

　"그래. 어쩌면 이번 사건의 수수께끼를 푸는 열쇠가 될지도 몰라."

　"대체 어떤 것이길래……."

　"아버지가 인터넷 보안 컨설턴트 일을 하셨다고 했지?"

　"네."

아버지는 기업의 인터넷 보안 대책 컨설턴트로 활동했다.

인터넷 보안 수준을 검증해 문제점 등이 발견되면 수정안을 제시하는 것이 주된 업무였다.

그런 아버지가 자택에서 사용하던 노트북을 해킹당했다. 상대는 아버지에게 들키지 않고 침입하기 위해 무언가 특수한 방법을 사용한 것이 틀림없었다.

"그래서 말인데, 너희 아버지가 최근 몇 년 동안 어떤 일을 맡아 하셨는지 그 리스트를 네가 봐줬으면 한단다."

"그건 왜요?"

유마는 고개를 갸웃거렸다.

어째서 그럴 필요가 있는지 그 이유가 전혀 짐작 가지 않았다.

"이건 어디까지나 아저씨 혼자만의 추측인데……."

진나이는 그렇게 운을 떼며 이야기를 시작했다.

진나이의 추리는 다음과 같았다.

범인의 목적은 금전이 아니라 유마의 아버지인 유타를 경찰에 오인 체포 되게 하는 것이었을 가능성이 있다.

그 추측에는 유마도 동의했다.

애초에 돈을 아버지의 계좌로 송금한 시점에서 범인들은 그 돈에 손을 댈 수 없다.

손에 넣을 수도 없는 돈을 훔치다니, 정말 바보 같은 짓이다.

하지만 아버지를 함정에 빠뜨리기 위한 행동이었다면 전부 설명된다. 일부러 돈을 아버지의 계좌로 송금함으로써 경찰에게 의심받게 할 수 있기 때문이다.

놈들이 갑자기 모습을 드러낸 이유도 어렴풋이 이해될 것 같았다.

"근데 아버지가 하셨던 일은 갑자기 왜요?"

"어째서 함정에 빠뜨릴 필요가 있었는지를 알아야 하니까. 맨 처음에는 원한 관계를 떠올렸는데 너희 아버지가 누군가에게 원한을 살 만한 분은 아니셨잖니."

진나이의 이야기에 유마는 강하게 동의했다.

아버지는 온화한 성격의 소유자로 누군가의 감정을 상하게 할 만한 사람이 아니었다.

유마가 짓궂은 장난을 쳤을 때도 큰소리로 꾸짖기보다는 똑바로 눈을 보며 어떤 점이 잘못되었는지 설명해 주었다.

평소에 다른 사람의 험담을 하는 모습도 본 적이 없다.

뭔가 문제가 생겼을 때는 어쩌다 그런 일이 발생했는지 그 원인을 곰곰이 생각해 보는 타입이었다.

데이터에는 전부 의미가 있다고 유마에게 가르쳐 주었던 것처럼 감정보다는 이론을 중시했기 때문인지도 모른다.

아버지는 적을 만들 만한 사람이 아니었다.

하지만…….

정말 그럴까? 살면서 의도치 않게 적을 만드는 경우는 가

248 유리의 성벽

끔 있다.

자신이 그랬던 것처럼. 아니, 아니다.

유마는 자신의 생각을 부정했다.

왜 그렇게 느꼈는지는 모르겠지만 자신이 괴롭힘을 당하는
이유가 '정말 아버지의 사건 때문일까?' 하는 의문이 들었다.

아버지에게 아무 일도 없었더라면 괴롭힘을 당하지 않았을
까?

마사유키 패거리와 사이좋게 떠드는 모습을 떠올려 보려고
했지만 도무지 상상이 되질 않았다.

어쩌면……

"유마야, 듣고 있니?"

진나이가 부르는 소리에 유마는 갑자기 현실로 돌아왔다.

"네, 그럼요. 듣고 있죠."

유마는 그럴듯하게 둘러대었지만 진나이는 유마가 중간부
터 이야기를 듣지 않고 있었던 사실을 이미 알고 있는 듯했
다.

백미러 너머로 쓴웃음을 짓고 있는 진나이의 모습이 보였
다.

"너희 아버지가 누군가의 원한을 사게 되었다면 일 때문이
아닐까 추측한 거야."

진나이는 반복해서 한 번 더 설명했다.

"일리 있네요. 그럴 가능성도 있겠어요."

가능성이 충분한 이야기다. 그래서 진나이는 아버지가 컨설팅을 했던 기업의 리스트를 유마에게 보여 주려고 했다.

하지만 유마가 그 리스트를 본다고 해서 순식간에 사건이 해결되는 것은 아니다.

"한 가지만 여쭤봐도 돼요?"

여태 잠자코 있던 스즈네가 입을 열었다.

빤히 앞을 응시하고 있다. 스즈네의 날카로운 시선은 유마가 아닌 진나이에게 향했다.

"그러렴."

진나이가 다음 말을 재촉했다.

"아저씨가 이 사건을 조사하시는 이유가 뭐죠?"

이유는 모르겠지만 스즈네의 목소리에서 진나이를 비난하는 듯한 느낌을 받았다.

"이유?"

"네."

"이유라……. 아저씨도 경찰이라 모른 척할 수가 없었어."

"정말 그것뿐이에요? 지금 휴직 중이시죠? 그럼 보통은 다른 형사한테 맡기지 않나요?"

스즈네는 쉴 틈 없이 질문을 쏟아 냈다.

평소보다 말이 빠르다. 조금 흥분했는지도 모른다.

"그럴 수도 있겠지만 사실 지금 상황에서는 경찰이 대대적으로 움직일 만한 증거가 없지 않니."

"그래도······."

"너야말로 이 일에는 왜 끼어든 거냐? 그저 같은 반 친구라는 이유만으로 그러는 건 아닐 테고."

반대로 이번에는 진나이가 질문으로 몰아붙이자 스즈네는 그 순간 입을 꾹 다물었다.

좁은 차 안에서 유마는 소외감을 느꼈다. 왠지 두 사람만이 아는 진실이 있는 것 같다는 느낌을 지울 수 없었다.

7

진나이가 빌린 아파트는 대략 3평 정도 되는 원룸 형태로 공간은 협소했지만 가구가 얼추 갖추어져 있어 임시로 거주하기에는 충분했다.

급하게 준비한 것 치고는 제법 괜찮다.

"우선은 네가 리스트부터 봐 줘야겠다."

진나이는 그렇게 말하며 유마에게 리스트를 건넸다.

유마는 리스트를 받아들더니 그대로 바닥에 앉아 집중해서 훑어보기 시작했다. '사건의 실마리를 조금이라도 잡을 수 있으면 좋을 텐데.'라고 생각하던 진나이는 찌르는 듯한 시선을 느꼈다.

스즈네였다.

스즈네는 유마가 아닌 진나이를 빤히 쳐다봤다. 특별한 말은 없었지만 조금 전 차 안에서 하던 이야기를 마저 하고 싶어 하는 눈치였다.

진나이는 애써 스즈네의 시선을 모른 척하며 "좀 어떠니?" 하고 말을 붙이며 유마 쪽으로 돌아앉았다.

"거기 적힌 회사 중에 아버지가 일을 하다 문제가 생긴 곳이 있다고 말씀하신 적은 없니?"

진나이의 질문에 유마는 난처한 듯 미간을 찌푸렸다.

"죄송하지만 잘 모르겠어요. 집에서 일 얘기는 별로 안 하셔서……."

유마는 그 이상 말을 잇지 못했다.

당연한 일인지도 모른다. 가령 어떤 일이 있었는지 이야기한다고 해도 기밀 유지 계약이 있으니 자기 아들에게 미주알고주알 떠들어 대지는 않았을 것이다.

진나이 자신이 그랬다.

수사 정보를 함부로 떠들어 댈 수는 없으니 '거의'라고 해도 좋을 정도로 집에서는 일 얘기를 안 했다.

진나이의 그런 행동은 결국 가정에 결정적인 균열을 만들어 냈다.

분명 아들은 그런 아버지를 원망했으리라. 어쩌면 아버지를 정체 모를 무언가 정도로 인식했을지도 모른다.

"정말 아무것도 생각 안 나?"

스즈네가 물었다.

말투가 거칠어진 까닭은 조금 전 차 안에서 진나이와 나누었던 대화의 영향이 남아 있기 때문일까?

"미안. 버그 수정법이나 네트워크 구조 같은 기술적인 얘기는 많이 하셨어도 업무 내용에 대해서는 구체적으로 얘기하신 적이 한 번도……."

유마는 고개를 절레절레 흔들었다.

그 말을 듣자마자 진나이는 가슴 위로 무거운 추가 떨어진 줄 알았다.

구체적인 일 얘기는 할 수 없었어도 유마의 아버지는 아들에게 되도록 많은 얘기를 들려주려고 노력했다.

그에 비해 자신은 어땠는가.

수사 정보를 유출할 수 없다는 핑계로 대화해 보려는 노력을 일절 하지 않았다. 어차피 이해 못 할 거라 처음부터 단정 짓고 거리를 두었다.

딱히 구체적인 수사 상황을 얘기할 필요는 없었다. 자신이 무슨 일을 하고 있는지만 들려줘도 충분했다.

그런데 어째서 자신은 유마의 아버지처럼 아들과 얘기해 보려고 하지 않았을까?

어쩌면 서로 간에 벽을 세우고 있었을지도 모른다. 그래서 진나이는 도움을 요청하는 아들의 신호를 알아채지 못했고 반대로 아들 역시 도움을 요청할 수가 없었다.

정말이지 자신이 싫어진다.

"어!"

뭔가를 발견한 듯 유마가 소리 질렀다.

"뭔가 알아냈어?"

진나이가 묻자 "죄송해요." 하고 유마가 사과했다.

"그런 건 아니고 아버지가 캐슬 보안 쪽 일도 하셨다는 걸 방금 알게 돼서……."

유마가 겸연쩍은 미소를 지으며 말했다.

"캐슬?"

진나이는 유마가 하는 말이 이해가 안 됐다.

"휴대폰으로 하는 온라인 게임이에요. 지금 꽤 인기 많아요."

설명한 쪽은 스즈네였다.

"그런 게 다 있구나."

"외국에서도 서비스해서 이미 다운로드 수가 천만이 넘었어요."

"그래? 굉장한걸."

게임에는 문외한인 진나이도 그것이 얼마나 경이로운 숫자인지는 안다.

어쩌면 아들도 했을지 모른다. 그런 것조차 몰랐다. 아니, 알려고 하지 않았다.

"제가 아키토랑 친해지게 된 계기가 캐슬이거든요."

유마는 하얀 이가 드러나도록 활짝 웃었다.

"그럼 게임에서 만난 거니?"

진나이가 묻자 "아뇨." 하고 유마는 부정했다.

"아키토가 캐슬 랭킹이 안 오른다고 고민하길래 제가 게임 데이터를 손봐줬어요."

유마는 조금 우쭐하며 얘기했지만 진나이는 무슨 말인지 전혀 감이 오지 않았다.

"이해가 잘 안 되는구나."

"캐슬은 기본적으로 무료 게임이지만 무료로만 즐기면 강해지기가 어려워요. 돈을 써서 아이템을 사는 현질을 해야지만 강해질 수 있거든요. 근데 아키토는 현질을 하기 어려운 상황이라 제가 캐릭터 데이터를 조금 고쳐줬어요."

"그랬구나."

대답은 했지만 유마가 말한 상황이 그다지 상상되진 않았다.

진나이가 그런 유의 게임을 해본 적이 없기 때문이다.

"돈을 쓰지 않고 게임을 한다는 건 빈손으로 전쟁에 나가는 거랑 같거든요. 보통 그런 상황에서는 권총이든 뭐든 무기를 가지고 가잖아요."

진나이는 스즈네의 설명으로 그제야 상황을 이해했다.

그러니까 돈을 내서 우위에 설 수 있게 무장한다는 뜻인 듯했다. 하지만 여기서 또 다른 의문점이 생겼다.

"그 현질이라는 건 어떻게 하는 거냐? 직접 돈을 내러 가는 거야?"

진나이의 질문에 유마는 폭소를 터트렸다.

이 아이가 이런 식으로 웃는 모습은 처음 보는 것일지도 모른다.

다시금 아들의 얼굴이 떠올랐다.

진나이의 기억 속에 남아 있는 아들은 이런 식으로는 웃지 않았다. 진나이를 향해 웃어 보인 적은 있지만 지금 생각해 보니 자연스러운 미소가 아닌 꾸며 낸 미소였던 것 같다.

"휴대폰 요금이랑 같이 내도 되고 신용 카드로 결제하거나 아니면 선불카드로 지불하는 방법도 있어요."

이번에도 설명을 한 쪽은 스즈네였다.

스즈네가 머리 회전이 빠르다는 사실은 안다. 어려운 내용을 알기 쉽게 설명하는 재주도 있다.

그것은 스즈네의 장점이지만 동시에 그런 점이 부자연스럽게 느껴지기도 했다. 도무지 중학생 같지 않다. 지나치게 조숙한 면이 있다.

타고난 기질일까, 아니면 어떤 일을 계기로 몸에 밴 것일까?

"아무튼 리스트에서는 아무것도 알아낸 게 없으니까 우선은 데이터 분석에 집중하는 게 좋겠어요."

유마의 제안에 진나이는 이의가 없었다. 스즈네도 동의하며 고개를 끄덕였다.

8

쥐 죽은 듯 고요한 방 안, 유마는 홀로 노트북 모니터를 응시했다.

조금 전까지는 진나이와 스즈네도 있었다. 하지만 슬슬 시간이 늦어지자 스즈네만 일단 귀가하기로 했다. 진나이는 차로 스즈네를 데려다주러 갔다.

적막함에는 제법 익숙해졌다고 생각했다. 혼자 컴퓨터를 하면서 주위가 적막하다고 느낀 적은 한 번도 없었다.

하지만 지금은 이곳이 얼마나 적막한지 실감 났다.

조금 전까지는 진나이나 스즈네의 존재가 느껴졌기 때문이리라.

혼자였다면 이미 마음이 꺾였을지도 모른다. 하지만 두 사람이 있어서 어떻게든 앞으로 나아갔다.

아키토가 아닌 다른 사람에게 이런 감정을 느끼게 될 줄은 꿈에도 몰랐다.

두 사람의 존재가 고마웠지만 동시에 의문이 들기도 했다.

형사인 진나이는 그렇다 쳐도 어째서 스즈네가 위험까지 무릅쓰며 이 일에 관심을 보이는지 이해되지 않았다.

—나도 아키토를 구하고 싶어.

말은 그렇게 했지만 아키토와 스즈네가 가깝게 지내는 모습은 본 적이 없다. 있다면 유마도 스즈네의 존재를 인식했을 것이다.

직접적인 교류는 없었어도 아키토를 아끼는 마음은 있었을지 모른다. 가령 전부터 스즈네가 아키토를 좋아했다면?

누구에게나 친절하고 멋있는 아키토와 조금 까탈스럽지만 배려심 깊은 스즈네. 두 사람은 잘 어울리는 커플이 될 것 같았다.

하지만 유마의 마음속에 찝찝한 감정이 섞여 있다.

질투 같은 게 아니다. 뭔가 다르다. 질투라는 감정의 기준선에서 비껴 있다.

하지만 그것 외에는 스즈네가 고집스럽게 이 사건에 끼어들려는 이유가 짐작 가지 않는다.

─대체 뭘까.

속으로 중얼거리면서도 유마는 다시 작업을 시작했다.

스즈네의 마음도 이해하기 어렵지만 사건 쪽도 이해가 가지 않기는 마찬가지다. 지금까지 시간을 들여 데이터를 살펴봤지만 아무것도 찾아낼 수 없었다.

데이터를 숨기는 방법에는 몇 가지가 있다. 가장 단순한 방법은 상관없는 폴더에 섞어 버리는 것이다.

유마는 모든 폴더를 샅샅이 뒤졌지만 그럴싸한 폴더는 찾지 못했다.

다른 방법으로는 데이터 자체를 표시되지 않게 하는 방법이 있다. 특정 조작을 통해 컴퓨터를 조작하는 사람에게 들키지 않고 백그라운드에서 실행할 수 있다.

그쪽으로도 조사해 보았지만 아직은 발견하지 못했다.

애초에 자신이 찾고 있는 데이터는 존재하지 않을지도 모른다는 회의감이 잠깐 들었지만 이내 머릿속에서 지웠다.

놈들이 노트북 안에 든 데이터를 원한 것은 틀림없는 사실이다.

그것을 손에 넣으려고 아키토까지 납치했다. 그런데 실은 아무것도 없었다니, 그럴 가능성은 희박했다.

그렇다면 데이터는 어디에 있을까.

"이제 생각해 볼 수 있는 건 처음부터 다른 데이터에 끼워 넣었을 가능성인가……."

소리 내어 말하는 것과 동시에 온몸에 전기가 통한 것 같았다.

그랬다. 지금껏 유마는 별도의 파일을 찾으려고 했다. 하지만 전제 자체가 잘못되었던 것일지도 모른다.

놈들이 원하는 데이터는 별도의 파일이 아닌, 별도의 소프트에 프로그램으로 짜여 있는 것일지도 모른다는 생각이 들었다.

"맞다. 아저씨가 보여줬던 리스트."

유마는 자리에서 일어나 진나이에게 건네받았던 리스트를 찾았다.

─찾았다.

리스트는 주방 카운터 위에 덩그러니 놓인 채로 방치되어 있었다.

유마는 그것을 집어 들고 노트북 앞으로 되돌아와서는 위에서부터 순서대로 리스트를 훑어봤다.

조금 흥분한 채로 시작했던 작업이었지만 시간이 갈수록 그 감정은 확연히 식어갔다.

짐작이 빗나갔다는 사실을 알게 되어서가 아니다.

갑자기 지금까지 있었던 일들이 뇌리를 스치며 어떤 가능성을 깨달았기 때문이다.

잘 생각해 보면 이상한 일이다. 놈들이 유마의 집을 알아낸 것은 어쩔 수 없는 일이다. 하지만 문제는 그다음부터다.

아키토의 집으로 은신처를 옮겼지만 그것도 이내 발각됐다.

게다가 진나이의 집도 마찬가지다.

그뿐만이 아니다. 놈들에게서 도망치려고 진나이의 집을 나왔을 때 때마침 스즈네와 만났다.

이제 와서 다시 생각해 보니 지나칠 정도로 타이밍이 좋다.

이상한 점은 또 있다.

아키토를 구하고 싶다던 스즈네의 말은 어딘가 부자연스럽다.

아키토가 납치되었다는 말을 들었을 때 스즈네의 반응은 몹시 냉담했다. 그것이 바로 유마가 조금 전에 느꼈던 위화감의 정체다.

만약 스즈네가 아키토를 좋아했다면 훨씬 동요하는 모습을 보였을 텐데 스즈네는 태연하게 그 사실을 받아들였다.

마치 처음부터 아키토가 납치되었다는 사실을 알았던 사람처럼.

인정하고 싶지는 않지만 만약 자신의 짐작이 맞는다면 돌이킬 수 없는 실수를 저지른 셈이다. 이 장소는 이미 놈들에게 들켰다는 뜻이니까.

유마의 불안을 부채질하듯 덜컹하고 무언가 쓰러지는 소리가 들렸다.

—큰일이다! 당장 도망쳐야 해!

유마는 노트북을 품에 안고 자리에서 일어났다.

9

스즈네가 임대 아파트를 나왔을 때 주위는 이미 어두워져 있었다.

차로 데려다주겠다는 진나이의 말을 듣고 스즈네는 곧장 알았다고 대답했다. 여기로 오는 길에 나누었던 대화는 도중에 끊기고 말았다. 정확히는 유마 앞이라 사정을 깊게 파고들기가 어려웠다.

유마가 없는 곳에서 마저 얘기를 나눌 수 있는 더할 나위 없는 기회다.

진나이도 같은 생각을 했기에 스즈네를 집까지 데려다주겠다고 말을 꺼냈을 것이다.

"아저씨, 우리 전에 묘지에서 만났죠? 그리고 학교 앞에서도 언뜻 봤어요."

스즈네는 차가 출발하자마자 맨 먼저 그 질문을 던졌다.

유마 앞에서는 초면인 척했지만 스즈네는 진나이를 처음 보는 것이 아니다. 이야기를 나누지는 않고 무덤 앞에서 스쳐 지나갔을 뿐이다.

아주 짧은 시간이었지만 진나이도 스즈네를 기억하는 게 분명했다. 그것은 표정을 보고 확신했다.

진나이는 운전을 하며 쓴웃음을 지었다.

"아버지란다."

진나이가 들릴락 말락 한 목소리로 말했다.

목소리에 패기가 없다. 마치 그 사실을 부끄러워하는 것처럼 느껴지기조차 했다. 묘지에서 봤을 때부터 그렇지 않을까 짐작했기 때문에 특별히 놀랍지는 않았다.

다만 문제는 그다음이다.

"그건 알겠는데, 지금 이러고 계신 이유가 뭐죠?"

스즈네의 다음 질문에 진나이가 의아하다는 표정을 짓는다.

"너한테도 같은 걸 묻고 싶구나."

"저한테는 관심 *끄세요*."

"왜?"

"아저씨, 질문에 질문으로 대답하는 건 공정하지 않은데
요."

스즈네가 강하게 주장하자 진나이는 피식 웃음을 터트렸
다.

"그래, 네 말이 맞는 것 같다. 그럼 아저씨가 얘기하면 너
도 이유를 말해 줄 거니?"

마침 빨간불에 차를 멈춘 진나이가 스즈네의 눈을 똑바로
쳐다봤다.

역시 형사라 그런지 대화를 이끌어 가는 기술이 대단하다.

"그럴게요."

그렇게 대답하며 스즈네는 진나이에게서 시선을 돌렸다.

진나이는 곧바로 이야기를 시작하지는 않았다. 먼 곳을 바
라보듯 눈을 가늘게 뜨고 무언가를 골똘히 생각했다. 과거의
기억을 더듬고 있는 중인지도 모른다.

잠시 후 신호가 파란색으로 바뀌고 막 액셀을 밟았을 때 비
로소 진나이가 입을 열었다.

"나도 잘 모르겠구나."

"모른다고요?"

모른다는 말로 발뺌하며 대화를 끝내려고 하다니 비겁하
다.

"너도 그렇지?"

동의를 구하는 기습적인 질문에 스즈네는 숨을 헉 들이켜며 입을 다물었다.

어쩐지 마음속을 다 꿰뚫어 보는 것 같아 진정이 안 된다.

"저는, 전혀······."

"그럼 안다는 말이니? 왜 이런 짓을 하고 있는지?"

"그게, 저······."

무어라 답하기 곤란한 질문이었다.

스즈네 자신은 잘 안다고 생각했다. 유마는 아키토를 구하고 싶다고 했다. 그 말에 마음이 움직였다는 것이 가장 큰 이유다.

하지만 동시에 그 이유가 거짓임을 누구보다 자기 자신이 제일 잘 알았다.

현실에서 눈을 돌려 본심을 속이고 거짓말로 가득한 꿈의 세계로 몸을 던져 공상 속에서 자기만족을 하는 것이나 다름없었다.

"나 자신도 잘 모르겠지만 그래도 내 힘이 닿는 데까지는 돕고 싶구나. 네가 보기에는 터무니없는 변명이라는 거 잘 안다. 그래도 아저씨는 조금이라도 좋으니 그 아이의 힘이 되고 싶어."

"유마는 아저씨 아들이 아니에요."

스즈네는 틈을 주지 않고 곧장 그렇게 대꾸했다.

어째서 상대가 상처받을 게 뻔한 가시 돋친 말을 내뱉었는지 자신도 이해되지 않았다. 어쩌면 황홀한 표정으로 자기만족에 젖어 있는 진나이가 꼴 보기 싫어서 그랬는지도 모른다.

진나이가 전혀 다른 선택을 했다면 애초에 이런 일은 벌어지지 않았다.

그래서 화가 났고 그 분노는 어떻게 해도 사라지지 않았다.

이것이 단순한 책임 전가임은 자신도 잘 안다. 알지만 그래도 역시 분노가 끓어오른다.

"그래, 네 말이 맞아. 처음에는 아들과 겹쳐 보기도 했다는 거 인정하마. 하지만 지금은 조금 다르구나."

"뭐가 다른데요?"

"친구를 구하려고 애쓰는 한결같은 모습을 봤더니 믿고 싶어졌어."

"믿다니, 뭘요?"

"그건 굳이 말 안 해도 알 거다."

그렇게 말하고서 진나이는 따스한 눈길로 스즈네를 봤다.

그러나 자신을 바라보는 진나이의 눈길이 따스하면 따스할수록 스즈네의 마음은 속에서부터 차갑게 식어갔다.

자신에게 지나친 경멸감을 느껴서 그런 것인지, 아니면 전혀 다른 감정이 싹트기 시작해서 그런 것인지는 몰랐다.

스즈네가 생각에 잠겨 있는 사이 운전석 옆 수납함에서 진나이의 휴대폰이 울렸다.

그것을 손에 들고 화면에 표시된 이름을 확인한 진나이는 "유마구나."라고 중얼거리더니 길가에 차를 세우고서 전화를 받았다.

"그래, 아저씨야. 무슨 일 있어?"

구체적인 내용은 안 들렸지만 전화 너머로 유마가 반쯤 정신이 나가서 뭔가를 외치고 있는 것은 알았다.

아무래도 무슨 일이 벌어진 듯하다.

"그래, 알았다. 일단 진정해. 아저씨가 당장 돌아갈 테니까 절대로 집에서 나오지 마라."

진나이는 빠르게 말하고서 전화를 끊더니 스즈네를 돌아봤다.

"미안하지만 여기서 내려 주겠니?"

스즈네를 내려놓고 자신은 유마에게 달려가려는 것이다.

"싫은데요."

스즈네는 단호하게 말했다.

"근데……."

"유마한테 무슨 일 생겼죠? 여기서 입씨름하고 있을 여유 있어요?"

스즈네가 잡아먹을 듯이 쏘아보며 말하자 진나이는 떨떠름한 표정으로 차를 돌렸다.

10

진나이는 이 집에서 나가지 말라고 했다.

하지만 조금 전 창문 너머로 검은 그림자가 움직이는 것이 보였다. 놈들이 코앞까지 와 있다고 생각하니 이대로 가만히 집에 틀어박혀 있는 것이 오히려 더 위험하게 느껴졌다.

현관문은 잠겨 있지만 창문을 깨고 침입할 가능성도 있다. 그렇게 되면 그때야말로 도망칠 길이 없어진다.

아무리 생각해도 탈출할 기회는 지금뿐이다.

유마는 각오를 다지고 현관에서 신발을 신은 뒤 문구멍을 통해 바깥 상황을 살폈다. 다른 사람의 모습은 보이지 않는다.

—지금이라면 가능해.

유마는 잠금장치를 풀고 문을 열어 바깥으로 뛰쳐나갔다.

그런 다음 그대로 복도를 빠져나가 1층까지 계단을 타고 뛰어 내려갔다. 건물을 벗어나려던 찰나, 유마는 뜻하지 않게 걸음을 멈췄다.

도로에 서 있는 그 남자의 모습이 눈앞에 보였다.

검은 양복을 입고 짐승처럼 날카로운 눈빛으로 자신을 보던 그 남자다.

"이게 누구야. 이런 곳에 숨어 있을 줄은 몰랐는데."

남자는 히죽히죽 섬뜩한 미소를 띠며 말했다.

"여, 여긴 어떻게 알아냈어?"

유마는 슬금슬금 뒷걸음질을 치며 물었다.

"글쎄, 어떻게 알았을까. 넌 이미 그 답을 찾은 것 같은데?"

"여, 역시 그 아이가."

유마의 말에 남자는 대답 없이 그저 어깨만 으쓱거려 보였다.

그것만으로도 충분했다. 유마의 예상이 맞았다. 스즈네는 스파이였다. 역시나 하고 납득함과 동시에 배신당했다는 사실에 실망감이 들었다.

"자, 그럼 이만 데이터를 넘겨주실까."

남자가 유마를 향해 다가온다.

그 남자를 비추듯 강한 빛이 쏟아졌다.

순간 눈앞이 새하얘졌다. 몇 번인가 눈을 깜박이자 그제야 시야가 확보됐다.

눈앞에 은색 차가 서 있다. 진나이의 차다.

조수석 문이 열리며 차 안에서 스즈네가 나왔다.

"너 여기서 왜 이러고 있어?"

스즈네가 목소리를 높인다. 스즈네가 배신자라는 사실을 알아서인지 책망하는 투로 들린다.

아니, 실제로도 그럴 것이다.

"보면 알잖아."

유마는 검은 양복을 입은 남자에게 시선을 보냈다.

남자와 눈이 마주친 스즈네는 놀라는 기색도 없이 "그렇게 된 거구나." 하고 혼잣말처럼 말했다.

　이 반응, 역시 스즈네는 검은 양복을 입은 남자와 한편이었다.

　알고 있던 사실이지만 실망이 크다.

　유마는 새삼 스즈네를 얼마나 믿고 있었는지 깨달았다.

　—나도 아키토를 구하고 싶어.

　그렇게 말하던 스즈네의 모습이 선명하게 떠오른다.

　그 당시 스즈네의 목소리와 눈빛은 열기를 띠고 있어서 도저히 거짓말을 하는 사람처럼 보이지 않았다. 그런데 어째서……

　조금씩 눈시울이 뜨거워진다.

　넘쳐흐를 것 같은 눈물을 억지로 참았다. 이 눈물은 실망에서 시작된 걸까, 슬픔에서 시작된 걸까, 혹은 전혀 다른 감정에서 시작된 걸까?

　"이러고 있지 말고 일단은 아파트로 돌아가자."

　어느 틈에 운전석에서 내린 진나이가 유마에게 말했다.

　"돌아가요? 지금 어떤 상황인지 알기나 하세요?"

　유마가 따지자 진나이는 "물론이다." 하고 고개를 끄덕였다.

　"네?"

　유마의 입에서 저절로 소리가 나왔다.

진나이도 바로 지척에 저 남자가 있다는 사실을 알고 있다. 그걸 알고서도 집에 들어가다니 자살행위나 다름없다.

진나이까지 정신이 나가기라도 한 걸까.

"안됐구나."

검은 양복을 입은 남자가 터져 나오는 웃음소리를 간신히 참으며 끅끅거렸다.

조소로 가득한 독살스러운 웃음이었다.

"뭐, 뭐가 그렇게 웃겨?"

유마의 질문에 검은 양복을 입은 남자는 웃음을 거두고 섬뜩할 정도로 차가운 시선을 보냈다.

붉게 물든 그 눈은 모든 것을 꿰뚫어 보는 것 같았다.

"아직도 모르겠어? 세상에 네 편 같은 건 없다. 저 남자도, 그리고 저 여자도 전부 우리 입김이 닿은 인간들이지."

어렴풋이 알고 있었지만 남자는 새삼 현실을 들이밀며 유마를 나락으로 떨어뜨렸다.

우르르 소리를 내며 발밑이 무너진다.

아니, 무너져 내리는 것은 발밑만이 아니다. 세상 그 자체가 붕괴해 버린 기분이다.

"내 편은, 없었어……."

유마가 소리 내어 말하자 남자는 "드디어 깨달았구나!" 하고 외치며 승리를 선언하듯 소리 높여 웃었다.

남자가 입은 검은 양복이 칠흑 갑옷으로 변했다. 허리에는 대검을 차고 있고 붉은 망토가 바람에 나부낀다.

투구 틈으로 언뜻 보이는 입가에는 엄니가 솟아 있고 피로 물든 눈으로 유마를 응시했다.

지옥 밑바닥에서 찾아온 불사신 검사 다크 나이트.

적은 너무나 강대했다.

유마는 이제야 새삼 그 사실을 통감했다. 안타깝지만 처음부터 유마가 열심히 발버둥 쳐 봤자 이길 상대가 아니었다.

차라리 이대로 놈들에게 잡히는 편이 편하지 않을까 하는 생각이 머리를 스쳤다.

이 이상 끔찍하고 괴로운 일은 겪지 않아도 되니까.

하지만 그렇게 되면 아키토는?

만약 여기서 유마가 잡히면 아키토는 쓸모가 다해 놈들에게 제거당하게 된다. 하나뿐인 친구를 지키기 위해서라도 유마는 어떻게든 계속 도망쳐야만 했다.

"싫어!"

유마는 외침과 동시에 발길을 돌려 뛰쳐나갔다.

"거기 서! 여기서 또 도망쳐서 뭘 어쩌려고? 더 도망칠 데도 없잖아!"

등 뒤로 스즈네의 외침이 들렸다.

그런 식으로 말하다니, 역시 스즈네는 놈들과 한편이다.

이 이상 혼자 힘으로 도망치기가 힘들다는 사실은 누구보다 유마 자신이 제일 잘 알았다.

어디를 향해 달리고 있는지 자신도 알 수 없었다. 그저 아키토를 위해서라도 어떻게든 놈들에게서 벗어나야만 했다.

그것 말고는 지금 유마가 할 수 있는 일이 없었다.

─나의 왕국을 되찾기 위해.

아키토와 함께했던 맹세가 머릿속에 메아리쳤다.

지금 유마에게는 그 맹세만이 유일한 구원이자 희망의 빛이었다.

암흑 속을 쉬지 않고 달렸다.

어디를 어떻게 달렸는지 자신도 몰랐다. 다만 정신을 차렸을 때는 학교 부지 안에 들어와 있었다.

교사 출입구는 전부 잠겨 있었지만 다행히 체육관 문은 열려 있었다. 깜박하고 잠그지 않은 것이다.

유마는 그대로 체육관 구석에 있는 창고 안에 몸을 숨겼다.

아키토와 만났던 이곳 말고는 달리 갈 곳이 없었다.

인터넷 세상에서는 어디든 자유롭게 돌아다녔다. 하지만 현실에서는 지극히 좁은 범위 안에서만 살았다는 사실을 깨달았다.

"마음 약해지면 안 돼."

유마는 소리 내어 말함으로써 자신을 격려했다.

여기서 꺾일 수는 없었다. 무슨 수를 써서라도 아키토를 구해야만 했다.

노트북을 켜고 안에 든 데이터를 마저 분석하려고 했지만 배터리가 다 돼서 사용할 수 없었다.

콘센트를 찾았다. 간신히 찾아내기는 했지만 충전용 코드가 없다는 사실을 깨닫고 한숨을 내쉬었다.

이래서는 아무것도 할 수 없다.

무기력에 빠진 유마는 체조 매트에 몸을 기대고 어두운 천장을 올려다봤다.

자신은 앞으로 얼마나 더 도망쳐야 하는 걸까.

왠지 모르게 지독한 피로감이 몰려왔다.

자신을 짓누르는 듯한 피로감 속에 유마의 눈꺼풀이 조용히 감겼다.

제5장
왕국의 붕괴

1

―눈부셔.

눈을 뜨니 창문으로 쏟아져 들어온 빛이 스포트라이트처럼 유마의 얼굴을 비추고 있었다.

자기도 모르는 새에 깜박 잠들었던 모양이다.

아침을 맞이했다. 어쩌면 이미 낮일지도 모른다고 생각함과 동시에 유마는 벌떡 몸을 일으켰다.

이상한 자세로 잠들었던 탓인지 뼈마디가 쑤셨지만 그런 데에 신경 쓸 여유는 없었다.

아키토를 구해야 하는 판국에 이런 데서 잠들어 버리다니, 정말 자신이 한심했다.

눈을 비비고는 찰싹 소리가 나도록 양손으로 뺨을 때린 뒤 마음을 다잡았다.

그러나 이제부터 뭘 해야 할지 막막했다.

노트북 배터리는 방전된 상태다. 어디서든 충전해야 하는데 자신은 갈 곳이 없다. 도와줄 사람도 없다.

진나이와 스즈네의 얼굴이 잠깐 스쳤지만 이내 분노와 함께 사라졌다.

두 사람이 배신한 탓에 유마는 도망쳐야만 했다.

아무튼 계속 여기 머물 수는 없었다. 제대로 된 은신처로 이동해 아키토를 구하기 위해 행동에 나서야…….

"이제야 눈을 떴나?"

갑자기 어디선가 들려온 목소리에 유마는 깜짝 놀라 굳어 버렸다.

정중하면서도 땅이 울리는 듯한 이 목소리는 낯설지 않았다. 고개를 돌려 보니 예상대로 그 남자가 서 있었다.

검은 양복을 입고 일자로 쭉 뻗은 눈썹 아래로 날카로운 눈을 빛내며 유마를 응시하고 있다.

"너, 너는……."

"이제 도망치는 건 포기하는 게 어때? 계속 도망쳐 봤자 우리는 끝까지 널 쫓을 거다. 절대로 놓치지 않아. 절대로."

남자의 눈이 번쩍 붉은 빛을 내뿜는다.

단순한 협박이 아니다. 남자가 말한 대로 유마가 아무리 도망쳐 봤자 이 남자는 끝까지 쫓아올 것이다.

역시 이제는 정말 도망칠 곳이 없을지도 모른다.

"한 가지, 거래하는 게 어때?"

남자가 씩 웃음 짓는다.

"거, 거래?"

"그래. 데이터를 넘겨주면 우리는 더 이상 너를 쫓지 않겠다. 친구도 돌려주마."

"저, 정말이야?"

"암, 정말이지. 우리도 술래잡기에는 질린 참이야. 너는 평소와 같은 일상으로 돌아가면 돼."

남자의 말투는 이제까지와 다르게 더할 나위 없이 온화했다.

"하, 하지만……."

"일상으로 돌아가고 싶지 않아?"

남자의 제안은 매력적이었다.

하지만 이전까지의 일상으로 돌아가는 것이 유마에게 반드시 행복한 일이라고 하기는 힘들었다.

아버지의 무죄는 밝혀지지 않은 채로 변함없이 괴롭힘은 계속된다는 뜻이니까.

하지만 아키토의 목숨에 비할 바는 못 된다. 고통스럽고 괴로운 날이 계속되겠지만 아키토만 있으면 유마는 살아갈 수 있다.

"좋아. 대신 이 데이터를 넘기기 전에 아키토를 여기로 데려와."

유마는 강하게 주장했다. 남자의 얼굴이 미미하게 일그러진다. 망설이고 있는 것이리라. 유마 입장에서 이것만큼은 절대로 양보할 수 없었다.

자신은 어떻게 돼도 상관없지만 아키토만은 구하고 싶었다.

죽어도 놓지 않겠다는 결의를 담아 노트북을 가슴에 꼭 끌어안고 남자를 노려봤다.

한동안 생각에 잠겨 있던 남자는 이윽고 휴대폰을 꺼내 들어 전화를 걸기 시작했다.

통화가 끝나고 5분도 지나지 않아 젊은 남자가 아키토를 데려왔다.

"아키토!"

오랜만에 보는 아키토의 얼굴에 유마는 환희에 찬 목소리로 아키토의 이름을 크게 불렀다.

아키토 역시 기쁨의 미소를 짓고 있었다. 감금 생활이 힘들었을 텐데 이렇게 웃어 주는 아키토를 보니 가슴이 찡했다.

"자, 약속을 지켰으니 데이터를 내놔."

검은 양복을 입은 남자가 손을 내민다.

아키토가 여기에 있으니 데이터를 건넨 뒤에 놈들이 두 사람을 죽이려고 해도 아키토만은 도망치게 해줄 수 있다.

여기는 학교 안에 있는 체육관 창고이니 아키토는 금세 도움을 청할 수 있다.

이제는 끝낼 때인지도 모른다.

유마가 검은 양복을 입은 남자에게 노트북을 건네려던 순간, 갑자기 체육관 창고 문이 벌컥 열렸다.

거기에는 마사유키와 그를 따르는 학생들이 서 있었다.

―쟤들이 여기에는 왜?

당황하는 유마를 보고 검은 양복을 입은 남자는 이해한다는 듯 웃어 보였다. 남자의 태도를 본 유마는 그제야 전부 납득했다.

마사유키 패거리 역시 놈들과 한패였던 모양이다.

"무슨 소리가 들려서 와 봤더니 범죄자 놈 아들이잖아."

마사유키가 목을 쑥 내밀고 눈빛으로 압도하듯 유마를 쳐다본다. 눈빛 속에 명백히 분노의 감정을 드러내고 있다.

어제 스즈네와 있었던 일이 마사유키의 심기를 건드렸으리라.

어쨌거나 상대방의 숫자가 늘어나면서 상황은 더 나빠졌다. 어쩌면 놈들은 두 사람을 놓아주지 않을 생각으로 마사유키를 부른 것일지도 모른다.

그렇다면 한시라도 빨리 이곳을 벗어나야 한다.

"아키토! 도망치자!"

유마는 아키토의 손을 잡고 도망치려고 했지만 그것을 저지하듯 마사유키가 손을 뻗어 왔다.

마사유키는 그대로 유마의 손목을 붙잡더니 강제로 체조매트 위에 쓰러뜨렸다.

손에서 미끄러진 노트북이 쾌직 하고 큰 소리를 내며 바닥 위로 떨어졌다.

—아차.

유마는 곧바로 몸을 일으켜 노트북 쪽으로 손을 뻗으려고 했지만 마사유키가 가슴을 걷어차며 그것을 방해했다.

숨이 턱 막혔다.

"야, 알아듣지도 못할 헛소리 좀 그만해. 진짜 소름 끼치니까."

마사유키가 벌러덩 쓰러진 유마의 얼굴을 들여다봤다.

분한 마음이 치밀었지만 지금은 그런 데 신경 쓸 여유가 없다. 당장 도망쳐야 한다. 하다못해 아키토만이라도…….

"아키토!"

유마는 아키토의 이름을 외치며 고개를 돌렸다.

혼자서라도 도망쳐 주기를 바라는 마음으로 쳐다보았지만 아키토는 꿈쩍도 하지 않았다.

"아까부터 혼자서 뭐라는 거야. 너 미쳤냐?"

—미쳤다니, 내가 왜?

자신은 미치지 않았다. 이 상황에서 아키토의 이름을 부르는 것은 지극히 정상적인 행동이다. 마사유키도 놈들과 한패라면 그 정도는 알 것이다.

"난 신경 쓰지 말고 아키토 너라도 도망쳐!"

유마는 또다시 외쳤다.

"내가 닥치라고 했지! 대체 아키토가 누군데!"

—뭐?

어째서? 어째서 마사유키가 아키토를 모르는 걸까? 말이 안 된다. 같은 반이 아닌가. 지금까지 내내 함께 수업도 들었다. 전학 온 지 얼마 안 돼서 아직 반에 완전히 섞여 들진 못했지만 그래도 아키토를 모른다는 것은 말이 안 된다. 절대 그럴 수 없다. 왜냐하면 아키토는 분명 존재하니까. 지금껏 유마를 챙겨 주었다. 힘껏 격려해 주었다. 유마가 힘들어할 때 늘 곁에 함께 있어 주었다. 함께 캐슬을 하며 즐겁게 지냈다.

─그렇지? 아키토.

유마는 괴로움을 견뎌 내며 아키토 쪽을 쳐다봤다.

아키토는 여전히 그 자리에 서 있었다. 도망치려는 기색조차 보이지 않았다. 오히려 마사유키의 발에 짓밟히고 있는 유마를 무표정한 얼굴로 빤히 응시했다.

"아키토, 왜……."

유마의 물음에 아키토는 대답 없이 그대로 시선을 피했다.

그 모습을 보고 전부 이해했다.

믿고 싶지는 않지만 아키토도 놈들과 한편이었다. 유마의 아버지가 남긴 데이터를 손에 넣으려고 유마에게 접근한 것이다.

그 답을 도출함과 동시에 유마 안에서 싹튼 절망이 마음속에 깊이 뿌리내렸다.

─나는 지금까지 뭘 위해 싸웠던 걸까?

자신의 싸움이 무의미했음을 깨달은 순간 유마의 마음속에서 무언가 와르르 무너지는 소리가 들렸다.

2

진나이는 머리를 감싸 쥐고 긴 한숨을 내뱉었다.

경찰서 복도에 있는 벤치다.

밤새 유마를 찾아다녔지만 이 순간까지도 발견하지 못했다. 육체적인 피로보다 정신적인 피해가 더 컸다.

이후 유마에게 무슨 일이 생기면 전부 진나이의 책임이다.

예상할 수 있는 만일의 사태가 몇 가지나 떠올랐다. 그중에는 콘크리트 바닥에 쓰러져 머리에서 피를 흘리고 있는 유마의 모습도 있었다.

아니, 그것은 유마의 모습이 아니다. 아들의 모습이다. 그때 느꼈던 절망이 다시금 온몸을 뒤덮으며 점점 힘이 빠졌다.

이런 데서 쉬고 있을 때가 아니다. 한시라도 빨리 유마를 찾아야 한다는 생각이 드는 데 반해 몸은 조금도 움직이지 않았다.

—너 때문이야!

자신을 탓하는 목소리가 귓가에 몇 번이고 들렸다. 그것은 자신의 목소리 같기도 하고 아들의 목소리 같기도 했다.

유마의 목소리도 섞여 있었던 것 같다.

"골치 아프게 됐어."

후지다가 절실히 통감한다는 투로 말하며 진나이의 옆에 앉아 캔 커피를 내민다.

진나이는 "그러게." 하고 대답하며 캔 커피를 받아 들었지만 마시고 싶은 생각은 없었다.

"거봐, 내가 손 떼라고 했지."

후지다가 팔꿈치로 진나이를 쿡쿡 찌르며 말했다.

반박할 말이 없다. 누가 봐도 진나이는 냉정하지 못했다. 존재하지도 않는 환상을 좇느라 현실에서 눈을 돌렸다.

자신도 잘못됐다고는 생각했다. 후지다는 그 점을 수없이 지적했다. 그런데도 진나이는 귀를 기울이지 않았다.

뭔가에 매달리듯 폭주하고 말았다. 그 결과가 이것이다.

"너한테 정말 면목이 없다."

진나이는 고개를 푹 숙였다.

이번 일로 진나이는 후지다에게 도움을 많이 받았다. 만에 하나 유마에게 무슨 일이 생기면 후지다도 책임을 피할 수 없다.

물론 진나이는 후지다에게 정보를 얻었다고 입을 열 생각이 없지만 머지않아 들키게 될 것은 명백했다.

진나이는 자기 때문에 후지다까지 피해를 볼지도 모른다고 생각하니 도저히 참을 수가 없었다.

"뭘 사과하고 그래. 내 걱정은 하지 마."

"어떻게 그러겠어. 내가……."

"지금은 그 애를 찾는 게 우선이잖아."

그 한마디에 진나이는 자신이 실로 어리석은 생각을 하고 있었음을 깨달았다.

후지다의 말대로 지금은 처분이 이러니저러니 따지고 있을 때가 아니다.

"그래, 맞아."

"어디로 갔을지 짐작 가는 데 없어?"

진나이는 고개를 가로젓는 것 외에는 할 수 있는 답이 없었다.

유마와 만난 지는 아직 며칠 되지 않았다. 유마에 관해 알고 있는 정보가 너무 적었다. 폐공장이며 한때 숨어 있었다던 아파트 단지도 샅샅이 뒤져 보았지만 찾을 수 없었다.

그리 멀리 가지는 않았을 터. 숨을 만한 곳은 닥치는 대로 뒤지며 돌아다녀 보았지만 흔적조차 찾지 못했다.

"어쩌다 이렇게 꼬여 버린 거지……."

저도 모르게 진나이의 입에서 약한 소리가 새어 나왔다.

후지다가 위로해 주길 바라고 한 말은 아니었다. 그저 입 밖에 내고 말았을 뿐이다.

"네가 그렇게 만든 거잖아."

후지다가 전에 없이 매서운 목소리로 말했다.

후지다의 시선은 냉담했고 말은 안 했지만 진나이에 대한 경멸이 똑똑히 전해졌다.

"그래, 네 말이 맞아. 내가 멍청했어. 나서지 말았어야 했는데……."

진나이는 간신히 쥐어 짜낸 목소리로 말했다.

"그런 뜻이 아냐."

후지다가 가볍게 혀를 찼다.

"뭐?"

"내버려 둘 수가 없다. 어떻게든 도와주고 싶다. 그 마음이 잘못됐다는 게 아냐. 그러니까 나도 협력한 거고."

"정말 면목이 없다."

"아서라. 나는 그냥, 네가 그 애랑 네 아들을 자꾸 겹쳐 보니까 걱정됐던 거야."

"그건……."

틀린 말이 아니다.

아니라고 부정했지만 역시 진나이는 유마에게 아들의 모습을 겹쳐 봤다. 아들에게 해 주지 못했던 것을 유마에게 해 주려고 필사적으로 애썼던 면이 있다.

"그 애를 그 애 자체로 봐 주지 못해서 지금 이런 결과가 나온 거 아닐까?"

후지다의 말에 진나이는 가슴이 욱신거렸다.

진나이는 유마의 말에 진지하게 귀를 기울이지 않았다.

진지하게 마주하지도 않았다.

아들을 대신해 자기 좋을 대로 감정을 밀어붙였다.

그리고 결국 유마는 도망쳤다.

"나도 그 애가 어떤 마음일지 조금은 이해해."

후지다가 문득 고개를 든다.

"이해한다고?"

"그럼. 그 나이대의 애들은 굉장히 세상이 좁아. 자기가 보고 있는 것이 전부라고 착각하거든. 사실 세상은 훨씬 넓은데……."

후지다가 하려는 말이 무엇인지는 안다.

한정적인 가치관에 둘러싸인 세계는 숨이 막힐 정도로 갑갑하다. 그것은 진나이도 경험해 봤다.

필시 유마도 그 속에 있는 것이리라.

그 속에서 홀로 끝없이 싸우고 있는 것이다. 도망칠 수도 없어 그저 계속 저항만 하고 있는 것이 틀림없다.

"그 애를 구해주고 싶어."

진나이는 마음속에서 샘솟는 충동을 자연스럽게 입에 담았다.

그 안에 이제까지의 거짓은 없었다. 죽어 버린 아들은 이제 구할 수 없다. 그런데도 진나이는 유마와 함께 있으면 그럴 수 있으리라 착각했다.

그래서 유마를 제대로 보지 않았다.

하지만 지금은 다르다.

아들이 아닌 그 애를, 유마를 구하고 싶다고 생각했다. 어떻게 해야 하는지는 모른다. 그래도 제대로 마주해야 했고 또 그러길 원했다.

그것은 바람보다는 사명감에 가까운 결의였다.

3

숨이 막혔다.

마사유키에게 가슴을 짓밟혀 압박당하고 있기 때문만은 아니다. 믿기 어려운 현실을 눈앞에서 보고 느끼는 질식감이다.

아키토까지 놈들과 한패였을 줄은 몰랐다. 두 사람의 우정이 거짓이었다니 도저히 받아들일 수가 없다.

"아키토……."

유마는 다시 한번 아키토의 이름을 간절히 불렀다. 하지만 아키토가 유마를 돌아보는 일은 없었다.

고개를 돌린 채로 침묵을 지켰다.

"왜 울고 자빠졌냐. 재수 없게."

마사유키가 쏟아 낸 폭언을 듣고서야 자신이 울고 있음을 깨달았다.

이 눈물은 단지 슬픔에서 오는 눈물일까?

다른 무언가가 더 있는 것 같은 기분이다.

눈물의 이유가 무엇이든 간에 눈앞에 들이밀어 진 현실은 변함없다. 이렇게 된 이상 자신이 살아갈 이유 따위는 없다.

데이터를 빼앗든 자신을 죽이든 뭘 하든 상관없다. 지켜야 할 것은 이미 다 잃었다.

검은 양복을 입은 남자와 그의 수하인 젊은 남자가 히죽대며 웃었다.

"너희, 또 이러고 있어?"

갑자기 목소리가 날아들었다.

고개를 돌려 보니 문 앞에 스즈네가 서 있다.

"또 쟤야?"

마사유키가 지긋지긋하다는 투로 말했다.

"너희가 하고 있는 짓은 범죄야. 경찰에 잡히기 싫으면 얼른 여기서 나가."

스즈네가 의연한 태도로 말했다.

"뭐? 아니 근데 넌 왜 자꾸 이런 놈을 감싸고도는 거야? 난 무시하더니."

유마에게서 떨어진 마사유키가 무서운 기세로 스즈네 앞에 성큼 다가선다.

그러나 스즈네는 꿈쩍도 안 했다.

"알긴 알았구나. 그럼 이상한 메시지 좀 그만 보내면 안 돼? 성가셔 죽겠으니까."

"건방 떨지 마. 대체 이런 놈이 뭐가 좋다는 거야?"

"어이없어. 너희는 사람을 판단하는 기준이 그거밖에 없니? 할 일이 그렇게 없어?"

스즈네는 한 발짝도 물러서지 않고 마사유키를 매섭게 노려봤다.

"뭐? 나 참, 얘기가 통해야 말이지."

"그건 내가 너희한테 하고 싶은 말이고. 아, 알겠다. 약한 사람을 괴롭히면서 좋아하는 쓰레기라 사람 말을 못 알아듣는 거구나."

"적당히 안 하면 가만 안 둬."

마사유키가 손을 들어 올리며 위협했다. 그대로 스즈네의 뺨을 후려칠 생각인 것이다.

그러나 그럼에도 스즈네는 물러서지 않았다.

"그래. 때릴 테면 때려 봐. 미리 말해 두겠는데, 지금 휴대폰으로 다 찍고 있으니까 재판 때 아주 좋은 증거가 될 거야. 내 말 무슨 뜻인지 알겠어?"

스즈네가 휴대폰을 들어 올리며 말했다.

이쯤 되니 마사유키 패거리도 반박할 말이 없는지 들었던 손을 내리고 떨떠름한 표정으로 창고를 나갔다.

"네, 네가 왜……."

유마는 몸을 일으키며 스즈네에게 물었다.

스즈네는 놈들이 보낸 스파이가 확실했다. 그런데 어째서 이 타이밍에 도와주러 온 것인지 이유를 알 수 없었다.

"내가 어떻게 대답해줄까?"

오히려 질문을 받게 된 유마는 순간 당황했다. 바라는 대답이 있을 리 없다. 그저…….

"진실을 말해 줘."

간절하게 청했던 유마는 자신이 한 말에 아차 하고 정신을 차렸다.

이런 데서 태평하게 이야기나 나누고 있을 때가 아니다. 마사유키 패거리는 물러났지만 여기에는 아직 놈들이 있다.

스즈네가 유마를 도와주려고 놈들을 배신했다면 모종의 보복을 당할 것이 분명하다.

얼른 고개를 돌려 확인해 보니 검은 양복을 입은 남자도 젊은 남자도, 그리고 아키토도 냉혹하고 무자비한 눈빛으로 스즈네를 응시하고 있다.

"이런 데 있으면 안 돼. 얼른 도망가자."

유마는 간신히 자리에서 일어나 스즈네의 손을 잡아끌고 달아나려고 했지만 스즈네는 그 손을 뿌리쳤다.

"도망치기는 왜 도망쳐?"

스즈네의 말투는 몹시 냉담했다.

착각이었을까? 스즈네가 자신을 도와주었다고 생각했지만 그것은 착각이었는지도 모른다.

아직 놈들과 한편이지만 마사유키 패거리의 존재가 거슬렸고 그들을 내쫓는 것이 목적이었다면…….

—어라?

그렇다면 앞뒤가 맞지 않는다.

마사유키 패거리도 놈들의 동료이니 여기 남아 있어도 문제없다. 그렇다면 스즈네가 여기에 온 목적이 뭘까?

"진실이 알고 싶은 거지? 그럼 가르쳐 줄게."

스즈네는 유마의 손목을 붙잡더니 그대로 유마를 끌고 가려 했다.

질질 끌려가는 꼴이 된 유마를 "멈춰!" 하고 검은 양복을 입은 남자가 불러 세웠다.

유마는 자기도 모르게 걸음을 멈췄다.

"그 여자애의 말에 귀 기울이지 마."

검은 양복을 입은 남자의 얼굴이 험악해졌다.

"맞아, 유마. 스즈네의 말은 듣지 마. 넌 지금 속고 있어."

이번에는 아키토가 입을 열었다.

불쾌한 감각이 조금씩 가슴속에서 치밀어 오른다.

"속인 건 아키토 너잖아."

"난 속인 게 아냐. 널 생각해서……."

"그럼 왜 아까는 가만히 있었어."

"그건……."

"너 이 자식들이랑 한편이지?"

유마는 남자를 가리키며 외쳤다.

새삼 말로 내뱉고 나니 그제야 실감이 나며 아까보다 더욱 답답한 마음이 들었다.

"아냐. 나는 그냥……."

"그냥, 뭐?"

"널 돕고 싶었어."

"거짓말. 다 거짓말이잖아."

"아, 정말. 제발 그만 좀 해!"

대화에 끼어든 스즈네는 잔뜩 짜증이 나 있었다.

스즈네의 박력에 압도된 유마는 조용히 숨죽였다.

"그렇게 아키토가 보고 싶으면 내가 만나게 해 줄게."

스즈네는 유마의 팔을 확 잡아끌었다.

반항을 멈추고 유마는 결국 스즈네의 뒤를 잠자코 따랐다. 무슨 일이 벌어지고 있는지 확인하고 싶은 마음이 강했다.

스즈네의 뒤를 따라가던 도중에 한 번 뒤돌아봤지만 어찌 된 셈인지 아키토와 검은 양복 일당은 유마를 쫓아오지 않았다.

버그로 멈춰 버린 캐릭터처럼 그저 그곳에 서 있기만 했다.

4

스즈네는 유마를 억지로 잡아끌고 묘지로 데려갔다.

처음에는 전철을 타고 이동하려고 했으나 유마는 스즈네가 이끄는 대로 얌전히 걷기만 할 뿐 정신을 놓은 사람처럼 다른 반응을 전혀 보이지 않았다.

스즈네는 어쩔 수 없이 학교 밖으로 나가서 휴대폰으로 택시를 불렀다.

유마를 택시 안에 밀어 넣고 목적지를 말해 어찌어찌 여기까지 오게 된 것이다.

피안화 무리 사이를 빠져나와 목적지인 묘비 앞에 도착했다.

"왜 이런 데로 데려온 거야?"

이곳에 온 뒤 처음으로 유마가 입을 열었다.

묘지에 데려오리라고는 생각지도 못했는지 당황한 표정으로 주위를 두리번거린다.

그 표정을 보고 스즈네는 덜컥 겁이 났다.

―진실을 말해 줘.

유마는 그렇게 말했다. 스즈네도 당연히 그래야 한다고 생각했다. 이 상태가 계속되어 봤자 좋을 것 하나 없다.

이것은 유마를 위한 일이다.

분명히 그렇게 자신을 납득시켰는데 마음이 흔들린다.

진실을 알게 되었을 때 유마가 어떤 반응을 보일지 상상도 가지 않았기 때문이다. 어쩌면 지금보다 더 깊은 나락으로 떨어질지도 모른다.

그렇게 되었을 때 솔직히 스즈네는 책임을 질 수 없었다. 아마 진나이도 같은 생각을 했기에 지금껏 방치해 왔을 것이다.

역시 이대로 내버려 두는 게 나을지도 모르겠다.

그런 생각이 들기 시작했을 때 갑자기 유마가 "앗!" 하고 외마디 소리를 질렀다.

"이건…… 아키토잖아."

유마는 묘비에 새겨진 초상화를 보고 못이 박힌 듯 우뚝 섰다.

—얘가 아키토 얼굴은 어떻게 알았지?

스즈네는 잠시 의아하게 여겼지만 이내 답을 찾았다.

아키토가 전학 올 거라는 소식은 사전에 담임 선생님을 통해 전해 들었다. 짐작건대 유마는 아키토가 어떤 인물인지 인터넷으로 검색해 봤을 것이다. 그러다 트위터 프로필이나 그 외에 다른 사진을 보고 아키토의 얼굴을 알게 됐다.

즉, 지금까지 유마가 봤던 아키토의 모습은 현실의 아키토와 똑같은 얼굴이었다는 뜻이다.

스즈네는 그 사실이 무척 부자연스럽게 느껴졌다.

"대답해 봐! 왜 이런 데 아키토의 얼굴이 있는지."

스즈네의 눈에는 유마가 현실이라는 바다에 빠져 필사적으로 산소를 찾고 있는 것처럼 보였다.

망설이기는 했다. 하지만 봐 버린 이상 되돌아갈 수는 없었다. 스즈네는 각오를 다지고 유마를 똑바로 바라봤다.

알고 싶지 않은 현실을 강제로 마주하게 될 것을 예감했는지 유마는 두려움에 떨며 뒷걸음질 쳤다.

"아키토는 말이야, 두 달 전에 죽었어."

스즈네의 말에 유마는 멍하니 입을 벌렸다.

그대로 혼이 빠져 버린 게 아닐까 싶을 정도로 얼빠진 표정이었다. 아직 스즈네의 말을 제대로 이해하지 못한 듯했다.

"죽어?"

긴 침묵 끝에 유마가 말했다.

아직 현실을 받아들이지 못했음이 표정에서 전해졌다.

"응. 죽었어."

"그, 근데, 아, 아, 아키토는 저, 전학 왔잖아. 그, 그래서 나, 나는 아키토랑 친구가 됐고."

유마가 관자놀이를 꾹 누른다.

이제껏 보아 왔던 세계가 지금 유마의 손아귀에서 벗어나려 하고 있다. 그것을 필사적으로 붙들고 있는 것이리라.

믿었던 현실이 거짓임을 인정하게 되면 자기 자신이 무너져 버릴 것을 예감하고 있는 게 분명했다.

"아키토는 전학 안 왔어. 전학 오기 전에 죽었어."

"거, 거짓말. 네가 한 말은 다 거짓말이야. 왜냐하면 나, 나는, 아키토랑 계속 친구였고 암호도 주고받았어."

유마는 새빨개진 얼굴로 자신의 머리를 마구 쥐어뜯으며 필사적으로 호소했다.

어째서 이런 역할이 자신에게 돌아온 것일까. 자신의 비운을 한탄하면서도 스즈네는 절대 도망치지 않았다.

스즈네가 버틸 수 있는 이유는 아마도 자기 자신이 유마에게 도망치지 말라고 했기 때문이다.

"암호라는 게 이걸 말하는 거지?"

스즈네는 주머니에서 메모지 크기의 종이 다발을 꺼냈다.

"그, 그래. 그거."

유마가 떨리는 손으로 스즈네에게서 종이 다발을 빼앗았다.

"이거, 네 옆자리 책상에 들어 있었어. 지금은 빈자리지만 아키토가 전학 왔으면 앉았을 자리."

"무, 무슨 헛소리야. 빈자리 같은 거 없어. 자, 잘 봐. 쪼, 쪽지를 이렇게 많이 주고받았는데."

유마는 암호가 적힌 쪽지 다발을 스즈네의 눈앞에 들이밀며 주장했다.

그 모습은 가만 보기 힘들 정도로 가엾고 또 애처로웠다.

유마의 모습이 어머니와 겹쳐 보였다.

초로기 치매에 걸려 새로운 기억을 받아들이지 못하고 자기 딸조차 인식하지 못하게 된 어머니.

느닷없이 과거를 떠올려 감상에 빠지는가 하면 그다음에는 종잡을 수 없는 말을 쏟아 냈다.

그러다 가끔 스즈네나 자신의 병에 대해 기억해 내고는 하염없이 눈물을 흘렸다. 자신들과 다른 세계가 보이는 어머니는 그곳에서 살고 있다.

대략 두 달 전부터 유마의 언동이 눈에 띄게 이상해졌다는 것은 반에 있는 누구나가 아는 사실이었다.

그러나 그것을 신경 쓰는 사람은 아무도 없었다.

정확히는 눈을 돌렸던 것일지도 모른다.

그러나 스즈네는 달랐다. 어머니를 겪어 봤기에 유마가 자신과 다른 세계에서 살고 있음을 눈치챘다.

유마의 말에 귀를 기울이고 있으면 가끔 아키토의 이름이 들렸다.

아무래도 유마는 자신에게만 보이는 아키토와 대화를 나누고 있는 듯했다.

그에 관해 물어보려고 했지만 좀처럼 기회를 잡을 수 없었다. 그때 유마의 암호 쪽지를 발견했다.

그것을 계기로 추측은 스즈네 안에서 확신으로 변했다.

"그 암호, 자세히 봐. 필적이 전부 똑같으니까."

스즈네는 냉담하게 말했다.

그 안에 유마를 밀어낼 의도는 없었다. 다만 이럴 때 어떤 식으로 말해야 할지 몰랐다.

유마는 당황한 표정을 지으면서도 암호가 적힌 종이를 구멍이 뚫릴 정도로 응시했다.

시간이 갈수록 유마의 얼굴에서는 핏기가 가셨다. 이렇게 다시 확인하면서 필적이 완벽하게 일치한다는 사실을 깨달은 것이다.

암호를 주고받은 사람은 유마와 아키토, 이 두 사람이다. 그러니 필적은 두 사람분이 남아 있어야 한다.

"마, 말도 안 돼……. 이, 이건, 뭔가 잘못됐어……."

유마는 계속해서 현실에 저항했다.

머리로는 이해했지만 마음으로는 받아들이기 힘든 것이리라. 그것은 당연한 일이다. 이제껏 자신이 믿었던 세계가 환상이었다고 쉽게 받아들이는 쪽이 더 이상하다.

"잘못됐다니, 뭐가?"

또 쌀쌀맞게 대답하고 말았다.

하지만 달리 어떻게 해야 한다는 말인가. 스즈네는 자신의 태도가 이 상황에서는 최선이라고 생각했다.

"그, 그게……."

"애초에 이상하지 않아? 아키토는 너하고 주고받은 비밀 쪽지를 왜 집에 가져가지 않고 전부 책상 서랍에 넣어 두었을까?"

암호까지 써 가며 비밀스럽게 주고받은 쪽지일 텐데 책상 서랍에 아무렇게나 넣어 두다니 너무 부주의하다.

게다가 스즈네가 암호를 해독할 수 있었던 것은 서랍 안에 암호 해독법이 설명된 쪽지가 들어 있었기 때문이다.

유마가 맨 처음 아키토에게 설명하기 위해 건넸던 것이리라. 실제로는 유마 혼자 그렇게 믿고 있을 뿐 건네지는 않았다.

그게 아니었다면 스즈네는 암호를 해독하지 못했을 것이다.

"왜, 왜 자꾸 이상한 소리를 해. 아키토가 죽었다니, 누가 봐도 거짓말이잖아."

"이걸 보고도 그런 말이 나올까?"

스즈네는 휴대폰을 꺼내 아키토의 죽음을 전하는 신문 기사를 띄운 뒤 유마의 눈앞에 들이댔다.

기사는 아키토의 사진과 함께 학교 4층 창문에서 떨어져 사망했다는 내용을 간결하게 전하고 있었다.

"아, 아냐. 아냐. 아냐. 아냐."

유마는 자신의 머리를 감싸 쥐고 그 자리에 웅크려 앉았다.

얼마간 그 자세로 무언가를 중얼거리던 유마는 이윽고 번쩍 고개를 들었다.

그 눈을 본 스즈네는 오스스 소름이 돋았다.

5

—아키토가 죽었다니 무슨 말이지.

스즈네는 왜 저런 말을 할까? 조금 전까지 아키토랑 함께 있었으면서. 그래, 함께 있었잖아.

아키토는 유마가 곤란할 때마다 늘 손을 내밀어 주었다. 암호를 써서 쪽지를 주고받았고 많은 이야기를 나누었다. 트위터에는 꼬박꼬박 새 글도 올라왔다.

애초에 아버지 사건의 진상을 밝히자고 제안한 사람이 바로 아키토인데, 그런 아키토가 없다니 대체 무슨 말도 안 되는 소리인지.

피가 거꾸로 솟아 당장이라도 머리가 터져 버릴 것 같았다.

이해가 안 된다.

스즈네도 아키토를 구하고 싶다고 분명히 말하지 않았는가.

아키토가 존재하지 않는다면 어째서 그런 말을 했던 것인지 이해가 안 된다. 죽은 사람을 대체 어떻게 구하겠다는 말인가?

전부 알면서도 스즈네는 유마에게 계속 거짓말을 해 왔던 것일까?

"그 여자애 말에 귀 기울이지 마."

난데없이 들려온 목소리에 유마는 번쩍 고개를 들었다.

소리가 들려온 쪽을 보니 스즈네의 등 뒤에 검은 양복을 입은 남자가 서 있다. 그 옆에는 아키토의 모습도 보였다.

"대, 대체 뭐냐고."

이젠 정말 모르겠다.

체육관 창고에서는 그저 우두커니 서서 지켜보기만 하더니 이제 와서 왜 갑자기 나타난 걸까.

"그 여자애는 널 속이려고 하는 거다. 데이터를 손에 넣으려고."

검은 양복을 입은 남자가 빠르게 말했다.

"그걸 빼앗으려고 한 사람은 너잖아!"

유마는 크게 외쳤다.

하는 말마다 죄다 엉터리다. 데이터를 빼앗겠다고 호시탐탐 노린 주제에 이 녀석들의 말을 어떻게 믿을 수 있겠는가.

"아니. 사실 우리는 너를 구하려고 왔다. 정말 음흉한 속내를 가지고 접근한 사람은 저 여자다. 널 현혹해서 전부 빼앗으려는 속셈이지."

"이 사람이 하는 말은 진짜야, 유마. 나도 널 지키려고 협력한 거야. 결과적으로는 널 속이게 돼서 정말 미안하게 생각해. 그래도 우리가 하는 말을 믿어 줘."

검은 양복을 입은 남자에 이어 아키토가 말했다. 그 표정은 실제로 존재하는 것처럼 생생해서 도저히 거짓말처럼 보이지 않았다.

어쩌면 정말 자신을 속이고 있는 사람은 스즈네일지도 모른다.

생각해 보면 스즈네의 말에서 유마를 진심으로 걱정하는 마음은 하나도 느껴지지 않았다. 스즈네의 말투는 메마르고 냉혹했다. 악의가 있었기 때문은 아닐까.

"너 대체 누구랑 얘기하는 거니? 거기에는 아무도 없어."

스즈네가 자신의 등 뒤를 가리키며 말했다.

분명 검은 양복을 입은 남자도 아키토도 존재하는데 스즈네는 아무도 없다고 주장한다. 마치 유마가 보고 있는 것이 환영이라도 되는 것처럼 행동한다.

　어쩌면 스즈네는 유마를 함정에 빠뜨리려고 거짓말을 하는 것일지도 모른다. 현실에 존재하는 인간을 존재하지 않는다고 믿게 해서 혼란에 빠뜨릴 속셈이다.

　"맞아. 그거야, 유마. 스즈네는 널 함정에 빠뜨리려고 하는 거야."

　아키토가 스즈네를 가리키며 말했다.

　그 눈에는 눈물이 가득 고여 있다.

　─내가 왜 그랬지?

　어째서 나는 아키토를 의심했던 걸까.

　내내 친구로서 자신을 지탱해 준 아키토와 갑자기 거리를 좁혀 온 스즈네. 둘 중 누구를 믿어야 할지는 명백한 일인데 스즈네의 말에 현혹되고 말았다.

　믿어야 할 사람은 자신의 단 하나뿐인 친구 아키토인데.

　"나, 나는 대체 어떻게 해야……."

　유마는 간신히 쥐어 짜낸 목소리로 말했다.

　"저 여자를 죽여. 네 아버지의 무죄를 증명하기 위해서라도."

　검은 양복을 입은 남자가 말했다.

　"죽이라고?"

"그래. 안 그러면 저 여자는 앞으로도 계속 네 데이터를 노릴 거다. 그러니 여기서 끊어 내."

"그런 짓은……."

―절대로 할 수 없어.

아무리 그래도 인간의 도리를 저버리고 살인을 저지를 수는 없었다.

"안심해."

아키토가 미소를 지어 보였다.

늘 자신을 향해 지어 주던 온화하고 따스한 미소다.

"아키토……."

"스즈네는 현실 세계의 주민이 아냐."

"뭐?"

"스즈네야말로 환영이야. 그러니까 환영을 사라지게 하려면 여기서 죽이면 돼."

―그렇구나.

아키토와 남자가 현실 세계의 주민이라면 스즈네는 허구 세계의 주민이다. 실제로 살인을 저지르는 것이 아니다.

"네 발밑에 돌이 보일 거다. 그걸로 저 여자의 머리를 쳐라."

검은 양복을 입은 남자가 말했다.

남자의 말대로 발밑을 보니 정말로 바로 근처에 주먹만 한 돌이 떨어져 있다. 유마는 몸을 숙여 그것을 집어 들었다. 울퉁불퉁한 감촉이 손바닥에 전해진다.

생각보다 묵직해서 한 손으로 들기에는 버거웠기에 유마는 그것을 양손으로 고쳐 들었다.

"잠깐, 너 어쩌려고?"

스즈네가 겁에 질린 목소리로 소리쳤다.

유마가 품은 살기를 감지했는지도 모른다.

"네가 사라지면 전부 원래대로 돌아올 거야."

유마는 스즈네를 빤히 응시했다.

더 이상 망설임은 없었다. 여기서 스즈네의 존재를 지워 버리면 일상으로 돌아갈 수 있다. 평온한 일상은 아니겠지만 그래도 하나뿐인 친구인 아키토가 함께해 줄 것이다.

그것만으로 충분했다.

유마에게 아키토가 없는 일상은 상상조차 할 수 없는 일이었다.

그러니까…….

"돌아가기는 뭘 돌아가! 애초에 네가 말하는 원래가 뭔데!"

"이 세계는 잘못됐어."

"넌 그런 식으로 대번에 자기 껍데기 속에 틀어박히는구나. 도망쳐 봤자 아무것도 해결되지 않는데……."

"닥쳐!"

"그런 식으로 도망치기만 하니까 괴롭힘당했던 거 아냐?"

스즈네의 신랄한 말이 가슴을 찔렀다.

어떻게 그런 잔혹한 말을 할 수 있는지 유마는 이해가 되지 않았다. 아키토는 절대 그런 말은 하지 않는다.

아키토는 늘 다정하게 대해 주는데…….

유마는 온 힘을 다해 머리 위로 돌을 번쩍 들어 올렸다.

스즈네가 "안 돼!" 하고 소리쳤다. 그 표정은 공포에 질려 떨고 있는 것처럼 보였다.

허구의 존재도 공포를 느낀다는 사실이 신기했다.

애초에 허구란 뭘까?

인터넷 게임처럼 데이터로 만들어진 걸까? 누군가 짜 놓은 프로그래밍 패턴대로 움직이는 것일지도 모른다.

하지만 그게 사실이라면 이런 거로 때린다고 해서 사라지기는 할까?

일시적으로는 사라지겠지만 부활해서 유마 앞에 나타날지도 모른다.

—잠깐.

실재하지 않는다면 유마는 그때 누구의 손을 잡고 도망쳤던 걸까.

마사유키 패거리는 스즈네와 이야기도 나누었다. 마사유키도 스즈네가 보이는 걸까? 그렇다면 마사유키도 허구의 존재인가?

곰곰이 생각해도 납득이 가는 답은 찾을 수 없었지만 이제는 아무래도 좋았다.

얼른 끝내고 싶었다.

"쳐!"

검은 양복을 입은 남자가 소리쳤다.

"지금이야. 빨리 스즈네를……."

아키토가 재촉했다.

—알아, 안다니까. 얼른 이 아이의 존재를 없애야 해.

유마가 돌을 내리치려고 한 그때, 뒷걸음질을 치던 스즈네가 무언가에 걸려 뒤로 넘어졌다.

유마는 그 순간 무엇이 진실인지 제 눈으로 확인했다.

6

진나이는 차에서 내리자마자 달리기 시작했다.

행방불명되었던 유마를 발견했다고 스즈네에게 연락받았다. 그뿐이면 단순히 기뻐했을 텐데 스즈네는 유마와 함께 아키토의 묘로 향하겠다고 했다.

그것이 무엇을 뜻하는지 생각만 해도 두렵다.

지금 유마에게 현실을 들이미는 것이 옳은 행동인지 아닌지 진나이는 판단이 서질 않았다.

애초에 진나이가 유마에게 관심을 가지게 된 계기는 트위터 계정 때문이었다. 정보를 준 사람은 후지다다.

분명히 죽었을 자신의 아들, 아키토의 트위터 계정에 새로운 글이 올라오고 있었다.

그것을 본 순간 진나이는 충격을 받았다.

계정은 있었지만 아키토는 죽기 전까지 트위터에 거의 손을 대지 않았다.

글을 올릴 만한 일이 아무것도 없어서 그랬을 수도 있고 황량한 집안 분위기상 그러기 힘든 상황이었을 수도 있다.

그런데 아키토가 죽은 후로 갑자기 새로운 글이 올라오기 시작했다.

그곳에는 다양한 일들이 적혀 있었다.

전학을 오자마자 친구가 생겼다.

그 친구와 암호로 비밀 이야기를 주고받는다.

게임 랭킹이 올랐다.

사소한 일이지만 그곳에는 분명 자신이 잃어버린 아키토의 생활이 담겨 있었다.

—목적이 뭘까?

그런 의문에서 시작해 IP 주소 등을 분석한 결과 다른 사람이 글을 올리고 있다는 사실을 알게 됐다.

그것이 바로 유마였다.

어째서 유마는 죽은 사람의 계정에 글을 올리는 것일까? 그리고 왜 하필 아키토의 계정이었을까?

어쩌면 유마는 아키토에 대해 뭔가 알고 있을지도 모른다. 만약 그렇다면 그것이 무엇인지 꼭 알고 싶었다.

진나이는 유마를 쫓게 된 게 필연처럼 느껴졌다.

그리고 어느 날 도로에 뛰어들어 사고가 난 유마를 구하게 됐다.

그때 유마는 의식이 혼미한 상태에서도 아키토를 구해야 한다는 말을 반복했다. 자신이 사고를 당해 다친 상황임에도 불구하고…….

처음에는 이해가 되지 않았다. 이미 죽은 아키토를 대체 어떻게 구할 생각인 걸까? 애초에 그런 일이 가능할까?

진상을 확인하려고 다른 사람에게 방해받지 않도록 기회를 엿봐 유마와 접촉했다. 그리하여 유마에게 듣게 된 이야기는 놀라운 내용이었다.

친구인 아키토가 정체 모를 조직에 납치되었다는 것.

처음에는 농담인가 했지만 그게 아니었다. 납치된 아키토를 구하고자 하는 유마의 마음은 진심이었다.

이 단계에서 유마가 망상에 사로잡혀 있다는 사실을 깨달았다.

아키토의 트위터 계정에도 유마는 무의식적으로 글을 올리고 있는 듯했다. 그렇게 함으로써 자신의 망상을 더욱 공고히 했다.

왜 하필 아키토였을까. 그것은 분명 유마가 전학생이 오기를 은근히 기다렸기 때문이다.

교사로부터 사전에 아키토가 전학 온다는 이야기를 전해

들은 유마는 전학생에게서 희망을 봤을 것이다. 현 상황을 바꿔 줄 구세주로 보았을지도 모른다.

현실을 지적하고 상담사 하무라에게 상담받게 하는 것이 올바른 선택이었을지도 모른다.

그러나 진나이는 그러지 않았다.

유마의 망상에 어울리기로 했다.

이미 이 세상에 없는 아키토를 구하려고 동분서주하는 모습은 다시 떠올려도 우스웠다.

그런데도 진나이가 유마에게 맞춰 준 이유는 정말로 자신의 아들을 구할 수 있을 것 같았기 때문이다.

비록 망상 속이지만 아들을 구할 기회가 있다면 전력을 다하고 싶다고 생각했다.

의미 없는 짓임을 알면서도 뭔가 할 수 있을지도 모른다고 착각했다.

어떻게 보면 가장 열심히 망상을 좇고 있었던 사람은 진나이일지도 모른다.

종착점 따위는 어디에도 없는데 그런데도 그 끝에 뭔가 있을 거라 굳게 믿었다.

그런 진나이가 유마와 자신의 아들을 겹쳐 본 것은 당연한 결과였다.

유마의 의사를 완벽히 무시한 처사라고 생각하면서도 진나이는 자신의 행동을 멈출 수 없었다.

후지다가 그만큼 경고했는데도 멈추려고 하지 않았다.

아까부터 자꾸만 불길한 예감이 든다.

이제껏 진나이뿐만 아니라 스즈네도 유마의 망상에 어울려 왔다. 그랬는데 이런 타이밍에 진실을 밝혀도 되는 걸까?

진실을 밝혔을 때 어떤 폐해가 생길지는 진나이도 전혀 알 수 없었다.

—새삼스럽게 뭘.

귓속에서 목소리가 들렸다. 그것은 자신의 목소리였다.

누구보다 현실을 받아들이지 못하고 있는 사람은 다름 아닌 진나이다. 도와주고 싶다느니 위험 부담이 있다느니 하는 말은 전부 다 변명이다.

결국 진나이는 뭐라도 붙잡고 싶었을 뿐이다. 유마를 구실로 자신의 죄를 회피했다.

아들의, 아키토의 묘비가 보이기 시작했다.

스즈네의 모습이 보였다.

그리고 유마도.

"헉!"

예상치 못한 급박한 상황에 진나이는 외마디 소리를 질렀다.

스즈네가 땅바닥에 넘어져 있다. 그리고 그 앞에 선 유마는 당장이라도 스즈네를 내리칠 것처럼 주먹만 한 돌을 들어 올리고 있다.

"안 돼! 그만둬!"

진나이는 힘껏 외쳤지만 그걸로 유마의 행동을 저지할 수 있으리라고는 생각지 않았다.

그렇다고 이대로 돌진해서 말리기에는 거리가 너무 멀다.

―늦었구나.

진나이는 그 사실을 깨닫고 말았다.

모든 광경이 스톱 모션처럼 느리게 지나갔다.

유마가 험악한 얼굴로 스즈네를 노려보며 손에 든 돌을 스즈네의 머리에 내리치려 했다.

저런 것을 정통으로 맞았다가는 무사하기 어렵다.

하다못해 머리만이라도 팔로 보호하면 좋으련만 스즈네는 겁에 질린 나머지 얼어붙은 채로 꼼짝도 하지 못했다.

―어쩌다 이렇게 됐을까?

유마의 망상에 어울린 결과가 이것이라면 백번 천번 후회해도 모자란다.

이럴 줄 알았으면 유마에게 적절한 조치를 취했어야 했다. 유마가 보고 있는 세계가 사실은 환상임을 일깨워 주는 것은 적어도 자신이 해야 할 일이었다.

"으아악!"

유마가 우렁차게 소리쳤다.

그러고는 그대로 들고 있던 돌을 힘껏 던졌다.

그러나 유마가 노린 곳은 스즈네가 아닌 스즈네의 등 뒤에 있는 빈 공간이었다.

쿵 하고 둔탁한 소리를 내며 돌이 데굴데굴 구른다.

유마는 살짝 고개를 든 채로 멍하니 서 있기만 했다.

"다친 데는 없어?"

진나이는 스즈네 곁으로 뛰어갔다.

유마가 돌을 들고 있을 때는 상당히 겁에 질린 듯 보였지만 지금은 어느 정도 안정을 되찾은 듯했다.

"저보다는……."

그렇게 말하며 스즈네는 유마를 봤다.

진나이도 다시 시선을 돌려 유마를 봤다. 조금 전과 달리 유마는 넋이 나간 사람처럼 보였다.

"유마."

진나이가 부르자 유마는 소리가 나는 쪽으로 천천히 고개를 돌렸다.

유마의 얼굴은 근육만 풀어진 게 아니라 낯빛마저 창백해져서 꼭 죽은 사람 같았다.

"전부 내 환각이었구나……."

유마는 힘없이 툭 한마디를 내던졌다.

진나이는 어떻게 대답해야 할지 몰라 그저 잠자코 있을 수밖에 없었다.

"아까 부딪쳤을 때 네가 통과하는 걸 봤어. 아키토의 몸을. 실체 같은 거, 없었구나."

잠꼬대처럼 중얼거리는 유마의 눈에서 툭 하고 눈물이 떨어졌다.

　무슨 일이 벌어졌는지는 모른다. 그러나 유마 안에 있던 무언가가 맥없이 무너졌다는 것만은 전해졌다.

제6장

유리의 성벽

1

병원 창문으로 보이는 경치는 어딘가 현실적이지 않았다.

초점이 맞지 않아서 그런지 건물도, 달리는 자동차도, 그리고 걸어 다니는 사람조차도 전부 미니어처처럼 보였다.

묘지에서 그 일이 있고 난 뒤 유마는 의식을 잃고 쓰러졌다.

진나이와 스즈네의 도움으로 병원에 옮겨진 유마는 여러 가지 정밀 검사를 받게 됐다. 결과는 이상 없음이었다.

다만 마음 쪽에는 큰 문제가 있다고 했다.

─과도한 스트레스로 인한 환각 증상.

유마를 진찰했던 심료내과(心療內科) 의사는 그렇게 진단했다. 정신 안정제 투여 후 상태를 봐서 2, 3일 입원하게 됐다.

뭔가 말로 표현하고 나니 흔하고 대수롭지 않은 일처럼 느껴진다.

유마의 친구였던 아키토는 존재하지 않았다. 데이터를 빼앗으려고 쫓아다녔던 남자도 공상의 산물이었다.

유마가 한때 숨어 지냈던 아키토의 집도 단지 안에 있던 빈 집이었다.

아키토의 트위터에 올라오던 글도 무의식적으로 유마가 올린 것이라고 했다. 인정하기는 싫지만 확인해 보니 정말로 유마의 휴대폰에서 로그인했던 흔적이 남아 있었다.

아키토의 트위터를 확인하는 것이라 생각했지만 실제로는 유마가 그 자리에서 새 글을 올리고 있었다는 뜻이다.

담임에게 아키토라는 전학생이 온다는 말을 사전에 들었던 일이 이제야 생각났다. 유마는 전학생이 온다는 말에서 희망을 찾았다. 자신의 현 상황을 바꿔 줄 구세주처럼 느껴졌다. 그래서 전학생이 오기 전에 트위터 계정부터 찾아 확인했다.

그러나 아키토는 오지 않았다.

그 실망감을 받아들이지 못하고 유마는 공상의 아키토를 만들어 자신의 이야기에 등장시켰다.

마치 게임처럼.

머리로는 이해했다. 하지만 아직 마음이 그 사실을 받아들이지 못했다.

느닷없이 전부 없었던 일로 치부할 수가 없었다.

"몸은 좀 어때?"

문을 두드리는 소리가 들리고 어머니가 병실에 들어왔다.

어머니는 일을 쉬고 계속 곁에 붙어 있는 상태다. 조금 지나치게 예민해진 감이 들었다.

지금도 잠깐 화장실에 다녀왔을 뿐인데 그 사이에 무슨 큰 일이라도 났을까 봐 걱정하며 괜찮은지를 묻는다.

고작 몇 분으로는 아무것도 달라질 수가 없는데.

그러나 그것은 유마의 책임이기도 하다.

가출에 교통사고, 거기다 병원을 몰래 빠져나가는 등 정말 많은 일이 있었다. 어머니가 걱정하는 것은 당연한 일이다.

유마는 죄송스러운 마음이 들었다.

하지만 아버지의 사망 이후 과거만 보고 있던 어머니가 이제야 자신을 돌아봐 준 것 같다는 생각이 들었다.

"응. 괜찮아."

유마는 희미하게 웃으며 대답했다.

"그래, 다행이다. 이상한 건 이제 안 보여?"

"응, 안 보여."

"그래, 다행이다."

어머니가 안도하며 미소 짓는다.

유마는 다른 사람의 기척을 느끼고 병실 구석으로 눈을 돌렸다.

그곳에는 아키토가 서 있었다. 온화하고 따스한 미소를 지으며 유마를 바라봤다.

불쑥 누군가가 유마의 침대 옆에 섰다.

검은 양복을 입은 남자다.

"얼른 데이터를 넘겨. 안 그러면 네 어머니를 죽이겠다."

그렇게 말하고서 남자는 주머니에서 무언가를 꺼냈다.

권총이었다.

남자는 총구를 어머니의 관자놀이에 들이댔다. 순간 등골이 오싹했지만 곧장 상황을 파악하고 고개를 저었다.

검은 양복을 입은 남자는 존재하지 않는다. 어머니의 반응을 보고 있으면 안다. 권총을 들이대고 있는데 태연할 리가 없다.

"자, 어서. 데이터를 넘겨!"

검은 양복을 입은 남자가 위협한다.

"시끄러워."

유마가 그 말을 입에 담은 순간 어머니의 표정이 일그러졌다. 그 짧은 순간에 유마의 이변을 알아차렸는지도 모른다.

"차 소리 되게 시끄럽지? 창문 닫을게."

유마가 손을 뻗어 창문을 닫자 병실 안에 정적이 내려앉았다.

어머니는 아무 말 없이 침대 옆에 있는 의자에 앉았다. 유마의 거짓말을 믿었는지 어떤지는 알 수 없었다.

여전히 아키토와 남자는 병실에 머물렀다.

아키토는 그저 웃고 있을 뿐이라 괜찮았지만 남자 쪽은 성가셨다. 틈만 나면 데이터가 어쩌고 하며 떠들어 댔다.

유마는 들리지 않는 척을 하기로 했다.

진료를 봐 주는 선생님도 보이지만 무시하는 것이 중요하다고 했다.

하지만 그것이 정말로 올바른 것인지 유마는 확신이 들지 않았다. 검은 양복을 입은 남자는 그렇다 쳐도 아키토와 있었던 일을 없던 일로 할 수는 없다고 마음속에서 외치는 소리가 들려왔다.

—앞으로 어떻게 해야 할까?

곰곰이 생각하던 유마는 한 가지 결론에 다다랐다.

자신에게는 아직 해야 할 일이 있었다. 만약 아키토와 남자가 자신의 마음이 만들어 낸 것이라면 그것과 마주하기 위해 반드시 해야 하는 일.

다만 그것을 혼자 할 수는 없을 것 같았다. 그러니까…….

2

스즈네가 병실 문을 두드리자 안에서 "네." 하고 가는 목소리로 대답이 돌아왔다.

바로 문을 열어야 하는데 망설여졌다.

대체 어떤 얼굴로 유마를 봐야 할지 모르겠다. 웃어야 할까? 아니, 그건 부자연스럽다. 그렇다고 뚱한 얼굴을 하는 것도 좀 아니다.

평소와 같은 표정이면 충분하다고 용기를 북돋아 보았지만 이번에는 평소에 자신이 어떤 표정이었는지 아리송했다.

이대로 도망칠까도 했다.

그러나 그래서는 안 됐다. 일이 이렇게 된 데에는 스즈네에게도 책임이 있었기 때문이다. 게다가 꼭 해야 할 말도 있고…….

스즈네는 각오를 다지고 문을 열었다.

자신이 어떤 표정인지는 모른 채.

유마는 침대 위에서 몸을 반만 일으켜 가만히 창문 밖을 보고 있었다. 창문 밖에는 나비 한 마리가 날고 있었다.

유마의 태도는 스즈네와의 면회를 거부하고 있는 것처럼 보였다.

당연한 일이다.

스즈네는 유마의 세계를 부숴 버린 장본인이니까.

어쩌면 그대로 망상의 세계에 빠져 있는 편이 유마에게는 더 행복하지 않았을까 하는 생각도 들었다.

다만 그 경우 종착점이 어디일지는 아무도 모르는 일이고 이제는 확인할 방법이 없었다.

"미안해."

스즈네는 허리를 굽히고 고개 숙여 사과했다.

용서해주리라고 기대하진 않았다. 애초에 용서받을 수 없는 일인지도 모른다. 그래도 직접 유마에게 사과하고 싶었다.

자기만족에 지나지 않다는 건 누구보다 스즈네 자신이 제일 잘 알았다. 다만 그래도…….

제법 오랫동안 고개를 숙이고 있었지만 유마는 아무런 반응도 보이지 않았다.

역시 스즈네를 용서할 생각이 없는 것이다. 그것은 당연한 일이다. 분명 그런 마음이었는데 그래도 한편으로는 마음이 상했다.

이러니저러니 해도 역시 용서해주기를 바라고 있었음을 깨닫고 스즈네는 자신에게 질려 버렸다.

여기에는 오는 게 아니었는지도 모른다.

스즈네는 용서받기를 포기하고 고개를 들었다.

유마와 시선이 마주쳤다.

병실에 들어왔을 때는 창밖을 보고 있던 유마가 지금은 스즈네를 똑바로 응시하고 있다.

그 얼굴에 분노나 증오의 감정은 보이지 않았다.

낯선 땅으로 추방된 사람처럼 어리둥절한 표정이었다.

"왜 네가 사과해?"

유마의 말에 오히려 스즈네가 당황했다.

사과하는 이유라면 유마도 분명 알고 있을 것이다. 일부러 떠보려고 물어보는 걸까?

"그야, 내가……."

"하마터면 내가 널 죽일 뻔했잖아. 나 때문에 끔찍한 일을 겪었으니까 사과해야 할 사람은 나야."

유마가 스즈네의 말을 가로막으며 말했다.

돌을 번쩍 들고 자신을 노리던 유마의 얼굴이 아직도 스즈네의 머릿속에 선명하게 남아 있다.

"정말 미안해."

유마는 고개를 깊이 숙여 사과했다.

유마가 그런 상태로 내몰린 데에는 스즈네의 책임도 있다. 난폭하게 현실을 들이밀었던 스즈네의 방식이 유마를 그런 상태로 만든 결정적인 원인이 되었다.

하지만 지금은 그런 걸 따져 봤자 별 의미 없을지도 모른다. 그보다는…….

"그때, 왜 멈췄어?"

스즈네는 내내 궁금하게 생각했던 점을 물었다.

그때 유마는 자기 의지로 스즈네에 대한 공격을 멈췄다. 착란 상태에서 유마는 어떻게 제정신을 찾은 걸까?

"네가 뒤로 넘어질 때 검은 양복을 입은 남자랑 몸이 포개졌어. 보통은 부딪쳤어야 하는 상황인데 몸이 통과했어. 그걸 보고 깨달은 거야. 어떤 게 환영인지…….."

논리적으로 타당한 설명이다. 하지만…….

"내가 환각이었을지도 모르잖아. 그런 생각은 못 해봤어?"

스즈네가 묻자 유마는 고개를 끄덕였다.

"맞아. 그 가능성도 생각해 봤어. 근데 네가 했던 말이 마음에 걸렸어."

"무슨 말?"

"내가 자꾸 도망치기만 해서 괴롭힘을 당하는 거라고 네가 그랬어……."

"내가 그렇게 심한 말을 했어?"

"응."

유마가 고개를 끄덕인다.

그때는 필사적이었다. 아니, 그게 아니다. 사실은 그동안 마음속에 쌓였던 불만을 폭발시켰을 뿐이다.

그때 자신을 제어할 수 없었던 건 유마보다 오히려 스즈네였는지도 모른다.

"심한 말을 들으면 오히려 믿기 어렵지 않아?"

"아니. 아키토는 늘 상냥했어. 어떤 상황에서도 내 편이 되어 주고 심한 말은 한마디도 안 했어. 그래, 안 해줬어……."

유마가 아랫입술을 꽉 깨물었다.

눈에 눈물이 고이며 눈동자가 흔들렸다.

한동안 흘러넘칠 것 같은 눈물을 꾹 참고 있던 유마는 이윽고 뭔가를 떨쳐 버린 듯 웃어 보였다.

어색했지만 그래도 미소라 불릴 만한 것이었다.

"되게 이상하지? 듣기 좋은 말만 하다니 말이야. 그래서 눈치챘어. 아키토는 환각이구나 하고……."

유마의 말이 스즈네의 가슴 깊은 곳에 스며들어 구석구석 번져 나갔다.

오로지 자신에게 동조만 하는 인간은 진정한 친구라 할 수 없다. 단지 상대방의 의견에 맞춰주며 관계 맺기를 피하는 행동에 불과하다.

반 친구들이 좋은 예이다. 무리를 짓고 그 안에서 메시지를 주고받으며 다들 서로에게 동조하기 바쁘다. 다른 의견을 내놓는 것은 나쁜 짓이라 생각한다.

스즈네는 그런 분위기에 줄곧 불편함을 느꼈다.

다만 친구들의 그런 행동을 마냥 비판할 수는 없었다. 왜냐하면 스즈네 자신도 그 무리 안에서 둥글둥글한 캐릭터를 내내 연기했으니까.

지금 생각해 보면 유마에게 느꼈던 답답함은 결국 자신을 향한 것이었다.

계속 도망쳤던 것은 다름 아닌 스즈네 자신이었는지도 모른다.

"나, 한 가지만 부탁해도 될까?"

유마가 단 한 번 눈물을 훔치며 말했다.

"뭔데?"

"너, 아키토랑 아는 사이였지? 진짜 아키토랑······."

"응."

"들려줘. 진짜 아키토에 대해."

"근데 아키토는 이미······."

"알아. 그래도 알고 싶어. 아키토가 어떤 아이였는지."

유마의 눈빛은 맑게 흐르는 물처럼 한없이 투명했다.

진짜 아키토에 대해 알게 됨으로써 자기 안에 있는 망상을 지우려는 마음도 있을 것이다.

"나랑 아키토는 초등학교 때 같은 반이었어."

초등학생 시절 스즈네는 지금과 다른 동네에 살았었다. 친구도 제법 됐고 무탈하게 흘러가는 일상에 의문을 품은 적도 없었다.

이대로 평온한 날이 계속될 거로 생각했다. 아니, 그런 의식조차 없었다.

아키토는 5학년 때 같은 반이었는데 대화해 본 적이 거의 없었다.

애초에 아키토는 조용한 편이라 늘 교실 한구석에서 소설을 읽고 있었다.

말을 걸면 짤막하게 대답해주기는 했지만 그뿐이었다. 그다지 말주변이 좋은 편은 아니었던 것 같다.

아무 일도 없었으면 아키토 같은 아이는 그대로 잊어버렸을 것이다. 10년도 넘게 지나 졸업 앨범을 다시 꺼내 보다 "이런 애가 우리 반에 있었나?" 하고 고개를 갸웃거렸을 정도의 존재.

그랬던 아키토가 어머니의 병을 계기로 완전히 다른 의미를 가진 존재가 됐다.

처음에는 물건을 잃어버리는 정도였다. 깜박하고 문을 잠그지 않는다거나 휴대폰을 어디 두었는지 잊는 등 누구나 일상생활에서 겪는 일 정도였다.

그러나 날이 갈수록 증세는 점점 나빠졌다.

한밤중에 느닷없이 요리를 한다거나 개는 이미 몇 년도 전에 죽었는데 행방불명이 되었다면서 소란을 피우는 등 눈에 띄게 이상한 언동이 늘어났다.

얼마 안 가 어머니는 딸인 스즈네에게 "넌 누구 집 아이니?" 하고 묻게 됐다.

아무래도 이상하여 병원에서 검사를 받은 결과 초로기 치매라는 진단이 내려졌다.

처음 그 말을 들었을 때는 솔직히 얼마나 심각한 병인지 몰랐다.

그러나 아버지가 들려준 한마디에 절망을 맛봤다. 이 병은 회복 가능성이 적기 때문에 평생 함께해야 하는 병이라고.

사랑했던 어머니가 점점 자신을 잃어 가는 모습은 정말이지 보기 힘들었다.

어머니의 모습을 하고 있지만 그 안에는 다른 사람이 있다. 그런 식으로 분리해서 생각하면 좋았겠지만 이 병의 제일 고통스러운 점은 병세에 기복이 있다는 점이었다.

어머니는 가끔 정상으로 돌아왔다.

스즈네가 자기 딸임을 알아볼 뿐만 아니라 멀쩡하게 대화도 나누었다. 다 나은 게 아니냐며 설레발을 치기도 했다.

하지만 다음 날에는 또다시 아무것도 모르는 어머니로 돌아갔다.

희망과 절망을 오가는 일이 계속되자 스즈네의 마음은 점점 피폐해졌다.

그런 상황 속에서 아무도 말한 사람이 없는데 어머니에 대한 소문이 순식간에 이웃 주민에게 퍼졌다.

처음에는 다들 자기 일처럼 안타까워했다.

―어머나, 젊은 사람이 가엾어라.

―치료는 안 된다니?

―스즈네, 말만 하면 뭐든 도와줄 테니까 힘내렴.

스즈네는 그 말을 진심으로 받아들였다. 이웃 주민들도 진심으로 한 말이었을 것이다.

그러나 사람들이 느꼈던 안타까움은 영원히 계속되지 않았다. 시간이 지나자 사람들의 감정은 멸시와 값싼 동정으로 변모했다.

골치 아픈 일에 휘말릴까 봐 점점 거리를 두게 됐고, 얼마 안 가 아무도 말을 걸지 않게 됐다.

스즈네나 어머니의 모습을 볼 때마다 오물이라도 본 것처럼 불쾌함을 드러냈다.

학교에서도 상황은 마찬가지였다. 어머니가 치매를 앓고 있다는 사실이 퍼지자 처음에는 다들 안타까워하는 눈초리로 봤다.

그러나 시간이 지나자 그것은 악의로 변모했다.

친구라 생각했던 아이들이 스즈네를 피하게 됐다. 놀자고 말해 주는 아이들이 없어졌다. 그 정도는 아직 배려로 받아들일 수도 있는 수준이었지만 스즈네의 모습을 보자마자 그때까지 즐겁게 이야기하던 아이들이 약속이라도 한 것처럼 동시에 입을 꾹 다물었다.

전염병도 아닌데 전염된다는 소문까지 돌기 시작했다.

얼마 안 가 어디서 어머니의 모습을 보고 온 남학생 중 하나가 스즈네 앞에서 어머니의 기이한 행동을 흉내 냈다.

그것을 본 반 아이들은 폭소했고 친구들을 웃기려고 다른 학생들도 그것을 따라 했다.

무엇보다 그것이 타인을 상처 입히는 행동이란 점을 모르고 한다는 사실이 제일 끔찍했다. 악의 없이 휘두르는 광기에 스즈네의 마음은 갈기갈기 찢어졌다.

그리고 어느 날 사건이 터졌다.

여느 때와 마찬가지로 남학생 하나가 스즈네의 어머니를 흉내 내며 친구들을 웃기고 있었다.

슬프고 속상하고 표현할 길이 없는 감정을 끌어안은 채로 스즈네는 속절없이 입을 다물고 있었다.

어느새 그것은 스즈네의 일상이 되었다.

"야, 그만해."

갑자기 누군가의 목소리가 교실에 퍼졌다.

아키토였다.

평소 같으면 교실 구석에서 책이나 읽고 있었을 아키토가 자리에서 일어나 까불대던 학생에게 다가갔다.

"너희는 그런 짓 하고도 부끄럽지 않아?"

아키토가 추궁하자 남학생들이 웅성거렸다.

"네가 뭔데 갑자기 시비야?"

남학생 하나가 아키토의 멱살을 잡았지만 아키토는 눈 하나 깜짝 안 했다.

"너희가 도저히 눈 뜨고는 못 볼 행동을 하니까 그걸 지적한 것뿐이야. 스즈네는 편찮으신 어머니를 생각해서 힘든 내색 없이 버텨 내고 있는데 이렇게 저질스러운 방식으로 들먹여 대는 건 잘못됐어."

아키토가 정론 중의 정론으로 맞서자 남학생들은 당황했다.

그러나 당황하는 것도 아주 잠시였다.

남학생들은 이내 격분하며 아키토를 흠씬 두들겨 팼다.

"이 자식이 지금 얻다 대고 주둥이를 함부로 놀려? 당장 사과해."

남학생들은 바닥에 쓰러진 아키토를 향해 그렇게 소리쳤지만 아키토는 물러서지 않았다.

"내가 왜 너희한테 잘못했다고 해야 하는데. 너희야말로 스즈네한테 사과해."

그 모습에 스즈네는 그저 충격을 받았다.

이제껏 공기나 다름없는 존재였던 아키토가 이런 식으로 자기 의견을 주장할 줄은 꿈에도 몰랐다. 그렇게 느낀 것은 남학생들도 마찬가지였으리라.

분노, 굴욕, 넘쳐흐르는 온갖 감정을 도저히 다 처리할 수 없었던 남학생들은 폭력이라는 수단으로 수습할 수밖에 없었다.

남학생들은 바닥에 주저앉아 있는 아키토의 얼굴을 발로 걷어찼다.

아키토가 뒤로 벌렁 쓰러지며 코에서 피가 흘러나왔다. 사실은 당장 도와줘야 할 상황이었지만 스즈네는 그러지 못했다.

남학생들이 아키토에게 더 세찬 공격을 퍼부으려던 찰나에 담임 선생님이 들어오며 소란은 급속히 진정됐다.

그 후 담임 선생님은 아키토에게 사정을 들었는지 보호자와 함께 남학생들을 교무실로 불러 엄중하게 주의를 줬다.

그렇게 사태가 수습되나 했지만 오히려 역효과를 불러왔다.

스즈네와 엮이면 골치 아픈 일이 생긴다는 잘못된 인식이 정착되며 아이들이 스즈네를 피하는 일이 전보다 훨씬 많아졌다.

아키토 쪽은 더 심각했다.

가방 안에 있는 물건을 교실 바닥에 쏟아 낸다거나 신발을

훔친다거나 책상에 낙서하는 등 음습한 방식의 복수가 시작
됐다.

아키토 때문에 부모 앞에서 창피를 당했기 때문이다.

아이들은 적반하장이라고 볼 수밖에 없는 불만스러운 감정
을 남김없이 아키토에게 퍼부었다.

스즈네는 그 모습을 쭉 지켜보며 아무것도 할 수 없었다.
자기 때문에 괴롭힘을 당하는 아키토에게서 눈을 돌렸다.

자기 일만으로도 벅찼다.

그리고 괜히 엉뚱한 말이 도는 게 싫었다. 아키토가 도와준
일로 두 사람이 사귄다는 근거도 없는 소문이 돌았다.

그리고 소문은 눈덩이처럼 불어나 종국에는 스즈네가 임신
했다는 이야기로 발전했다.

소문이 거기까지 발전된 데에는 스즈네가 집에 틀어박히게
된 일도 한몫했다.

스즈네가 중절 수술을 하는 바람에 학교에 못 오게 됐다고
생각한 듯했다.

학원에서 같이 수업을 듣던 다른 학교 친구에게 그 이야기
를 전해 들었을 때, 스즈네는 충격으로 반쯤 정신이 나갔다.

그런 스즈네를 더는 두고 볼 수 없었던 아버지는 중학교 입
학을 계기로 이사를 결심했다. 어머니를 간호하기 위해서라
고 이유를 대었지만 아버지가 진짜 지키고자 했던 사람은 어
머니가 아닌 스즈네였다고 생각한다.

같은 반이었던 친구들도 전부 연락을 끊은 상태라 스즈네가 이사했다는 사실을 알 길이 없었다.

중학교에 다니기 시작한 후로는 오로지 어머니의 병에 대해 들키지 않으려고 조심했다. 알려지면 어떤 일이 벌어질지 알았기 때문이다.

같은 반 무리에 섞여 적당한 거리를 유지했다. 가까워졌다가 또다시 버려질까 두려웠기 때문이다.

그래서 자기 주위에 벽을 쳐 아무도 침입하지 못하게 했다. 경계한다는 느낌이 들면 소외된다. 그래서 얼핏 봐서는 알 수 없게끔 위장했다. 마치 유리로 만든 벽과 같았다.

시간이 흘러 그대로 불쾌한 기억이 봉인되는가 했는데 어느 날 생각지도 못한 이야기를 듣게 됐다.

스즈네가 다니는 학교로 아키토가 전학 온다는 것을 같은 학원 친구에게 들었다.

그 사실을 알게 된 순간 스즈네는 복잡한 마음이 들었다.

기껏 도움을 받아 놓고 그 후 스즈네는 아키토의 상황을 외면했다. 과연 그 죄를 용서받을 수 있을까?

애초에 아키토가 전학을 오게 된 이유는 뭘까?

스즈네처럼 괴롭힘을 견디다 못해서? 그럴지도 모른다는 생각이 들자 스즈네는 더욱 마음이 불편해졌다.

다만 이유가 무엇이든 사과만큼은 꼭 해야겠다고 생각했다.

용서받지 못하더라도 당시의 일은 사과해야만 했다. 그리고 그때 하지 못했던 또 다른 말도.

그러나 아키토가 전학을 오는 일은 없었다.

다니던 중학교 옥상에서 떨어져 사망했기 때문이다. 텔레비전 뉴스에서는 사건과 사고 두 가지 가능성을 놓고 수사를 계속하겠다고 했다.

그러나 아무리 생각해도 스즈네는 그 일이 사고 같지 않았다.

그날부터 시작된 음습한 괴롭힘은 그 후에도 계속되었고 아키토가 목숨을 잃게 된 것은 그 일의 연장일지도 모른다.

괜히 자신이 죄 많은 존재로 느껴졌다.

그럴 때 스즈네는 유마의 이변을 알아차렸다.

거기까지 단숨에 이야기한 스즈네는 휴, 하고 크게 숨을 내쉬었다. 문득 뺨에 느껴지는 생경한 감촉에 손을 대 봤다.

흐르고 있었다.

자기도 모르는 새에 눈물이 나왔던 모양이다. 자신의 괴로운 경험을 떠올렸기 때문인지 아니면 아키토에 대한 속죄의 마음 때문인지 본인도 정확히는 알 수 없었다.

"미안. 아키토 얘기를 해 주려고 했는데 어쩌다 보니까 결국에는 내 얘기만 했네."

스즈네는 어색함을 감추려는 듯 밝게 말하며 손끝으로 눈물을 닦았다.

"아냐, 얘기 잘 들었어."

유마는 온화한 미소를 지으며 고개를 가로저었다.

만약 아키토가 전학을 왔더라면 유마와 좋은 친구가 되었을지도 모른다. 스즈네는 문득 그런 생각이 들었다.

3

진나이는 심한 두통과 함께 눈을 떴다.

창문으로 쏟아지는 빛이 두통을 한층 증폭시키는 듯한 느낌이 들었다.

소파에 누운 채로 잠들었던 모양이다. 진나이는 몸을 일으켜 고쳐 앉았다.

시계를 보니 아직 8시 전이었다. 잠든 지 3시간도 지나지 않았다.

그 일 이후 진나이는 잠들기 어려운 상태가 계속됐다.

따지자면 유마에게 병문안을 가야 했지만 그것조차 망설여졌다. 유마를 괴롭게 한 책임 중 일부는 자신에게도 있었기 때문이다.

아니, 아니다. 일부 정도가 아니다. 전부 진나이의 책임이라 말해도 과언이 아니다.

유마의 이변을 알아차렸으면서도 자신의 바람을 이루려고 묵살했다. 틀림없이 자신을 계속 속여 온 진나이를 유마도 원망하고 있을 것이다.

그러니 뻔뻔스럽게 찾아가 봤자 유마를 볼 면목이 없다.

인터폰이 울렸다. 진나이는 비틀거리며 자리에서 일어나 모니터 앞으로 걸어갔다.

진나이는 모니터에 비친 얼굴을 보고 깜짝 놀랐다.

화면 너머로 유마의 모습이 보였다. 옆에는 스즈네도 있다.

—어떻게 된 거지?

〈아저씨, 저 유마예요. 드릴 말씀이 있어서 왔어요.〉

유마가 또박또박 말했다.

진나이는 망설이면서도 버튼을 눌러 아파트 입구 문을 열었다. 유마가 무슨 말을 하려고 찾아왔는지는 모르지만 그래도 자신은 그것을 들어야 할 의무가 있다며 각오를 다졌다.

잠시 후 현관 초인종이 울렸다.

진나이는 문을 열고 유마와 스즈네를 집에 들였다.

"몸은 좀 어때?"

유마와 스즈네가 식탁에 앉기를 기다렸다가 진나이는 물었다.

"꽤 좋아졌어요. 그렇게 걱정 안 하셔도 돼요. 어제 퇴원도 했고 엄마한테 허락도 받았어요."

유마가 쑥스러운 듯이 웃으며 말했다.

진나이가 뭘 걱정하는지 다 꿰뚫어 본 모양이다.

언제는 사과해야 한다더니 대체 무슨 낯짝으로 유마를 집에 들였나 싶어 진나이는 뒤늦게 반성했다.

"그랬구나……."

"아직은 가끔 보이지만요."

유마는 아무렇지 않게 얘기했지만 진나이는 경악을 금할
수 없었다.

"뭐?"

"말씀드린 대로예요. 아키토도 검은 양복을 입은 남자도 가
끔 제 앞에 나타나요."

"그럼……."

"하무라 선생님도 그러셨어요. 쉽게 사라지진 않을 거라
고. 그러니까 앞으로 오랜 시간 동안 상담받으며 현실과 마주
해 나가려고요."

"넌 참 강한 아이구나."

그것이 진나이의 진심이었다.

자신의 가장 친한 친구가 실은 존재하지 않았다는 사실을
알았을 때 분명 유마는 상상도 할 수 없을 정도로 크게 실망
했을 것이다.

그야말로 자신이 보고 들은 모든 것이 허구는 아닐까 의심
하지 않았을까.

아니, 지금도 그런 불안은 유마를 따라다니고 있을 게 분명
했다.

그런 상황에서도 유마는 앞으로 나아가려 하고 있다. 처음

봤을 때는 유약해 보이는 소년이라고 생각했는데 그것은 진나이의 착각이었는지도 모른다.

어떻게 해야 할지 몰라 집에 틀어박혔던 진나이와는 비교도 할 수 없다.

"강하기는요, 뭘. 근데 아키토한테 배웠어요. 아, 아저씨의 아들이 아니라 제 망상 속 아키토에게요."

"배웠다니, 뭘?"

"아키토는 제가 만들어 낸 인물이었어요. 하지만 아키토를 구하려고 필사적으로 애썼을 때의 마음은 거짓이 아니었어요. 그런 경험이 없었으면 앞으로 나아갈 생각은 못 했을 거예요."

유마의 말에 진나이의 마음이 크게 흔들렸다.

─정말 강한 아이구나.

전부 부정하지 않고 받아들일 것은 받아들여 스스로 길을 개척했다.

유마가 그동안 보았던 아키토는 망각이었을지도 모른다. 하지만 그것은 유마 안에 있는 살고자 하는 강한 의지가 만들어 낸 것이리라.

그저 감탄하고 있을 수만은 없었다. 진나이는 자세를 고쳐 유마와 다시 마주했다.

"너한테 꼭 사과해야 할 일이 있다."

진나이가 그렇게 말하자 유마의 얼굴에서 웃음기가 사라졌다.

"뭘 사과하시려고요?"

"아저씨가 널 속였어. 네가 존재하지도 않는 걸 쫓고 있다는 사실을 알면서 내가⋯⋯."

진나이는 사과함으로써 자신의 행동이 얼마나 잘못되었는지 재차 확인했다.

유마를 돕고 싶다는 둥 그럴싸한 핑계를 댔지만 실제로는 이루지 못한 자신의 바람을 이루려고 유마를 이용했다.

"정말 고마워요, 아저씨."

유마가 다시 웃어 보였다.

뜻밖의 반응에 진나이는 당황스러움을 감출 수 없었다.

"감사를 들을 만한 일은⋯⋯."

"아마 그때 아저씨가 진실을 들려주셨어도 전 받아들이지 못했을 거예요. 아키토나 검은 양복을 입은 남자의 말을 믿었을 거예요. 하지만 아저씨랑 스즈네가 저한테 다가와 준 그 시기에 진실을 듣게 되었기 때문에 현실을 직시할 수 있었던 거예요."

"너는 정말 대단하구나."

진나이는 그저 감탄했다. 중학생밖에 안 된 소년이 필사적으로 앞으로 나아가려 하는데 자신은 대체 뭘 하고 있는 걸까.

자기 자신이 진심으로 싫어졌다.

"저기 실은 오늘 부탁드리고 싶은 게 있어서 왔어요."

유마가 올곧은 눈으로 진나이를 응시했다.

"뭐든 말해 보려무나."

그 말에 거짓은 없었다. 뭘 할 수 있을지는 몰랐지만 유마의 부탁이라면 뭐든 할 생각이었다.

"도와주세요."

유마가 말했다.

"뭘 말이냐?"

"범인 잡는 거요."

그 말을 듣고 진나이는 가슴이 선득했다.

조금 전에는 분명 망상과 결별했다고 단언했지만 아직 검은 양복을 입은 남자에 얽매여 있을지도 모른다.

시선을 돌려 보니 스즈네가 자신을 빤히 보고 있다.

스즈네는 방금 한 유마의 말을 어떻게 생각할까? 혹시 스즈네도 어떤 망상에 사로잡혀 있는 것은 아닐까?

애태우는 진나이를 놀리듯 품, 하고 유마가 웃음을 터트렸다.

"그렇게 걱정하지 마세요. 제가 하던 일은 중간까지는 옳았거든요."

"중간까지?"

"네. 검은 양복을 입은 남자가 튀어나오는 바람에 일이 좀 꼬였지만 아버지는 억울하게 죄를 뒤집어쓰셨고 범인이 아직 체포되지 않은 건 사실이에요."

"그래, 그렇지."

"현실과 똑바로 마주하기 위해서라도 전 범인을 잡아야 해요. 그러니까……."

"그러마."

진나이는 그 자리에서 확답했다.

유마의 부탁을 거절할 이유는 없다. 가능하냐 아니냐를 따지기보다 행동으로 옮기는 것이 더 중요하다고 생각했다.

"그리고 한 가지 더, 부탁드릴 게 있어요."

유마가 호소하는 듯한 눈으로 말했다.

"그래, 말해 봐."

"아키토에 대해, 얘기해 주세요."

"아키토에 대한 걸……."

진나이는 당혹스러움을 감출 수 없었다.

유마가 알고 있는 아키토와 진나이의 아들인 아키토는 전혀 다른 사람이다. 아들에 대해 이야기를 들려준들 유마가 뭔가를 얻을 수 있으리라고는 생각되지 않았다.

"전 아키토를 직접 보진 못했지만 그동안 정말 친구로 지냈던 것 같아요. 만난 적도 없는데, 이상한 이야기죠?"

"그래, 참 이상하구나."

분명 유마의 이야기는 이상했다.

하지만 아키토의 존재가 진나이와 유마, 그리고 스즈네를 만나게 해주었다는 생각은 지울 수 없었다. 모두 아키토를 통해 맺어졌다.

그러니 이 신기한 인연을 소중히 여겨야 하지 않을까.

"알았다."

진나이는 고개를 힘껏 끄덕이고는 아키토에 대해 들려주기 시작했다.

진나이는 어떤 사건을 쫓느라 아키토가 태어나는 순간을 보지 못했다.

3일이 지나고 나서야 아키토의 얼굴을 겨우 볼 수 있었다.

아키토의 얼굴은 자신의 어린 시절과 꼭 닮아 있었다. 평균보다 조금 작게 태어나서 초반에는 많이 걱정했다.

목을 가누었다. 기어 다니게 됐다. 혼자 일어섰다. 아키토가 성장하는 모습은 하나하나가 놀라움과 기쁨으로 가득했다.

무방비하게 잠든 모습에 미소가 지어졌고 아이를 지키기 위해 전과 비교도 되지 않을 정도로 열심히 일했다.

하지만.

아내와의 사이에 골이 생기기 시작했다.

계기가 무엇이었는지는 모른다. 굳이 말하자면 그동안 쌓인 불만 때문이 아니었을까.

일에 몰두하는 진나이의 모습은 아내 입장에서 가정에 무관심한 사람으로 보였을지도 모른다.

얼굴을 마주할 때마다 말다툼이 끊이질 않았다.

초반에는 아키토 앞에서 서로 자제하는 모습도 보였지만 얼마 지나지 않아 그것도 어렵게 됐다.

제발 그만하라며 아키토가 몇 번이나 말린 적도 있다.

아키토는 조용한 성격이라 밖에서 놀기보다는 그림책이나 도감을 보며 시간을 보내는 일이 많았다. 그런 기질을 타고난 아키토 입장에서는 부부의 언쟁이 강제로 들어야만 하는 견디기 힘든 고문이었을지도 모른다.

관계를 회복하려고 노력해 봤지만 결과는 좋지 않았다. 부모의 일방적인 결정임을 알면서도 아키토가 초등학교 5학년 때 이혼했다.

친권은 아내가 가져갔고 진나이는 한 달에 한 번 면회할 기회를 얻게 됐다.

자신의 아들임에도 불구하고 마음대로 만날 수 없다는 사실이 답답했고 면회라는 표현은 아무리 시간이 지나도 익숙해지질 않았다.

자신이 형무소에 들어가 있는 것 같은 기분마저 들었다.

한 달에 한 번밖에 못 만나니까 그 한 번의 기회를 소중히 여기려고 늘 노력했다.

하지만 사건이 진나이의 사정에 맞춰 일어날 리 없다. 점점 면회 약속을 휴지 조각으로 만드는 일이 늘게 됐다.

그럴 때마다 아내는 심한 말을 퍼부었다.

아버지로서 무책임하다고.

정론이었다. 아내의 말은 옳았다. 하지만 욕설을 퍼부어 대는 아내에게 진나이 역시 심한 말로 응수했다.

그때 느꼈던 기분은 진나이의 마음속에 계속 남아 아키토와의 면회를 울적한 것이라 여기게 했다. 아키토에게는 아무 잘못도 없는데 오로지 본인의 사정 때문에 상처를 주게 됐다.

아키토가 초등학교 6학년이 되고 반에 괴롭힘을 당하는 여자아이가 있다는 말을 듣게 됐다.

그때 진나이는 그 아이를 지켜줘야 한다며 정의가 무엇인지 설명했던 것 같다.

자신의 직업 윤리를 초등학생인 아들에게 강요했다. 교사에게 얘기한다거나 아이의 부모에게 말한다는 등 하고많은 방법을 두고 하필 자신의 아이에게 책임을 지우고 말았다.

그 후로 가끔 아키토의 얼굴이나 팔에서 멍 자국이 발견됐다.

친구와 싸웠나 보다 하고 대수롭지 않게 여겼지만 중학교에 들어간 지 얼마 안 돼서 괴롭힘을 당하고 있는 것 같다는 이야기를 아내에게 전화로 듣게 됐다.

사춘기 때는 그런 일이 왕왕 있다.

누구나 괴롭힘의 대상이 될 수 있고 괴롭히는 쪽으로 돌아서기도 한다. 지금은 상황을 지켜보고 너무 심하다 싶으면 그때 선생님에게 얘기하면 된다는 식으로 대답했다.

그 후 아키토를 만났을 때 괴롭힘을 당해도 절대 물러서지 말고 자기가 옳다고 생각하는 것을 끝까지 주장해야 한다고 설득했다.

마치 남의 일처럼.

지독히도 어리석은 발언이었다.

왜 곁에 있어 주지 못했을까? 왜 그때 아들의 이야기에 귀 기울여 주지 못했을까?

아들이 2학년이 되었을 때 아내로부터 괴롭힘이 더 심해져서 이사를 가게 되었다는 말을 듣게 됐다.

그때 사태의 심각성을 깨달았어야 했다.

하지만 진나이는 "괴롭힘을 당하는 쪽이 이사해야 한다니 부당하다."라고 주장했다.

참으로 어리석었다.

아내와의 통화 후 아키토와 면회가 잡혔지만 수사 지원을 나가게 되는 바람에 만날 수 없었다.

아키토가 학교 4층 교실 창문에서 떨어져 사망했다는 소식을 전해 들은 건 그로부터 며칠 뒤의 일이었다.

현장에 있던 아이들이 까불며 장난치다 실수로 추락했다고 주장했다. 아니, 지금도 그렇게 주장하고 있다.

그러나 아마도 그것은 진실이 아니다. 이것은 학우 간의 괴롭힘이 아니라 엄연한 살인이다.

어떻게든 그들의 죄를 밝히려고 애써 보았지만 가해자로

지목되는 소년들과의 접촉을 상사가 금지했다.

피해자의 유족이라는 이유 때문이었다.

그리고 상사로부터 휴직 권고를 받았다.

자신에게 가장 중요한 사건에 관여하지도 못하는데 뭘 위해 경찰이 되었나 하는 회의감이 들었다.

하지만 더 큰 문제는 따로 있었다.

엄청난 후회가 진나이를 짓눌러 뭉개 버렸다.

진나이는 아들이 사망하기 직전에 잡혀 있던 면회를 취소하고 말았다. 그때 아들을 만났더라면 뭔가 달라졌을지도 모른다.

후회되는 일은 그뿐만이 아니다. 멍이 든 아들의 모습을 보고도 사태의 심각성을 간과했다.

근래에 아키토는 웃는 모습을 보이지 않았다. 단순히 반항기의 모습쯤으로 받아들이고 아키토에게 가까이 다가갈 생각은 못 했다.

어째서 아키토를 제대로 보려고 노력하지 않았을까.

자신을 용서할 수 없었다.

이제 와서 생각해 보면 아키토는 몇 번이나 진나이에게 도와 달라는 신호를 보냈다. 그때마다 진나이는 엉뚱한 대답을 들려주었다.

그 결과가 이거다.

진나이는 자신을 용서할 수 없었다. 어떻게 속죄해야 할지 몰라 그저 방황했다.

그럴 때 유마의 존재를 알게 됐다.

"미안하구나. 어쩌다 보니 내 얘기만 하게 돼서."

거기서 이야기를 끝낸 진나이는 씁쓸하게 웃었다.

아키토에 대해 들려줄 생각이었는데 어느새 자신의 후회담으로 바뀌고 말았다.

진나이는 이혼 후의 아키토에 대해 거의 모른다고 해도 좋을 정도로 아는 바가 없다는 사실을 새삼 깨닫고 충격을 받았다.

"지금은 그 정도로 충분해요."

유마가 고개를 가볍게 끄덕이며 말했다.

"정말 그래?"

"저도 그래요. 아버지에 대해 떠올리면 마지막에는 꼭 그 사건을 떠올리게 되거든요."

유마의 말은 진나이의 가슴 깊은 곳에 툭 떨어졌다.

유마의 집에 가택 수사를 하러 갔던 날의 일이 떠오른다.

"미안하구나."

진나이는 생각하기도 전에 고개 숙여 사과했다.

"갑자기 왜 사과하세요?"

"그날 너희 집에 들이닥쳤던 형사 중에 나도 있었다. 담당은 아니었지만 지원을 나가 가택 수색을 도왔단다."

진나이의 고백에 유마는 눈을 동그랗게 뜨며 놀랐다.

유마 아버지의 사건으로 가택 수색에 참여했던 일이 유마에게 관심을 가지게 된 요인 중 하나이기도 했다.

"그러셨어요? 전혀 몰랐는데."

"그래서……."

"그래도 아저씨가 사과할 일은 아니에요."

"하지만……."

"역시 후회하는 마음을 지우기 위해서라도 우선은 진범을 잡아야겠어요. 그러면 사건 전의 즐거웠던 시절을 떠올릴 수 있을 거예요."

유마의 말에 진나이는 마음이 든든했다.

어떤 난적에도 굴하지 않는 긍지 높은 용사처럼 보였다.

유마라는 인간을 위해 뭔가 해 주고 싶다고 진심으로 생각했다.

4

"이거다."

아버지의 서재에서 노트북을 보고 있던 유마는 자기도 모르게 환호성을 질렀다.

아버지의 노트북에 심긴 바이러스는 보안 허점을 만들어 냈고, 그 결과 범인은 노트북을 원격 조작해 누명을 씌울 수 있었다.

바이러스는 범인 찾기를 시작하고 초반에 찾았다.

신종 고성능 바이러스였다.

백그라운드에서 작동되기 때문에 컴퓨터를 조작하는 인간에게 들킬 일이 없을 뿐만 아니라 백신 프로그램에도 걸리지 않게끔 특수하게 프로그래밍 되어 있었다.

그뿐만이 아니라 스스로 침입 경로를 은폐하도록 설계해서 발견한다고 해도 감염 경로를 특정할 수 없도록 고안되어 있었다.

방금 유마가 발견한 것은 바이러스 자체가 아닌 바이러스가 아버지의 노트북에 침입한 방법이었다.

솔직히 그쪽에 주력해서 해석했더라면 진상을 더 빨리 밝혀냈을지도 모른다.

도중에 검은 양복을 입은 남자들이 등장하면서 극비 데이터를 찾는 쪽으로 방향을 잘못 틀어 버리는 바람에 본질을 놓치고 말았다.

하지만 지금은 오히려 잘된 일이라고 생각했다.

진상을 알아냈다 한들 유마 혼자서는 아무것도 할 수 없었을 테니까.

"쓸데없는 짓 하지 마."

목소리가 들렸다.

고개를 돌려 보니 문 쪽에 검은 양복을 입은 남자가 서 있었다. 남자는 노기가 어린 매서운 눈빛으로 유마를 응시했다.

남자의 말을 되받아치려던 찰나, 휴대폰에 메시지가 도착했다. 스즈네였다.

〈작업은 잘돼 가?〉

특수 문자나 그림으로 된 이모티콘을 쓰지 않는 게 스즈네다웠다.

〈바이러스가 어디서 시작됐는지 방금 찾았어.〉

유마는 곧바로 답장했다.

"이 이상 쓸데없는 짓을 계속하면 죽이겠다."

검은 양복을 입은 남자가 위협해 온다.

유마는 그것을 무시하고 작업을 속행했다. 남자의 말에 대꾸해 봤자 아무 의미 없다. 검은 양복을 입은 남자는 애초에 존재하지 않으니까.

〈어디였는데?〉

또다시 스즈네에게서 메시지가 왔다.

〈USB 드라이브로 직접 심은 거였어.〉

〈뭐, 어떻게?〉

〈나중에 자세히 설명할게.〉

유마는 그렇게 답장했다.

메시지로 자세한 내용을 보내 봤자 이해하기 어려울 것이다.

이번 사건은 정교하게 꾸며진 일이었다.

바이러스를 심은 인물은 아버지의 노트북을 원격 조작해서 돈을 빼돌리려고 일을 꾸민 것이 아니다.

진나이가 추측한 대로 처음부터 유마의 아버지를 함정에 빠뜨리는 것이 목적이었다.

아버지와 함께 일하는 사람 중 누군가가 회의 등의 기회를 틈타 업무 관련 데이터라 속이고 USB 드라이브를 이용해 바이러스가 심긴 데이터를 직접 노트북에 보낸 것이다.

바이러스가 만들어 낸 보안 허점을 이용해 그 인물들은 아버지의 노트북을 원격 조작해 아버지가 회사 공금을 횡령한 것처럼 보이게 했다.

아버지의 노트북에서 접속한 흔적을 남겨 혐의를 받고 경찰에게 체포되도록 일을 꾸몄다.

"이제 와서 진상을 밝혀 봤자 아무것도 변하지 않아."

또다시 검은 양복을 입은 남자가 크게 외쳤다.

유마는 대꾸 없이 책상 위에 놓인 스노볼 쪽으로 눈을 돌렸다.

아버지가 체포되기 전에는 스노볼에 금 같은 건 없었다. 경찰이 증거품으로 압수할 때 금이 간 걸까? 아니면 현실을 비관한 아버지가 홧김에 집어 던져서 금이 간 걸까?

어느 쪽이든 스노볼이 원래대로 돌아갈 일은 없다.

"이런 짓을 한다고 해서 괴롭힘이 사라질 것 같나? 당장 그만둬!"

검은 양복을 입은 남자가 더욱 다급하게 말한다.

유마는 저절로 터져 나올 뻔한 웃음을 꾹 참고 서둘러 표정을 굳혔다.

이제껏 압도적인 우위를 차지하고 있던 남자가 필사적으로 말리는 꼴이 퍽 우스웠다.

"그 여자도 그랬지. 괴롭힘을 당하는 이유는 너한테도 있다고. 그러니까 이런 짓 해 봤자 소용없어."

남자는 그렇게 말하며 유마를 향해 다가왔다.

그 의견에는 동의했다. 이제 와서 진범을 찾는다고 괴롭힘이 사라지진 않는다. 실제로 무죄임이 밝혀진 후에도 같은 상황이 반복되었기 때문이다.

아버지가 엮였던 사건은 그저 계기에 지나지 않았다.

하지만 그렇기에 더욱 자신과 마주하고 부당한 현실을 극복하려면 이대로 물러서지 않고 진상을 밝힐 필요가 있다.

이것은 유마가 뛰어넘어야 할 최초의 벽이었다.

"머리에 총알구멍 만들고 싶지 않으면 당장 멈춰."

품에서 권총을 꺼내 든 남자가 곧장 총부리를 유마에게 겨누었다.

유마는 반사적으로 몸이 경직되었지만 '이것은 환각이다.' 하고 자신을 다독였다. 방아쇠를 당겨 봤자 총알은 나오지 않는다.

"이제 그만해."

목소리가 들린 쪽으로 고개를 돌려 보니 바로 옆에 아키토가 서 있다.

—아키토.

유마는 속으로 아키토의 이름을 불렀다. 환각임을 알았지만 그래도 실망감이 가슴에 번졌다. 아키토까지 자신을 방해할 줄이야.

그러나 다시 한번 자세히 보니 아키토의 시선은 곧장 남자에게 향해 있었다.

"당신이 말려 봤자 유마는 자신이 믿는 길을 갈 거야. 그러니까 의미 없는 짓은 이제 그만해."

"아키토⋯⋯."

유마는 자기도 모르게 아키토의 이름을 소리 내어 불렀다.

그런 유마를 보며 아키토는 희미하게 웃었다.

"네 생각대로 해. 넌 누구든 될 수 있고 뭐든 할 수 있으니까. 그렇지? 유마."

아키토의 말이 가슴 깊은 곳에 와 닿았다.

환각이든 무엇이든 간에 역시 유마에게 아키토는 친구였다. 무엇과도 바꿀 수 없는 친구.

아키토가 없었으면 유마는 한참 전에 스스로 목숨을 끊었을지도 모른다.

유마를 인정해 준 단 하나뿐인 존재.

다시 한번 아키토의 이름을 부르려고 한 순간 문이 열렸다.

방으로 들어온 사람은 어머니였다.

"여태 이러고 있었어? 쉬엄쉬엄해야지."

몹시 걱정스러워 보이는 어머니의 표정에 유마는 미소로 대답했다.

"걱정하지 마세요. 금방 끝나니까."

"그러니."

그래도 어머니는 걱정스러운 표정을 지우지 않았다.

어머니에게 사건의 진상 따위는 중요한 일이 아닐 것이다. 그보다 유마가 다시 환각에 사로잡혔을까 봐 노심초사했다. 2층에 있는 아버지의 서재까지 걸음을 옮긴 것도 그래서다.

아들을 위해 망설임 없이 금기를 깨트릴 수 있는 어머니의 강함과 깊은 애정을 새삼 깨닫게 됐다.

"엄마도 참, 걱정하지 마시라니까요."

유마는 재차 얘기하며 방 안을 휘 둘러봤다.

검은 양복을 입은 남자와 아키토의 모습은 어디에도 보이지 않았다.

그저 금이 간 스노볼만이 햇빛을 반사하고 있었다.

5

학교 수업은 여전히 따분했다.

사카모토의 단조로운 수업은 오로지 듣는 사람을 꿈나라로 유혹했다.

스즈네는 몰래 유마와 메시지를 주고받으며 뒷자리를 힐끔 한 번 쳐다봤다.

빈자리가 나란히 두 개 있다.

유마와 아키토가 앉았을 자리. 아키토가 실제로 전학을 와서 유마와 나란히 앉았다면 두 사람은 어떻게 되었을까?

역시 암호로 된 쪽지를 몰래 주고받았을까?

어쩌면 스즈네도 두 사람의 쪽지 교환에 함께했을지 모른다는 망상이 머리를 스쳤지만 이내 억지로 떨쳐 냈다.

일어나지 않은 일을 이러니저러니 생각해 봤자 아무 의미 없다. 그보다 앞으로 어떻게 할지를 생각하자.

다행히 스즈네를 향한 괴롭힘은 일시에 딱 멈췄다.

지난번에 책상 사진을 찍는다거나 하며 난리를 피웠던 게 꽤 효과적이었던 모양이다. 그리고 스즈네에게 메시지를 보냈던 아케미라는 아이가 적극적으로 말을 걸어오게 됐다.

에미를 중심으로 한 무리에서 거짓으로 꾸며 낸 자신으로 지내는 데 싫증을 느낀 듯했다.

지금까지는 있는지 없는지조차 몰랐는데 실제로 얘기해 보니 개성 있고 재미있는 아이였다.

무엇보다 착했다.

어머니가 앓고 있는 병에 대해 스즈네가 얘기하자 아케미는 얼굴이 새빨개지도록 울었다.

그렇게 감수성이 예민한 아케미가 주위 사람에게 맞추느라 자신을 죽이고 살아왔으니 상당히 힘들었을 것이다.

무리에 속해 주위 사람에게 맞추다 보면 개인은 개별성을 잃게 된다는 사실을 새삼 깨달았다.

다만 유마는 앞으로 더 힘들어질 것이다.

몸이 아파 요양을 한다는 이유로 학교를 쉬고 있지만 실제로는 아버지 사건의 진상을 밝히려고 애쓰는 중이다.

이 일이 끝나면 학교로 돌아오겠다고 유마는 말했다.

마사유키 패거리가 자연스럽게 괴롭힘을 멈추리라 기대하지는 않는다. 하지만 요즘 유마의 모습을 보고 있으면 마사유키 패거리에게 충분히 대항할 수 있으리라는 생각이 들었다.

무엇보다 다음번에 그놈들이 무슨 짓을 했을 때는 스즈네가 전력으로 유마를 지켜야겠다고 생각했다.

그날 아키토가 자신에게 그렇게 해주었듯이.

이번에는 꼭.

수업이 끝난 후 스즈네는 곧장 어머니가 입원해 있는 요양병원으로 향했다.

평소 같으면 근처로 갈수록 발걸음이 무거워지고 건물을 보면 자기도 모르게 한숨이 나왔지만 지금은 그 정도로 우울하지는 않았다.

병원 입구를 지나 면회 신청을 끝내고 어머니가 있는 병실로 향했다.

문을 몇 번 두드린 후 문을 여니 어머니는 평소와 다름없이 침대에 누워 멍하니 창밖을 보고 있었다.

"엄마. 몸은 좀 어때?"

스즈네의 질문에 어머니는 천천히 스즈네 쪽을 돌아봤다.

변함없이 안색은 나쁘고 눈은 생기 없이 흐려 보였다.

어머니의 이런 모습에 지금껏 몇 번이나 놀라고는 했다. 그
것은 분명 스즈네 자신이 어머니의 병을 받아들일 수 없었기
때문이다.

스즈네가 병상 옆에 있는 의자에 앉자 때마침 휴대폰에 메
시지가 도착했다.

유마가 보낸 답장이겠거니 하고 곧장 메시지를 열어 봤다.

그 순간 스즈네는 몸이 굳어 버렸다.

메시지를 보낸 사람은 노조미였다.

노조미는 어린 시절 가장 친하게 지냈던 친구이지만 어머
니의 발병 이후 거리를 두더니 스즈네를 모른 척했다. 그런데
이제 와서 무슨 할 말이 있다는 걸까?

치솟는 분노를 억누르며 메시지를 봤다.

우선 첫 번째 메시지에는 건너 건너 친구를 통해 스즈네의
연락처를 알아냈다는 말이 적혀 있었다.

그다음 메시지에는 화면 가득히 사과의 말을 늘어놓았다.

반에서 고립된 스즈네를 보고 도와주고 싶었지만 자신도
같은 꼴을 당할까 봐 아무것도 할 수 없었다는 것. 힘들어하
는 게 빤히 보이는데 매정하게 돌아섰던 것을 지금도 자책하

고 있다는 등의 이야기가 주절주절 계속됐다.

그것을 읽고 있자니 휴대폰 화면이 보얗게 흐려졌다.

그제야 알아차렸다. 스즈네가 정말로 용서할 수 없었던 사람은 노조미가 아닌 자기 자신이었다.

아키토가 자신을 감싸 주다 반에서 고립되었음에도 스즈네는 아키토를 못 본 체했다.

노조미를 용서할 수 없다고 비난하며 스즈네는 자기 자신의 모습을 겹쳐 봤다.

"우리 딸, 무슨 일 있어?"

어머니가 갈라진 목소리로 물었다.

"아냐, 아무 일도 없어."

스즈네는 얼른 눈물을 훔쳤다.

나중에 노조미에게 답장하자. 지금까지 있었던 일을 제대로 얘기해 보자. 스즈네는 그렇게 다짐하며 다시 어머니와 마주했다.

"있지, 엄마."

스즈네는 어머니에게 유마에 대해, 그리고 아케미에 대해 얘기하기 시작했다.

어차피 기억하지 못한다며 지금까지는 피해 왔던 일이다. 분명 어머니는 지금 하는 이야기를 잊어버리겠지만 그래도 알아주길 바랐다.

현재의 자신에 대해.

6

"드디어 자백했대."

늘 보던 카페에서 진나이의 얼굴을 보자마자 후지다가 심각한 표정으로 말했다.

진나이는 어깨짐을 하나 벗은 것 같았다. 다만 그렇다고 해서 마음이 홀가분해지지는 않았다.

아들이 자살을 한 게 아니라 같은 반 학생들에게 떠밀려 추락사했다는 사실을 알게 된 것은 기뻤다.

진실이 밝혀졌다. 아키토에게도 조금은 위로가 되지 않을까.

하지만 그렇다고 해도 진나이가 저지른 죄는 용서받을 수 없다.

아들을 구할 기회는 얼마든지 있었지만 눈을 감고 귀를 닫고 계속 묵살한 진나이의 행동은 아들을 죽인 아이들보다 죄질이 무겁다.

"이 이상 자책하지 마."

진나이의 심정을 알아차린 후지다가 위로의 말을 건넸지만 순순히 고개를 끄덕일 수는 없었다.

분명 앞으로 진나이는 자신을 계속 책망할 것이다. 하지만 이전처럼 스스로 만든 껍데기에 틀어박힌 채 불평만 늘어놓으며 손을 놓고 지내지는 않기로 했다.

　지금 자신이 할 수 있는 일에 최선을 다하며 앞으로 나아감으로써 자신의 죄를 정면으로 마주하기로 했다.

　도망쳐 봤자 아무것도 시작되지 않는다. 유마를 보고 그것을 크게 깨달았다.

　"다음에 아내랑 같이 아키토한테 가기로 했어."

　진나이가 혼잣말처럼 툭 던진 말에 후지다가 놀란 듯이 눈을 크게 떴다.

　"무슨 바람이 불어서?"

　"뭐 특별한 건 없어. 그 일 이후에 아내랑 제대로 얘기해 본 적이 없어. 몰랐는데, 도망쳤던 것 같아. 나 때문이라는 말을 들을까 봐 겁이 났었나 봐. 이상한 이야기지? 줄곧 나 때문이라고 자책했으면서 실제로는 전혀 아니었나 봐."

　"그렇구나."

　후지다는 조용히 고개를 끄덕였다.

　다른 사람의 사정에 깊이 관여하지 않는 것이 후지다의 장점이다.

　"그래, 지난번 그 남자애는 좀 어때?"

　후지다가 분위기를 전환하려는 듯 담배에 불을 붙이며 물었다.

　"사건의 진상을 밝혀냈대. 다음에 설명 듣기로 했어."

　후지다와 만나기 전 유마에게서 연락이 왔다.

사건의 진상을 밝혀냈으니 이야기를 들어 달라고. 이후의 일은 경찰에게 맡기겠다는 말도 했다.

중학생인 유마가 자기 자신과 마주했으니 진나이도 분명 가능할 것이다. 아니, 그런 사고방식 때문에 아키토를 제대로 보지 못했는지도 모른다.

아이가 아닌 한 사람의 인간으로서 아키토를 존중하고 그 말과 행동에 주의를 기울였더라면 지금과 다른 현실이 존재했을지도 모른다.

생각하지 않으려고 해도 어쩔 수 없이 마지막에는 꼭 그런 생각이 든다. 첫걸음은 내디딘 줄 알았는데 아직 갈 길이 멀었나 보다.

"그게 어떤 내용이냐에 따라 네 발령 부서가 결정될 수도 있어."

후지다가 즐거운 듯이 웃으며 말했다.

"그게 무슨 말이야?"

"네가 이동될 부서 후보 중에 사이버 대책반 이름이 오르내리고 있다는 말을 들었어."

"내가? 난 아무것도 모르는데."

유마와 만나기 전까지 해킹에 관한 지식은 전혀 없다고 봐도 좋을 정도였다. 지금도 유마가 자세히 설명해 주지 않으면 하나도 알아듣지 못한다.

"알아."

"그럼…….."

"그 후에도 사이버 대책반의 나카무라한테 이것저것 물으러 갔다며."

"그랬지."

유마에게 부탁을 받아 물으러 가기도 했고 자기 나름대로 머릿속을 정리해 보려고 설명을 들으러 가기도 했다.

"나카무라가 너한테 얼마나 집착하는데. 사이버 범죄에 대처하려면 해킹 지식뿐만 아니라 현장 범죄 수사 경험도 필요하니까 널 빼달라고 상사와 협상하고 있다는 말이 돌고 있어."

"농담하지 마."

"농담 아냐. 진짜라니까. 조만간 화이트해커도 등용할 거라는 말이 있으니까 그 애랑 같이 해보는 게 어때?"

"난 그렇다 치고, 유마는 아직 중학생이야."

"그럼 넌 할 생각 있다는 뜻으로 받아들이면 돼?"

직접적으로 표현하지는 않았지만 아무래도 후지다는 진나이를 붙잡아 두고 싶어 하는 듯하다.

유마와 그 일이 있기 전까지는 경찰은 그만둘 생각이었지만 지금은 조금 달라졌다.

"생각해 볼게."

진나이는 쓴웃음을 짓더니 돈을 내고 가게를 나섰다.

7

아버지의 서재에 진나이와 스즈네가 모였다.

"여기까지 오시라고 해서 죄송해요."

유마가 미안하다는 말부터 꺼내자 스즈네가 "그런 말은 됐으니까 그만해."라며 불만을 드러냈다.

"그래. 이 일은 너뿐만 아니라 우리하고도 관련이 있는 문제란다."

스즈네에게 동의한 사람은 진나이였다.

두 사람 다 듣기 좋으라고 마음에도 없는 소리를 한 게 아니다. 유마도 그 사실을 알았기에 더욱 기뻤다.

"생각해 보니 그렇네요."

유마는 그렇게 말한 뒤 지금까지 알아낸 사실을 설명하기 시작했다.

"우선 이걸 봐 주세요."

유마는 노트북 화면에 소스를 띄웠다. 소스는 영숫자로 나열된 이른바 데이터의 발생원이다.

"우리한테 이런 거 보여줘 봤자 뭔지 몰라."

스즈네가 부루퉁하게 말했다.

스즈네가 이렇게 표정이 풍부한 아이인지는 여태 몰랐다.

"그래, 알아. 이건 어떤 앱의 데이터 일부를 표시한 건데 이 부분에 바이러스가 심겨 있어. 교묘하게 숨겨 놓은 상태지만."

유마가 커서를 움직이며 설명했다.

"어떤 바이러스지?"

진나이가 물었다.

"꽤 악질적인 바이러스예요. 이 바이러스가 단말기에 설치되면 그 안에 든 모든 정보가 외부로 유출돼요. 연락처나 사진 데이터는 물론이고 SNS 계정이나 신용 카드 정보, 비밀번호까지 전부 다요."

"뭐든 가능하다는 소리구나."

진나이가 험악한 표정을 지었다.

만난 지 얼마 안 됐을 때는 관련 지식이 거의 없다시피 했지만 공부를 꽤 열심히 했는지 요즘에는 제법 얘기가 통하게 됐다.

"얼마나 위험하길래 그래?"

스즈네가 물었다.

"요즘에는 신용 카드로 인터넷에서 물건을 사는 사람도 많고 인터넷 뱅킹도 보편화됐잖아. 단말기가 바이러스에 감염되면 그런 정보가 외부로 유출되는 거야. 다시 말하자면 휴대폰을 통해서 원하는 대로 돈을 훔칠 수 있다는 소리야."

"뭐, 정말?"

이제야 상황을 파악했는지 스즈네의 입이 떡 벌어졌다.

"그럼, 정말이지."

"맬웨어로구나."

진나이가 중얼거렸다.

"그게 뭔데요?"

스즈네의 질문에 맬웨어란 악의를 가진 앱을 뜻하는 거라고 진나이가 설명했다.

스즈네는 여전히 이해를 못했는지 고개를 갸웃거렸다.

"개발자가 악의를 가지고 앱에다 처음부터 슬그머니 바이러스를 심어 놓는 거야."

유마는 진나이의 설명을 보충했다.

"흐음, 그래? 그래서 대체 어떤 앱에 심겨 있었던 건데?"

스즈네가 물었다.

"캐슬."

유마는 잠깐 뜸을 들였다가 대답했다.

"캐슬이라니, 내가 아는 그 게임?"

"맞아."

유마는 힘차게 고개를 끄덕였다.

천만 명이 다운로드한 게임이 맬웨어였다.

지금 생각해 보니 캐슬의 게임 데이터를 개조하다 이질감이 드는 부분을 발견했었다.

하지만 검은 양복을 입은 남자들의 등장으로 노트북 안에 숨겨진 극비 데이터를 찾는 방향으로 목표를 바꾸는 바람에 그 사실을 잊고 말았다.

그러나 새롭게 데이터를 분석하다 부자연스러운 데이터가 있음을 깨달았다.

명백히 게임과 상관없는 프로그램이었다. 그것을 보다 아버지가 자주 했던 말이 떠올랐다. 모든 데이터에는 의미가 있다.

그 데이터를 철저히 조사해 본 결과 바이러스임을 알게 됐다.

이제 와서 생각해 보니 진나이에게 받았던 아버지와 관련된 기업 리스트 안에 캐슬 제작사도 포함되어 있었다.

아버지의 스케줄을 다시 확인해 보니 사건이 일어나기 직전에 캐슬 개발자와 만난 일이 있다는 사실을 알게 됐다.

아마 그때 아버지의 노트북에 USB 드라이브를 이용해 직접 다른 바이러스를 심었을 것이다.

유마는 아버지의 노트북에 남아 있던 메일을 다시 살펴보다 범인이 왜 그런 일을 벌였는지 찾아냈다.

캐슬의 보안 대책 일을 위탁받았던 아버지는 유마와 마찬가지로 캐슬 데이터에서 이상한 점을 발견하고 그에 관해 따져 묻는 내용의 메일을 보냈다.

그 메일에는 중대한 결함이 있을 가능성 높으니 제작사 상부에 보고할 필요가 있다는 내용도 담겨 있었다.

여기서부터는 추측이지만 아마 캐슬은 회사의 뜻과 상관없이 몇몇 개발자의 소행으로 맬웨어가 되었을 것이다.

앱 개발에는 방대한 시간과 노력이 든다. 밤샘 작업은 아예 예삿일이다. 그러나 개발자들에게 그에 합당한 급여는 지불되지 않는다고 들었다.

그런 상황에 불만을 품은 몇몇 개발자가 맬웨어를 심어 돈벌이를 하려고 했던 것은 아닐까.

게임 이용자에게 들키지 않고 돈을 갈취하는 방식으로.

우선 유마는 자신의 계정만 조사해 봤다. 유마는 휴대폰 등으로 아이템을 구입할 경우 통신료에 결제 금액이 포함되도록 설정해 놓은 상태였다.

그래서 통신료 상세 내역을 살펴봤더니 통신 수수료라는 명목으로 매달 백 엔 정도씩 의문의 비용이 청구되고 있었다.

지불처는 일본 통신 사업 프로덕션이라는 회사로 인터넷으로 검색해서 홈페이지는 찾았지만 아마도 실제로 존재하는 회사는 아닐 것이다.

홈페이지에 기재된 본사 주소를 인터넷 지도로 확인해 봤더니 그곳은 주차장이었다.

캐슬에 심은 바이러스를 이용해 이용자의 개인 정보를 빼내고 동의도 없이 유령 회사와 계약을 맺게 해 매달 백 엔씩 거두어들였던 것이다.

수완이 대단하다고 생각했다. 한 번에 거금을 빼내면 발견될 가능성이 높아진다. 그러나 그 금액이 백 엔이라면 대부분의 사람들은 발견하기 어렵다.

가령 발견한다고 해도 회사명과 통신 수수료라는 명목을 보고 '그런 게 있구나.' 하고 넘기게 된다.

백 엔씩 거두어들여 봤자 수익은 얼마 안 될 거라고 생각하는 사람도 있겠지만 그것은 대단한 착각이다.

캐슬은 천만 명이 다운로드한 게임이다.

단순하게 계산해서 모든 이용자에게 매달 백 엔씩 거두어들인다고 하면 수익은 10억 엔도 넘는다. 1년으로 계산하면 120억 엔이다.

게다가 이런 짓을 벌인 일당은 비록 존재하지 않는 회사지만 전화나 문의용 메일 주소는 활성화하여 더욱 교묘하게 사람들을 속였다.

시험 삼아 모르는 척하고 통신 수수료에 대해 메일로 문의해 본 결과, 정중한 사과와 함께 회사 쪽의 착오로 수수료가 인출되었으니 당장 환급 절차를 진행하겠다는 답신이 왔다.

이렇게 되면 불평할 사람이 없으니 발각되지 않는 것은 당연한 일이다.

아버지는 아마도 그런 사실을 알아차렸을 것이다.

캐슬 안에 포함된 게임과 상관없는 데이터는 아버지의 눈에 부자연스럽게 비쳤을 것이다.

그래서 보안 컨설턴트 입장에서 개발 담당자에게 그 사실을 지적했다. 메일 상으로는 부자연스러운 부분이 있다고 추궁하는 정도였지만 이미 맬웨어임을 알아차린 상태였을지도 모른다.

그래서 죄를 뒤집어씌웠다. 그렇게 하면 무죄임이 밝혀져도 신뢰는 잃게 되니 작업 중에 제기했던 안건은 흐지부지되고 상부에 보고될 일도 없어진다.

여기까지 밝혀내고 나니 자연스럽게 범인이 보이기 시작했다.

사건에 관여했을 가능성이 지극히 높은 사람은 아버지를 직접 만난 개발자다.

"제가 할 수 있는 건 여기까지예요. 나머지는 경찰에 맡길게요."

설명을 끝낸 유마는 진나이를 똑바로 응시했다.

"그래, 알았다. 여기서부터는 경찰이 책임지고 수사하마. 그런데……."

"계속 말씀해 보세요."

"너한테 도와 달라고 할 일이 생길지도 모르는데 그때도 도와줄 수 있겠어?"

"그럼요."

유마는 힘차게 고개를 끄덕였다.

솔직히 이후에 유마가 도움이 될 일은 전혀 없을 것 같았지만 그래도 뭔가 할 수 있는 일이 있으면 정면으로 마주하고 싶었다.

"그게 끝이야?"

스즈네가 김이 빠진다는 듯이 말했다.

"응."

"에이, 더 화려한 전개를 기대했는데. 막 키보드 타닥타닥 두드리는 격렬한 공방 같은 건 없어?"

"없어."

그런 것은 어디까지나 영화나 드라마 등에서 볼거리를 제공하기 위해 집어넣는 연출이다. 격투 게임이 아니니 실시간으로 대전할 일은 없다.

"뭐 어때. 아무튼 다 끝났단 말이지?"

"그래. 끝났어."

"그럼 보고하러 가자."

스즈네가 자리에서 벌떡 일어섰다.

"보고? 누구한테?"

"아키토."

"어느 쪽?"

"둘 다."

스즈네가 즐거운 듯이 웃었다.

"그래. 그러자."

유마는 느긋하게 자리에서 일어났다.

스즈네는 두 사람에게 모두 보고하겠다고 했지만 그날 이후 아키토는 유마 앞에 나타나지 않았다. 보고하려면 대체 어디로 가야 하는 걸까?

그런 의문이 잠시 스쳤지만 이내 대답이 돌아왔다.
모습은 안 보여도 아키토는 늘 내 마음속에 있어.

우리는 누구든 될 수 있고 뭐든 할 수 있잖아.
그렇지? 아키토.

유리의 성벽

초판 1쇄 ㅣ 2023년 8월 23일

지은이 가미나가 마나부 ㅣ **옮긴이** 김지윤
펴낸이 서인석 ㅣ **펴낸곳** 제우미디어 ㅣ **출판등록** 제 3-429호
등록일자 1992년 8월 17일 ㅣ **주소** 서울시 마포구 독막로 76-1 한주빌딩 5층
전화 02-3142-6845 ㅣ **팩스** 02-3142-0075 ㅣ **홈페이지** www.jeumedia.com

ISBN 979-11-6718-284-5
*파본은 구입하신 서점에서 교환해 드립니다.

     제우미디어 트위터 twitter.com/jeumedia
     제우미디어 페이스북 facebook.com/jeumedia

만든 사람들
출판사업부 총괄 손대현 ㅣ **편집장** 신한길
책임편집 민유경 ㅣ **기획** 신은주, 장재경
영업 김금남 ㅣ **제작** 김용훈
디자인 총괄 크리에이티브그룹 디헌